Mimi Kylling

Das Erbe von Vinewood Hill

Erstausgabe September 2023

Das Erbe von Vinewood Hill

ISBN 978-3-98778-636-5
E-Book-ISBN 978-3-98778-602-0

Covergestaltung: Dream Design – Cover and Art
Umschlaggestaltung: ARTC.ore Design
Unter Verwendung von Abbildungen von
© depositphotos.com: © ZemunDesign
shutterstock.com: © Rostislav_Sedlacek, © mythja, © New Africa, ©
Maria_Usp
Lektorat: Eileen Blappert
Satz: dp DIGITAL PUBLISHERS GmbH
Druck und Bindung: Books on Demand GmbH, Norderstedt

Dieser Roman enthält potentiell triggernde Inhalte:

Explizite Darstellung körperlicher und seelischer Gewalt
Wenn du mehr erfahren willst, dann gehe ans Ende
des Romans (Achtung Spoiler!).

*Für alle, die mit ihren Entscheidungen hadern.
Vertraut eurem Herzen.
Es kennt die Wahrheit bereits.*

KAPITEL 1

CHARLOTTE

„Mom, ich wollte keine Cornflakes. Ich wollte Schokopops." Die schrille Kinderstimme meines Sohnes sorgt dafür, dass in meinem Kopf ein Pfeifton entsteht. Immer schriller und schriller. Ich presse die Augenlider fest zusammen und stütze eine Hand auf den marmornen Küchentresen. Die Kälte jagt mir Schauer über die Haut.

„Das haben wir doch geklärt. Morgens gibt es keine Schokopops. So viel Zucker ist ungesund", gebe ich mantraartig zurück, ohne mich zu ihm umzudrehen. Alle Mütter von kleinen Kindern werden mich jetzt verstehen, der Rest der Weltbevölkerung wird mich unhöflich finden. Aber über den Punkt, dass mir solche Gedanken Sorgen machen, bin ich weit hinaus. Hier geht es nicht um Höflichkeit, das hier ist eine Grundsatzentscheidung.

Ein Löffel klirrt auf Porzellan.

„Das sind Ekel-Cornflakes. Ekel-pekel. Die schmecken voll ekel-pekel-schei..."

„Lucian! Sag es ja nicht!" Mit einem Ruck fahre ich herum und erhebe sogar den Zeigefinger. Wenn man den Zorn nicht in meiner Stimme hört, sieht man ihn spätestens in meinen Augen.

Früher habe ich im Scherz gesagt, dass ich mich erschieße, wenn ich mal so eine Mutter werde. Könnte mir jemand freundlicherweise das Gewehr reichen? Ich wäre dann so weit.

Situationen wie diese sind ein elterliches Paradoxon. Vielleicht auch einfach nur Karma. Ein Schlag in den Magen für jedes Mal, das man beim Anblick einer keifenden Mutter im Supermarkt mit den Augen gerollt hat, während man selbst noch kinderlos war. Ich weiß gar nicht, wie oft ich zu meinem Mann gesagt habe, dass es doch nicht so schwer sein kann, seinen Nachwuchs im Griff zu haben.

Heute bin ich selbst die überforderte Mutter, die mittlerweile weiß, dass es manchmal nicht in der eigenen Macht liegt, ob man alles im Griff hat. Das Verweigern einer Süßigkeit kann im Zweifel einen Tsunami an Emotionen lostreten. Da ist man mit seinem logisch denkenden Erwachsenenhirn machtlos. Und gerade sind es eben die Schokopops.

Mein zorniger Blick trifft auf den herausfordernden meines vierjährigen Sohnes.

„Du weißt genau, dass wir solche Worte nicht benutzen wollen."

„Scheiße." Er grinst.

„Lucian!"

„Scheiße."

In meinem Kopf sollten jetzt die Sicherungen durchbrennen. Ich sollte ihm einen Vortrag halten. Darüber, wie schrecklich Schimpfwörter sind. Darüber, dass man sie nicht verwendet. Dass das ein unmögliches

Benehmen ist. Die Worte sind alle da, aber sie wurden schon so oft ausgesprochen, dass sie sich seltsam gestaltlos anfühlen. Als hätten sie ihre wahre Bedeutung längst verloren.

Also lasse ich es sein und bete dafür, dass irgendeine Vorschullehrerin mehr Erfolg mit der Erziehung meines Kindes hat. Mit einem Ausatmen versuche ich, die Fassung wiederzufinden. Vergeblich. Der Löffel prallt Mal um Mal auf die Porzellanschüssel. Mit jedem weiteren Klirren steigt der Druck in meinem Kopf an.

Weil das provokant ist.

Weil er das extra macht.

Weil meine mütterlichen Nerven verdammt dünn sind.

Heute, gestern und an all den Tagen davor.

„Lass das", fauche ich ihn an.

Es klirrt wieder. Gefolgt von Kinderlachen. Aber nicht dieses niedliche. Es ist die diabolische Sorte. Die, bei der man genau spürt, wie viel Freude es ihm bereitet, meine Geduld zu strapazieren.

„Lucian! Lass das!"

Eine Spur lauter.

Eine Spur klirrender.

Ich fahre herum. „Lass das verdammt noch mal sein! Was ist denn heute Morgen los, heilige ..."

„Die Frage ist wohl eher, was mit dir schon wieder los ist." Eine Stimme von rechts lässt meinen Blick herumschwenken. Direkt auf Sebastian, der locker in die Küche geschlendert kommt. Er lächelt leicht und schließt während des Gehens blind einen Manschettenknopf an seinem blütenweißen Hemd, das ich gebügelt habe. In mühevoller Kleinstarbeit. Gestern Nacht. Weil ich es vorher vergessen hatte. Auf meiner Höhe bleibt er stehen und gibt mir einen Kuss.

„Guten Morgen", murmelt er sanft und zieht eine Augenbraue hoch. Was auch immer er mir damit sagen will. Wie automatisiert streiche ich über seinen Kragen und entferne ein paar imaginäre Fussel. Er schiebt seine schwarze Brille zurecht.

„Alles in Ordnung? Du klingst gereizt."

„Ja. Ja, natürlich. Alles in Ordnung."

„Gut." Er wendet sich ab und entlässt mich damit aus seinem stahlblauen Blick. „Ach, was ich noch vergessen habe – ich habe heute Abend eine Einladung von Dr. Richardson. Ist wichtig."

„Seit wann weißt du das?"

„Charlotte, fang nicht wieder so an."

„Ich bin heute Abend mit Michelle verabredet, das hatte ich doch in den Planer eingetragen."

Wir schauen uns an und ich weiß jetzt schon, wer am Ende des Tages in einem Restaurant sitzen wird und wer nicht.

„Kannst du das nicht verschieben?" Sebastian dreht mir den Rücken zu und drückt auf dem Kaffeeautomaten herum.

„Wir haben das schon zum zweiten Mal verschoben." Der Satz wabert zwischen uns. Doch statt einzulenken, schaut Sebastian mich nur an. Das ist eine seiner vielen Stärken. Er hat die Fähigkeit, dem Druck so lange standzuhalten, bis sein Gegner einknickt. In seinen beruflichen Verhandlungen ist das ein entscheidender Vorteil. Im Privaten ist es eine Unart, die er nie ablegen wird, solange sie ihm dienlich ist. Er fährt sich durch die dunklen Haare, durch die sich schon deutlich graue Strähnen ziehen, und seufzt.

„Also?", frage ich erneut. Doch auch dieses Mal gibt er mir keine Antwort. „Sebastian!"

„Du weißt, dass ich das nicht absagen kann. Was soll ich denn erzählen? Dass meine Frau ein Kaffeekränzchen halten musste? Michelle ist doch auch zu Hause, ihr könnt das sicher wann anders nachholen. Vielleicht mal nachmittags. Nehmt die Kinder mit, ist bestimmt lustig." Er setzt sich mit seinem Kaffee zu Lucian an den runden Holztisch. In meinen Ohren rauscht es.

Als er beginnt, sich mit unserem Sohn zu unterhalten, ist es das unmissverständliche Zeichen, dass das Gespräch für ihn beendet ist. Bevor ich mich weiter darüber aufregen kann, betritt allerdings auch schon die nächste Mitspielerin in Form meiner Tochter Chloe die Bühne.

„Mom!", sagt sie. Ohne *Guten Morgen*. Ohne ein Lächeln. Es ist der gleiche anklagende Tonfall, den auch mein Sohn in Perfektion beherrscht.

„Guten Morgen, Süße." Ich will sie in den Arm nehmen, aber sie wehrt mich ab. Sie mag das nicht mehr, seit alle außer Dad zu uncool für sie sind.

„Warum hast du mich nicht früher geweckt?", jammert sie. „Wie soll ich in einer halben Stunde fertig werden? Mein Peeling braucht schon zehn Minuten."

„Du brauchst kein Peeling."

„Im Ernst? Schau mich mal an." Sie zieht eine Grimasse. Ich wünschte, sie könnte sich durch meine Augen sehen. Ich wünschte, sie wüsste schon, wie unbedeutend es irgendwann einmal sein wird, ob man mit vierzehn Pickel hatte oder eine Zahnspange.

„Du bist gut in der Zeit, Maus."

Sie geht an mir vorbei, wirft ihr dunkles Haar theatralisch auf den Rücken und nimmt sich ein Glas Wasser, das sie in einem herunterstürzt.

„Willst du Frühstück? Flakes?"

Sie schaut, als hätte ich sie gefragt, ob sie Butter pur löffeln will.

„Weißt du, wie viel Zucker da drin ist? In vier Wochen ist das Vortanzen, Mom."

„Irgendetwas solltest du schon essen."

„Haben wir Grapefruits? Morgen, Daddy." Sie setzt sich neben Sebastian, der ihr einen Kuss auf den Scheitel gibt.

„Hey, Prinzessin. Vier Wochen nur noch? Hast du schon alles drauf?"

„Klar. Nächstes Jahr ist vielleicht sogar eine Hauptrolle drin."

Sebastian wirft ihr einen anerkennenden Blick zu. „Dann streng dich mal schön an. Du weißt ja …"

„Von nichts kommt nichts", ergänzt sie seinen Satz und strahlt an ihm hoch. Und ich weiß genau, was sie sieht. Für sie ist Sebastian der wundervollste Mann auf diesem Planeten. Ihr Daddy, der wie ein Ritter in glänzender Rüstung gegen alle Drachen kämpft, die ihre Zuckerwattewelt bedrohen. Der, der sie auf Händen trägt und alles für sie tun würde. Dessen Kreditkarten immer locker sitzen und bei dem man jederzeit seinen Willen bekommt.

Ich beneide sie für einen Moment darum, denn es gab eine Zeit, da habe ich ihn mit dem gleichen Blick betrachtet. Das war, bevor wir uns zwischen Frühstück und Zubettgehen kaum länger als drei Minuten am

Stück gesehen haben. In einer Zeit, in der es nur uns beide gab. In einem anderen Leben.

Ich schlucke trocken und reiße den Blick von meiner Familie los, weil es auf der Küchenarbeitsplatte neben mir vibriert. Eine unbekannte Nummer erscheint auf dem Handydisplay. Das ist schon das vierte Mal seit gestern Nachmittag. Vermutlich wieder irgendein Telefonscam. Ein unfassbar überraschender Hauptgewinn in einer Lotterie, an der ich gar nicht teilgenommen habe, oder eine Meinungsabfrage zu meiner Zufriedenheit mit unserem aktuellen Telefonprovider. Als wäre meine Meinung ernsthaft für irgendjemanden auf diesem Planeten von Interesse.

„Dein Telefon klingelt", sagt Sebastian.

Ich drücke den Anrufer weg. Ich bin jetzt nicht in der Stimmung für überraschende Hauptgewinne.

***

Eine halbe Stunde später sitzen wir zu dritt in meinem SUV und fahren auf Raleighs überfüllten Hauptverkehrsstraßen zuerst Lucians Vorschule an. Er hängt in seinem Kindersitz und zetert vor sich hin. In der Hand hält er zwei Dinosaurierfiguren, die auf solch brutale Weise miteinander kämpfen, dass ich mich frage, was ich in der Erziehung dieses Kindes eigentlich alles falsch gemacht habe. Er und Chloe sind so unterschiedlich wie Feuer und Wasser. Keine Ahnung, ob es nur am Altersunterschied liegt aber ... nein, sie war in seinem Alter nicht so. Sebastian sagt immer, dass er eben ein Junge ist. Als würde das etwas bedeuten. Als wäre es wichtig, dass Jungs solche Dinge ausleben und

13

Mädchen nicht. Ich hasse es, wenn er so redet. *Als Mann muss man lernen, sich durch alle Widrigkeiten durchzuarbeiten, Charlotte. Das ist unsere Natur.*

Furchtbar.

„Luce, brichst du das bitte nicht kaputt?", frage ich mit Blick in den Rückspiegel, aber er hört mich gar nicht. Er ist so in sein Spiel vertieft, dass es ihm vermutlich auch egal wäre, wenn das Auto in die Luft gehen würde. Die Stimmung arbeitet in jedem Fall auf diesen Punkt zu. Chloe neben mir sieht aus, als würde sie mich am liebsten aus dem Auto schmeißen und selbst das Steuer übernehmen.

„Mom, mein Training geht heute drei Stunden. Denkst du dran?"

„So lange?"

„Ja? Wir müssen alle fit werden. Wir sind schlapp wie Kartoffelsäcke. Wenn ich die Odette tanzen will, geht das so nicht."

„Schatz, ich weiß, dass-"

„Nee, Mom, nee nee, da will ich jetzt echt nicht drüber reden. Ich brauche das Training. Ich muss langsam in Form kommen. Außerdem will ich am Wochenende mein neues Kleid anziehen. Das mit dem Rückenausschnitt."

„Bei einem Treffen mit Janet?"

„Mit der? Auf keinen Fall. Ich gehe mit den Mädels auf die Party bei Amalia."

„Was für eine Party?"

Aus dem Hintergrund wird ein Heulen laut, weil eine Figur zu Boden gegangen ist.

„Lucian? Ich hebe die gleich auf, bleib bitte sitzen. Nicht abschnallen."

„Mommy, jetzt. Jetzt sofort. Mommy!“

„Gleich.“

„Mom, du hörst nie zu. Boah, richtig geil, dass ich die Einzige von meinen Freundinnen bin, die einen kleinen Bruder hat. So nervig.“ Chloes Stimme ist kaum hörbar über das Gekreische hinweg.

Ich atme.

Ein und aus.

Lucian brüllt und Chloe schmollt. Und ich weiß weder, auf welche Party meine Tochter geht, noch, mit welchen Mädchen, noch, was dem Dinosaurier zugestoßen ist. Ich weiß nur, dass mein Kopf gleich platzt.

Ein Kind, um zu heiraten.

Ein Kind, um zu bleiben.

***

Bis zum Abend wurden noch mehrere Krisen abgewendet. Ich habe mit meiner Tochter um diese Party gestritten, die ihr Daddy natürlich erlaubt hat, ohne mit mir zu sprechen. Ich habe Tränen getrocknet, weil die Ballettlehrerin heute einen schlechten Tag hatte, und ich habe ein gesprungenes Glas aus sämtlichen Ritzen meiner Küche gesaugt, weil Lucian die Idee gut fand, es an der Wand zerschellen zu lassen. Und jetzt bin ich einfach nur geschafft, müde und nicht mehr ich selbst, als ich mich neben meinen Mann aufs Sofa fallen lasse. Er schaut milde in meine Richtung und schmunzelt leicht.

„So schlimm?“

Ich schnaufe durch. „Frag nicht.“

„Meinst du, es toppt die Verhandlung von Harrison gegen Matchwater Inc.?“

„Das hier ist unser Leben und kein Wettbewerb.“

„Du klingst immer so abgespannt.“

Und du klingst immer so vorwurfsvoll.

„Das war heute Morgen nicht okay von dir, Charlotte.“

Sebastian sagt es ganz ruhig in die Stille des Wohnzimmers hinein. Es hallt von den Glasvasen auf dem Kamin zu den Gemälden an der Wand. Dann kommt es zurück und trifft auf mich. Auf die Frau, die in ihrem Seidenpyjama auf dem Sofa sitzt und glaubt, dass sie am Ende angelangt ist. Die Reserven sind schon lange weg. Er weiß das. Und trotzdem kommen ihm die Worte so leicht über die Lippen. Der Vorwurf ist deutlich herauszuhören aus diesem Satz, der sich so schwer in mein Gewissen brennt, dass mir fast die Luft wegbleibt. Eigentlich sind es Worte, die ich sagen sollte. Sebastian hat kein Recht, es auszusprechen. Er klingt, als hätte ich ihn gezwungen, sein Firmendinner abzusagen und nicht andersherum.

„Ich weiß. Es tut mir leid.“ Ich habe jetzt keine Lust, mich in diesen Konflikt hier hineinzudenken. Weil es immer die gleichen, totgekauten Argumente sind. Immer die gleiche Reihenfolge von Anschuldigungen, die wir uns gegenseitig zuschieben. Es ist normal. So ist das eben, wenn man keine achtzehn mehr ist. Wenn man ein Leben zusammen hat. Einen Alltag, zwei Kinder. Trotzdem ermüdet es mich. Früher hätte ich über diese Gedanken gelacht. Ich habe immer gedacht, dass ich eine bin, die die Dinge in die Hand nimmt. Eine, der das Schicksal die Pralinen vor die Füße wirft. Und das hat es. Ich habe ein geordnetes Leben. Ich habe einen Mann, zwei gesunde Kinder. Wir haben ein Haus und genug Geld. Es ist nur schwer in Worte zu verpacken, warum all das nicht reicht. Schon allein die Tatsache, dass es so ist, lässt mich undankbar fühlen.

Sebastian stellt sein Weinglas auf dem niedrigen Couchtisch ab und zieht in der gleichen Bewegung einen meiner Füße auf seinen Schoß. Eine Geste, die ich liebe. Eigentlich. Heute kann ich die Berührungen seiner Finger kaum ertragen. Die Aufforderung nach mehr Körperlichkeit schwingt unverkennbar mit. Er bekommt dann diesen Blick, der so wenig in mir auslöst, dass ich vor Frustration schreien könnte. Als wäre etwas in mir über die Jahre abgestorben. Ertrunken in Schulaufführungen und Ballettstunden.

Seine Hand fährt immer höher und erreicht fast mein Knie unter der glatten Hose.

„War ein langer Tag, hm?", fragt er und rutscht ein Stück näher. Ich lächle matt.

Wie sagt man dem Mann, mit dem man alles teilt, dass er einem zu viel ist? Dass man ihn eigentlich schon noch liebt, aber trotzdem jetzt gerade, in diesem Moment, nicht angefasst werden will? Wie sagt man verletzende Dinge, ohne dass sie verletzend klingen? Richtig. Gar nicht.

Seine Lippen kommen näher und in meinem Kopf läuft die Vorschau auf die nächste halbe Stunde in HD. Er legt die Hände um mein Gesicht. Warum kann ich dabei nichts mehr empfinden? Seit wann ist das fort? Der Gedanke ist quälend. Am liebsten würde ich mich für immer allein einschließen und niemals wieder hervorkommen.

Ohne Ansprache.

Ohne Drama.

Ohne Familie.

Alleine.

Ich hasse mich dafür.

Bevor Sebastian weitermachen kann, fängt mein Handy auf dem Wohnzimmertisch an zu vibrieren. Ich werfe einen Seitenblick darauf. Unterdrückte Nummer. Diesmal kommt es mir recht.

„Schatz, warte mal eben."

Er weicht zurück. „Im Ernst?"

„Der Anruf kam schon ein paar Mal."

„Dann wird er es auch noch einmal tun." Er zieht mein Kinn zu sich. Eine Geste, die in der Realität nur halb so prickelnd ist wie in all den Romanen. *Komm schon, Baby, schau mich an.* Bitte, lass ihn das niemals sagen.

Ich winde mich aus seinem Griff und nehme wortlos das Handy. Bevor er noch einen Ton sagen kann, hebe ich ab und gehe auf die Fensterfront zu.

„Clairmont?"

„Ah, Mrs. Clairmont. Endlich erreiche ich Sie. Meine Güte, ich dachte schon, dass Sie die Nummer gewechselt haben oder Schlimmeres."

„Mit wem spreche ich bitte?"

„McNamara. Anwalt, Notar und Nachlassverwalter."

„Um was geht es denn?"

„Sie sind die Enkelin von Mrs. Eleonora Hawkins?"

Es gibt diese Tonlage, die Menschen haben, wenn sie schlechte Nachrichten übermitteln. Mein Herz rutscht eine Etage tiefer und pocht irgendwo auf Magenhöhe weiter.

„Wer ist das denn nun?", blafft Sebastian aus dem Hintergrund, aber ich stoppe ihn mit einer Handbewegung.

„Ja, bin ich. Ist ... geht es ihr gut?" Es ist nicht mehr als ein Murmeln in den Hörer.

„Ma'am, ich habe leider weniger gute Nachrichten. Ihre Großmutter wurde gestern tot in ihrem Haus aufgefunden. Herzliches Beileid."

In meinen Ohren rauscht es. Bilder von Granny überlagern sich. Sie schieben sich mit einer solchen Vehemenz vor alles andere, dass mir richtig übel wird. „Haben Sie gerade gesagt, dass ..."

„Ja, Ma'am. Sie ist leider verstorben."

„Das ..."

„Solche Dinge sind immer unerklärlich und plötzlich. Der Tod ist und bleibt ein Mysterium", sagt dieser Mr. McNamara, als wäre es ein Werbespruch.

Für einen Moment sehe ich mich an Moms Grab stehen. Der Gedanke, das jetzt mit Granny wiederholen zu müssen, ist furchtbar. Und noch etwas ist da: Scham. Dass ich die letzten Jahre nicht einmal mehr zu ihr rausgefahren bin. Dass wir sie zwar an allen Feiertagen eingeladen, aber niemals nachgehakt haben, wenn sie abgesagt hat. Ich sehe sie vor mir, wie sie einsam vor ihrem alten Ofen sitzt und stickt. Das hat sie immer getan und regelmäßig Pakete geschickt. Mit Dingen, die wir niemals gemocht haben. Die wir nie wertgeschätzt haben. Wir haben uns nicht einmal dafür bedankt.

„Mrs. Clairmont?"

„Ja?"

„Ich habe gerade über die Erbauflassung gesprochen. Nach der Beerdigung würde ich Sie gern zu mir ins

Büro bestellen, denn es gibt einige Passagen aus dem Testament, die ich lieber mit Ihnen persönlich besprechen würde. Sie sind die letzte Erbin."

Damit hat er leider recht. Sowohl Mom als auch mein Onkel Henry sind beide schon tot. Grandpa seit letztem Jahr. Wir sind keine sehr haltbare Familie.

„Passt Ihnen das?"

„Was denn? Entschuldigen Sie bitte, ich …"

„Ja, ich weiß. Solche Dinge sind niemals leicht. Passt es Ihnen nach der Beerdigung? Wann auch immer sie sein wird. Ich werde Bescheid geben."

KAPITEL 2

LEVI

Es gibt Dinge, die hasst man. Und dann gibt es Dinge, die hasst man so sehr, dass man den Wunsch verspürt, sich in Luft aufzulösen.

Zum Beispiel, wenn man auf der Hochzeit seiner Schwester sitzt und der Rede lauscht, die der eigene Vater auf seinen neuen Schwiegersohn hält. Wenn er noch ein einziges Mal das Wort *großartig* verwendet, werde ich kotzen. Dann werde ich in die Geschichtsbücher eingehen als der schlimmste kleine Bruder und Trauzeuge aller Zeiten. Und vermutlich werde ich enterbt.

Als würde das noch einen Unterschied machen.

Dad legt eine Hand auf Steves Schulter und Brianna strahlt zu den beiden Männern hinüber, die neben ihr stehen. Einer groß wie ein Bär, mit einer tiefen Stimme und einem sanften Funkeln in den Augen – das ist Dad, der heute endlich ein reales Bild von der Vision geboten bekommt, die er seit Jahrzehnten von seiner Tochter hat.

Der Mann neben ihm sieht aus wie ein schlechtes Abziehbild. Klein, aber ebenso breit wie Dad, dafür mit dem linkischen Gesicht der Ratte, die er ist. Schon immer war.

Ich erinnere mich noch genau, wie er mich früher als Kind drangsaliert hat. Da hatte er noch eine große Fresse. Aber nur so lange, bis ich mit dem langersehnten Wachstumsschub einen Kopf größer geworden bin als er. Seitdem ist er ein Arschkriecher. Heilige Scheiße, ich hasse Steve Randall. Er passt kein bisschen zu Brianna und trotzdem stehen sie heute beide da vorne und sehen aus wie das glücklichste Brautpaar des Jahrtausends. Sie mit ihrem großen Babybauch und er mit seinem dämlichen Grinsen.

Mom nennt das, was sie verbindet, eine wundervolle Jugendliebe. Ich nenne das berechnendes Kalkül. Die Ratte weiß genau, was sie macht. Wenn jetzt nicht ein Ring am Finger meiner Schwester steckt, weil Randall sich mein Erbe unter den Nagel reißen will, dann weiß ich auch nicht.

Mein Dad und seiner sind seit jeher Konkurrenten. Wer hat die besten Bullen, wer hat die größten Flächen, wer hat die modernste Stallanlage? Ein Schwanzvergleich unter Viehzüchtern. Dabei haben die Randalls immer den Kürzeren gezogen. Ob sich das aufs Persönliche übertragen lässt, will ich gar nicht wissen.

„Warum heiratet deine Mutter eine Ratte?", fragt Onkel Jake neben mir und verzieht das Gesicht.

„Das ist doch nicht Mom, das ist Brianna."

„Hm. Dann heiratet wohl Brianna eine Ratte." Er kichert unpassend und hebt sein Bierglas in meine Richtung. Ich stoße mit ihm an und freue mich ehrlich über den zufriedenen Glanz in seinen Augen. Verwechslung hin oder her. Die nimmt ihm hier ohnehin schon lange niemand mehr übel. Alle sind froh, dass er sich heute überhaupt daran erinnert, zu dieser Familie zu gehören. Die meiste Zeit lebt er mit seinen Gedanken an einem Ort, zu dem keiner von uns mehr Zugang hat. Eigentlich wollte Mom ihn heute gar nicht herholen, aber Dad und Tante Livie haben darauf bestanden, denn Jake ist Dads einziger Bruder.

Kinder haben er und Livie keine. So lange ich mich erinnern kann, haben die beiden immer wie zwei Einsiedler auf unserer Ranch gelebt. Ein bisschen abseits in einem so winzigen Blockhaus, dass es gerade so für sie selbst gereicht hat. *Die Hütte.* Er hat nie darüber gesprochen, warum sie sich für dieses Leben entschieden haben und vermutlich ist das auch nicht weiter wichtig. Warum entscheidet man sich schon für Dinge? Warum sitze ich hier? Warum heiratet meine Schwester diese Ratte Randall? Wer weiß das so genau?

Dad beendet seine Rede, alle klatschen und pfeifen wie verrückt.

„Haben wir jetzt was verpasst, Junge?"

„Denke nicht. Er lobt die Ratte und die Ratte lobt sich vermutlich gleich selbst."

„Du kannst ihn nicht leiden, hm?"

„Stimmt."

„Immerhin ist Steve irgendwo tief im Herzen ein guter Mensch. Glaub mir, es gibt Schlimmere als ihn."

Wir lehnen uns synchron zurück, im nächsten Moment setzt Musik ein. Meine Schwester hat eine Band angeheuert, die sich jetzt auf einer provisorischen Bühne aus Quaderballen aufgebaut hat und ein *flottes Lied* spielt. Sie tragen wie neunzig Prozent der Gäste Jeans und Hemden mit Westernkrawatte. Ich nicht. Ich musste mich heute in einen Anzug zwängen, denn ich bin ja der Trauzeuge der Ratte. Weil Ratten keine

Freunde haben, die dieses heilige Amt übernehmen könnten.

Die Geiger geben alles, als die ersten Paare sich auf der Tanzfläche einfinden. Das ist auf jeder Hochzeit der Moment, um das Weite zu suchen. Nicht, dass ich auf vielen gewesen bin, aber es ziehen sich doch gewisse Muster durch.

„Na, wie wäre es mit einem Tänzchen, Levi-Schatz?"

Dieses Muster zum Beispiel. Ich wende den Blick von der Tanzfläche auf die Person schräg hinter mir und schaue genau in die glasigen Augen von Moms Freundin Mrs. Graham. Sie ist breit wie hoch und hat ein Gesicht, mit dem sie in der Muppet Show auftreten könnte.

„Oh, nein danke", setze ich an, komme aber nicht weit.

„Natürlich tanzt er mit dir, Brianna. Mit der Braut muss man tanzen, das ist ein Naturgesetz. Nicht, Peter?" Die Augen meines Onkels funkeln vergnügt. Seine Hand legt sich schwer auf meine Schulter. Keine Ahnung, wer Peter ist. Der Druck wird erhöht. So lange, bis ich aufstehe. Mrs. Graham schleift mich auf die Tanzfläche und wirft sich resolut an meine Brust.

„Was für eine prächtige Feier. Große Güte", säuselt sie vor sich her. Ich nicke. Wortlos.

„Was macht denn die Arbeit so, mein Schatz?", fragt sie ungeniert weiter und ich kann mich nicht entscheiden, ob ich das unpassend oder witzig finde. Ich meine, ich kenne Mrs. Graham mein ganzes Leben. Wie so ziemlich alle anderen Gäste auch. In Orten wie Valley Mills, mitten in der Einöde von Texas, ist das nicht zu umgehen.

„Und?", fragt sie nach.

„Viel zu tun. Wie immer."

„Hab gehört, Daddy hat bei der letzten Viehausstellung ordentlich abgeräumt. Schönster Bulle, ja?"

Ein Grinsen stiehlt sich auf mein Gesicht. „Wer soll sonst gewinnen? Er hegt das Vieh besser als uns Kinder."

Sie lacht. „Und du? Hast ja ordentlich im Sand gesessen, was? Deine Mutter war selbst beim Erzählen dem Herzinfarkt nahe." Sie zwickt mich in die Seite.

„Autsch."

Sie zwickt fester. „Selbst schuld, wenn du dich auf so eine Teufelsbrut mit Hörnern setzt."

Da könnte sie recht haben. Früher bin ich jedes Wochenende beim Rodeo gewesen. Dad war stolz und Mom brauchte ein Sauerstoffzelt. Wer will schon dabei zusehen, wie der eigene Sohn sich von einem wütenden Bullen zu Hackfleisch verarbeiten lässt? Ich würde jetzt gerne damit prahlen, wie unbesiegbar ich beim Bullriding bin, doch das wäre gelogen. Nach einem Unfall letztes Jahr habe ich mehr im Sand gesessen, als dass ich oben geblieben bin. Trotzdem brauche ich das ab und an. Manche von uns werden eben auch mit dem Alter nicht klüger. Ist wie mit One-Night-Stands: Jeder weiß, dass sie meistens scheiße sind, aber die Erinnerung an diese Erkenntnis verblasst enorm schnell.

Wir drehen uns über die Tanzfläche. Dabei kommen wir an Mom vorbei, die fleißig in die Hände klatscht und mich stumm auffordert, ein bisschen freundlicher zu schauen. Sie zieht sich umständlich die Mundwinkel hoch und das sieht so bescheuert aus, dass es sich tatsächlich auf mich überträgt. Im nächsten Moment werde ich von Mrs. Graham herumgedreht und stolpere über meine Füße.

„Und, wann tanzen wir auf deiner Hochzeit? Hast du denn endlich mal ein vernünftiges Mädchen?"

Noch ein Muster, das sich durchzieht. Wenn man in dieser Gegend über dreißig unverheiratet ist, tun alle so, als wäre man ein Außerirdischer.

„Weiß nicht. Es gibt zu viele schöne Frauen, um sich auf eine festzulegen." Ich zwinkere ihr zu, sie schmunzelt bloß geschmeichelt.

„Charmant bist du ja, warst du immer." Damit bleibt sie stehen und schaut sich um. „Ah, da ist sie. *Isabella!* Komm mal her." Ich folge der Richtung, in die sie sich abgewandt hat, und sehe ihre Tochter Isabella zwischen den Gästen auftauchen. Ihre Wangen sind in etwa so rot wie ihre Haare, sie wirkt maximal unbehaglich. Mit Vehemenz versucht sie, die Verkupplungsversuche ihrer Mutter abzuwehren, doch die winkt immer auffälliger. Sie zeigt so lange auf mich, bis Isabella sich schließlich in Bewegung setzt. Mrs. Graham wirkt aufs Äußerste zufrieden. „Na sowas", säuselt sie. „Schau nur, wer von der Uni auf Heimatbesuch ist. Meine Beine sind müde, aber Isabella kennst du ja noch von früher, oder?"

Besser, als du ahnst.

Im nächsten Moment drückt Mrs. Graham ihre Tochter mit Nachdruck an die Stelle, an der sie vorher stand, und verabschiedet sich. Ich schaue seufzend in die gleichen Augen wie eben. In die zwanzig Jahre jüngere Version. Und ja, dass das ein völlig abstruser Gedanke ist, ist mir sehr wohl klar. Wer will schon mit seiner eigenen Mutter verglichen werden?

***

„Mom, ich habe drei Tänze mit ihr gehabt. Sie ist auf meinen Füßen herumgelatscht wie ein Clown.“

Mom dreht sich um und wirft ihr Küchenhandtuch nach mir.

„Sei nicht so unmöglich, Levi. So habe ich dich nicht erzogen. Außerdem ist sie doch eine gute Partie.“

Sie wartet gar nicht meine Reaktion ab, sondern wendet sich wieder dem Abwasch zu.

„Gabs das Hochzeitsaufgebot zum Sonderpreis, falls man gleich zwei nimmt, oder was?“ Auch, wenn es witzig klingt – das ist kein Grund zu scherzen.

„Wir wollen nur das Beste für dich, Levi. Du weißt genauso gut wie ich, dass aus deinen Plänen nichts werden kann, wenn du nicht endlich zusiehst, dass du sesshaft wirst. Ich frage mich ernsthaft, worauf du wartest?“

„Auf die Frau, die mir nicht schon morgens vor der Arbeit die Nerven raubt.“

„Werd jetzt bloß nicht frech.“

Ich stehe auf. „Würde ich nie. Du kennst mich.“

„Deswegen sage ich es ja. Deinetwegen bekomme ich noch vorzeitig graue Haare.“

Ich trete neben sie, stelle meine Kaffeetasse in die Spüle und gebe ihr einen Kuss auf den Scheitel.

„Du bist schon grau, Mom“, flüstere ich und ducke mich, um ihrer nassen Hand auszuweichen. Mit einem Grollen kommt sie mir hinterher und stoppt sich gerade noch rechtzeitig, bevor Brianna und Steve, die Ratte, in die Küche kommen.

„Morgen allerseits. Na, Schwager?“ Er nickt uns zu und ich glaube, jetzt kommt mir ehrlich mein Frühstück wieder hoch.

„Morgen.“

Brianna watschelt auf den Tisch zu und lässt sich mit einem Ächzen auf einen der Stühle fallen. Sie strahlt wie ein Tausend-Watt-Leuchter. Und ich werde einen Teufel tun, sie zu fragen, warum. Es gibt Dinge, die überlässt man lieber dem Vergessen. Hochzeitsnächte von Familienmitgliedern beispielsweise.

„Kann ich dir zur Hand gehen, Mom?“, fragt Steve und ja, er nennt Mom und Dad eben genau so. Mom und Dad. Als wäre er hier irgendwer. Lächerlich.

Bevor ich weiter über die Situation nachdenken kann, wendet Brianna das Wort an mich.

„Levi, wenn du nachher mal eine Minute hast …“

„Was denn?“

„Dad wollte mit uns reden. Also mit Steve, dir und mir.“

„Hat er gesagt, worum es geht?“

Sie schüttelt leicht den Kopf, aber so rot, wie sie wird, weiß sie es genau.

Und pünktlich zur Mittagszeit erfahre ich ebenfalls die großen Neuigkeiten. Wir sitzen aufgereiht wie die Orgelpfeifen vor Dads Mahagonischreibtisch. Brianna streichelt ohne Unterlass ihren Bauch. Sie sieht aus wie eine Wahrsagerin mit direkter Verbindung zum Universum.

„Kinder“, beginnt Dad mit großer Geste und verschränkt die Arme auf dem Tisch. „Wie ihr wisst, will ich mich langsam, aber sicher aus dem Geschäft zurückziehen …“

Moment, was? Will er das? Seit wann?

„Nicht sofort, aber auf lange Sicht doch. Es hat eine glückliche Fügung gegeben, die gestern durch eine Ehe besiegelt wurde. Brianna und Steve wissen es schon, wir wollten es dir zusammen sagen, Levi. Die Randall-Ranch und unsere werden sich zusammenschließen. Steve leitet ab sofort die Geschäfte seines Vaters und ich werde die Führung hier nach und nach an Brianna übergeben."

„Was?" Und das ist das Einzige, das auch nur annähernd ausdrücken kann, was ich empfinde.

„Dir will keiner etwas wegnehmen. Du hast weiterhin deinen Platz hier, es bleibt alles beim Alten." Die Ratte macht ein beschwichtigendes Gesicht und kann froh sein, dass meine Schwester zwischen uns sitzt.

„Wollt ihr mich verarschen?" Mit einem Satz bin ich auf den Füßen und schnaube. In etwa so wie dieser hässliche Longhornbulle Holloway, den Dad so liebt.

„Es ist nur eine Formalität. Nichts wird sich ändern", sagt Dad.

„Es wird sich nichts ändern? Die Ratte zieht hier ein und reißt alles an sich. Wenn das keine Veränderung ist, weiß ich auch nicht!"

Brianna fällt alles aus dem Gesicht. Als mir richtig bewusst wird, was ich da gerade laut ausgesprochen habe, ist es Zeit, die Flucht zu ergreifen. Wenn nichts mehr geht, ist das mein Mittel der Wahl.

„Levi! Du bleibst hier und entschuldigst dich!", blafft Dad, während ich schon aus der Tür haste. Die Gedanken drehen Extraschleifen in meinem Kopf und ich habe mich selten so verarscht gefühlt wie heute.

Auf dem Weg nach draußen komme ich an Mom vorbei.

„Levi! Warte doch ...“

„Worauf, Mom? Worauf bitte?“

Mit Wucht reiße ich den Hut von der Garderobe und brülle nur ein „Bessy!“ durchs Haus. Die Schäferhündin kommt sofort angeflitzt und duckt sich tief an meine Seite. „Komm, Süße, wir hauen ab.“

„Levi!“ Eine harsche Stimme brüllt hinter mir her. Brianna hat wohl die Verfolgung aufgenommen.

Bessy scheint kurz verwirrt, folgt mir dann aber in den Flur. Ich bleibe einen Moment an der Kommode stehen und wühle nach meinen Autoschlüsseln. Es liegt ein Brief daneben, auf dem in Handschrift unsere Adresse eingetragen ist.

Persönlich zu Händen Levi Henderson.

Was?

„Warum sagst du sowas? Warum machst du mir mein ganzes Glück kaputt? Du bist so selbstgerecht und unmöglich“, keift meine große Schwester von der Seite. Und weil sie immer näher kommt, beschließe ich, dass ich jetzt keine Zeit habe, mir Gedanken über den Brief zu machen. Wenn sie mich in die Finger bekommt, werde ich mir vermutlich niemals wieder Gedanken über irgendetwas machen müssen. Also stopfe ich den Briefumschlag in die Tasche meiner Jeans und haste mit Bessy im Schlepptau aus dem Haus.

Die nächsten Stunden verbringe ich damit, ziellos durch die Gegend zu fahren. Ich kann nicht fassen, dass Dad mir das antut. Ich meine, seit meiner frühesten

Kindheit redet er davon, wie stolz er sein wird, wenn ich mal die Geschäfte zu Hause führe. Nicht, dass ich jemals scharf darauf gewesen wäre, aber nicht mal die Wahl zu haben? Hier geht es doch ums Prinzip. Und was soll das mit Randall? Dad hasst die Randalls. Nur, weil dieser kleine Scheißer ihm ständig Honig ums Maul schmiert und ihm endlich den langersehnten Enkel gemacht hat.

Ich komme an unzähligen Abzweigungen vorbei. Hofauffahrten, die so lang sind, dass man die dazugehörigen Gebäude von der Straße aus gar nicht sehen kann. Irgendwann kommt mir ein Viehtransporter entgegen, der so breit ist, dass ich rechts ranfahren muss. Die Staubwolken hüllen mich ein und nehmen mir für einen Moment die Sicht.

Der Moment dehnt sich zu Minuten aus.

Ich stehe immer noch da, selbst als die Straße wieder frei ist. Plötzlich ist es, als könnte ich mich niemals wieder bewegen. Nicht vor und nicht zurück. Die Weite um mich herum fühlt sich heute zum ersten Mal an wie eine Zwangsjacke.

Bessy legt ihre Schnauze auf meinen Oberschenkel und fiept. Sie schaut aus großen Augen und stupst meine Jeans an.

„Hm? Was meinst du?"

Sie stupst wieder.

Der Brief. Mit zittrigen Händen krame ich ihn hervor und öffne den Umschlag.

Sehr geehrter Mr. Levi Henderson,
hiermit möchte ich Sie zur Erbauflassung von

Mrs. Eleonora Hawkins
28601 Vinewood Hill
Vinewood, North Carolina

bestellen.
Sie sind als Erbe im Testament der Verstorbenen einge-
setzt.
Die Erbausschüttung ist vorweg an einige Bedingungen
geknüpft, die ich Ihnen in einem persönlichen Ge-
spräch nahebringen möchte. Dies entspricht den Wün-
schen meiner Mandantin. Bitte finden Sie sich am

June 15, 2022
03:30 PM

in meiner Kanzlei bei der unten aufgeführten Adresse
ein. Halten Sie Ihre Ausweisdokumente bereit und
seien Sie pünktlich. Sollten Sie den Termin nicht wahr-
nehmen können, bitte ich Sie höflichst um eine Unter-
richtung.

Mit freundlichen Grüßen
Everett McNamara
Anwalt, Notar und Testamentsvollstreckung

Ich lese den Brief noch bestimmt zwei Mal und lasse ihn dann sinken.

Bleibt nur eine Frage: Wer in aller Welt ist Eleonora Hawkins?

KAPITEL 3

CHARLOTTE

Sebastian fährt sich schon das dritte Mal durch die Haare, seit wir das Ortsschild von Vinewood passiert haben. Ein untrügliches Zeichen, dass ihm das alles hier ganz und gar nicht passt.

„Schatz, ich kann doch auch nichts dafür, dass der Notar den Termin direkt nach der Beerdigung angesetzt hat."

Sein Seitenblick trifft mich wie ein Fausthieb.

„Du hättest das am Telefon klären können. Weißt du, wie spät wir heute Abend zurück zu Hause sein werden? Nicht alle von uns können morgen ausschlafen."

„Sei froh, dass wir mit dem Auto hinfahren konnten. Wenn wir hätten fliegen müssen, wäre die Zeit unser kleinstes Problem."

„O Gott, erinnere mich nicht daran. Ich fliege niemals wieder mit diesem Kind."

Wo er recht hat. Es gab da einen prägnanten Zwischenfall vor zwei Jahren, als wir den ersten Sommerurlaub zu viert geplant hatten. Ein Flug nach Hawaii. Ich glaube, wir stehen für alle Zeiten auf der roten Liste dieser Fluggesellschaft. Es ging schon mit dem Essen los. Lucian hat einen Wutausbruch bekommen und danach vor lauter Schluchzen das halbe Flugzeug

vollgebrochen. Dummerweise hatte ich die falsche Tasche als Handgepäck im Flugzeug behalten, sodass wir
ihn nicht umziehen konnten. Sebastian hat den halben
Urlaub nicht mit mir gesprochen, weil er so wütend
war. Er hat nur mit Chloe am Pool gesessen, Magazine
gelesen und so getan, als wäre das alles meine Idee gewesen.

Ich komme wieder in Realität an, als Sebastian scharf
nach rechts abbiegt und sich darüber aufregt, dass hier
alles so schlecht beschildert ist.

„Dieser verdammte Anwalt hätte ja wenigstens mal
eine Kanzlei im Stadtzentrum mieten können. Die paar
Meilen bis Hickory hätten keinen Unterschied gemacht.“

Ich antworte nicht. Was soll man darauf auch sagen?

„Das ist doch sowieso alles eine Farce. Was soll es bei
deiner komischen Grandma schon zu erben geben? Die
Frau hat in einer Bruchbude von Weingut gelebt und
Tischdeckchen bestickt. Du hättest das Erbe auch einfach ausschlagen können.“

„Mom? Wann sind wir endlich da? Mein Popo tut
weh!“, kommt es im selben Moment von hinten. Gepaart mit einem tiefen Seufzen, das Chloe macht, die
durch ihre dicken Kopfhörer eigentlich gar nichts mitbekommen dürfte.

Ich gebe Lucian ein Handzeichen, zu warten, ehe ich
mich wieder Sebastian zuwende. „Das ist eine Sache
des Respekts. Sie ist meine letzte Angehörige.“

„Moooom.“

„Sicher, Charlotte. Aber am Telefon …“

„Mooooooom.“

Ich fahre herum. „Kannst du mal kurz still sein, Herrgott? Ich spreche gerade mit Dad, das hörst du doch?"

„Fahr ihn doch nicht immer so an." Sebastian schüttelt den Kopf.

„Du könntest auch mal etwas dazu sagen. Man wird ja wohl wenigstens noch einen Satz zu Ende sprechen dürfen?"

„Moooom."

Sebastian schaut in den Rückspiegel. „Hör lieber auf, Kumpel. Mom ist schon wieder genervt von uns."

„Dumme Mom."

„Was?" Meine Pulsfrequenz steigt immer weiter.

„Er meint es nicht so, nicht Lu? Mom ist eben ein bisschen gestresst."

Ich schließe für einen Atemzug lang meine Augen und presse die Lider zusammen, doch der Druck unter meiner Schädeldecke wird davon nur schlimmer. Also versuche ich, mich an alle Entspannungstechniken aus dem grässlichen Yogakurs zu erinnern, den ich mit Michelle besuche.

Es hilft nicht.

Nichts davon.

Wenn das Maß voll ist, ist es voll. Aber das hat jetzt hier keinen Platz, das ist selbst mir noch klar.

Sebastian biegt ein zweites Mal ab und schiebt seine Hand auf meinen Oberschenkel. Ein unterschwelliges Friedensangebot, das ich nicht annehme. Mit einem geseufzten Laut der Missbilligung zieht er die Hand wieder weg.

„Dann nicht", sagt er und hält ruckartig an. „Ist es da? McNamara? So hieß der Vogel doch, oder?"

„Ja. Guck mal, da vorne ist ein Parkplatz."

Mein Mann fährt noch ein paar Meter weiter und parkt dann in eine Lücke zwischen zwei Minivans am Straßenrand ein.

Wir steigen aus und nach einer kurzen Diskussion kommen auch die Kinder von der Rückbank hervorgekrochen. Chloe würde am liebsten sitzen bleiben und sich weiterhin die Ohren von irgendwelchen herzzerreißenden Girlbands zerfetzen lassen und Lucian will einfach gar nichts. Sebastian nimmt ihn auf den Arm und setzt sich mit der anderen Hand seine Sonnenbrille auf. Sein Anzug ist trotz der Fahrt noch immer faltenfrei. Auf den ersten Blick müssen wir ein ziemlich ungleiches Paar abgeben. An mir ist nichts mehr perfekt. Mein Make-Up ist seit der Beerdigung ruiniert und mein Etuikleid ist so zerknittert, dass es Beklemmungen in mir auslöst.

„Na dann", murmele ich und winke Chloe mit mir, die schaut, als wäre das Ende der Welt nahe. Ich ziehe im Gehen ihren langen Flechtzopf aus ihrem Kragen, aber sie schlägt meine Hand weg. Mit einem filmreifen Augenverdrehen.

Irgendwie dachte ich immer, dass die Pubertät nicht so plötzlich kommt, aber da habe ich mich wohl getäuscht. Es löst zwiegespaltene Gefühle in mir aus, aber ich bekomme keine Gelegenheit, mir weiter Gedanken darüber zu machen, denn wir sind an der Tür des Anwaltsbüros angekommen. Das Büro befindet sich in einem Backsteingebäude, das sich in einen ganzen Straßenzug aus ähnlichen Gebäuden einreiht. Sie sind zweistöckig. Unten sind Ladengeschäfte mit wunderschönen, grün eingefassten Sprossenfenstern. Ein Friseur, ein kleiner Supermarkt und ein Blumenladen. Die

Büroräume darüber sind mit kleinen Namenstafeln aus Messing neben den Hauseingängen gekennzeichnet. Wir drücken die Klingel neben dem Schild *McNamara – Anwalt.*

Als der Summer ertönt, drückt Sebastian die Tür auf. Er redet leise mit Lucian, während wir die Stufen nach oben gehen. In der Stille des Treppenaufgangs ist die Musik aus Chloes Kopfhörern so überdeutlich zu hören, dass ich sie antippe. Sie schaut genervt, während ich auf meine Ohren deute, stellt die Musik aber aus.

„Besser?", blafft sie. Ich erspare uns allen die Erwiderung darauf.

Im ersten Stock angekommen betreten wir die Kanzlei, die auf den ersten Blick gar nicht wie eine wirkt. Im Empfangsbereich steht ein schlichter Schreibtisch, auf dem eine ältere Frau Akten umherschiebt. Die Wände sind über und über mit Landschaftsaufnahmen in alten Holzrahmen bestückt, halb vertrocknete Zimmerpflanzen stehen umher. An der Decke surrt ein Ventilator, obwohl es nicht einmal wirklich warm ist.

„Sie wünschen?", fragt die Frau nasal. Ich habe gar nicht gemerkt, dass Sebastian und die Kinder schon an den Schreibtisch herangetreten sind. Alle schauen mir dabei zu, wie ich die Kanzlei mustere.

„Ähm ... Clairmont. Ich habe einen Termin bei Mr. McNamara. Es geht um eine Erbauflassung."

Die Frau verzieht den Mund. „Dann nehmen Sie bitte noch einen Moment im Wartebereich Platz."

Der Wartebereich besteht aus einem weiteren Raum, in dem ein paar Stühle nebeneinanderstehen. Es wirkt ein bisschen wie das Wartezimmer einer Arztpraxis. Auch hier hängen die Wände voll mit den alten

Landschaftsaufnahmen der umliegenden Weinanbaugebiete. Ein blonder Mann sitzt an der Fensterseite.

„Hi", sagt er locker.

„Guten Tag", gibt Sebastian deutlich reservierter zurück. Ich nicke nur angespannt, weil Lucian schon wieder dieses Gesicht macht, als würde gleich eine Trotzattacke ausbrechen.

Sebastian lässt ihn von seinem Arm, während er sich selbst hinsetzt. Er öffnet den Knopf von seinem Sakko und streicht seine Haare zurück. „Ist ja ein schrecklicher Flecken Erde", raunt er zu mir herüber. So laut, dass man es in der Stille mühelos verstehen kann. „Selten sowas Geschmackloses gesehen."

„Lass doch", flüstere ich und versuche gleichzeitig, ihm mit einem Blick verständlich zu machen, dass das unhöflich ist. Dass es niemanden von uns etwas angeht, wie dieser Mr. McNamara seine Kanzlei einrichtet.

„Was denn? Darf man jetzt keine Meinung mehr haben?" Sein Flüsterton ist trotz der gedämpften Lautstärke scharf und ich schäme mich dafür. Ich schäme mich dafür, dass wir solche abgehobenen Snobs geworden sind.

Weil jedes weitere Wort es nur noch schlimmer machen würde, verkneife ich mir eine Erwiderung und betrachte stattdessen einen Moment lang Chloe, die in etwa den gleichen Blick auf dem Gesicht hängen hat wie ihr Dad.

„Mom, wie lange dauert das denn?", fragt sie.

„Weiß nicht, Schatz. Sicher nicht lang."

Sie seufzt und zieht theatralisch ihr Handy aus der Tasche. Ich könnte gar nicht mehr sagen, seit wann das

Verhältnis zwischen uns so angespannt ist. Früher waren wir ein Herz und eine Seele, obwohl sie schon immer die engere Bindung zu Sebastian hatte. Was auch daran liegen könnte, dass ich tendenziell immer die war, die das *Nein* durchsetzen musste. Sebastian hat sich seit jeher aus diesen Dingen zurückgehalten. Seine Devise ist, dass jeder von uns seine Aufgaben hat. Seine ist das Geldverdienen und die Arbeit. Meine sind der Haushalt und die Kinder. Manchmal verfluche ich mich dafür, dass ich das die letzten vierzehn Jahre so arglos hingenommen habe. Es ist schwer, aus bequemen Strukturen auszubrechen.

„Hey, Kleiner. Was wird das denn, wenn's fertig ist?"

Ich schrecke über die unbekannte Stimme hoch und sehe den Mann mir gegenüber an, wie er meinen Sohn ansieht, der auf der Erde hockt und seelenruhig einer Topfpflanze alle Blätter nacheinander ausreißt.

„Lucian!" Ich springe aus meiner Schockstarre hoch und haste auf ihn zu. Er zupft noch schneller. *„Lucian!"*

Ich bekomme seine schmalen Schultern zu fassen und ziehe ihn beiseite. Er fängt sofort an zu schreien wie am Spieß.

„Du kannst nicht die Pflanze kaputtmachen!", rechtfertige ich mich, aber er plärrt nur lauter.

„Meine Güte, was ist denn schon wieder los?" Aus dem Augenwinkel sehe ich, wie Sebastian das Handy in die Hosentasche steckt.

„Lucian, bitte beruhige dich", zische ich und will ihn in den Arm nehmen, aber er schlägt mich weg. Er will an mir vorbei ein weiteres Mal auf die Monstera-Pflanze zu, aber ich fange ihn ab. „Sebastian!"

„Was denn?"

„Er macht die Pflanzen kaputt!“

„Ach, meine Güte.“ Sebastian seufzt, als wäre das nichts. Als würde ich übertreiben. Es macht mich wütender als alles andere zusammen.

„Hey Kumpel, komm zu Daddy.“

Lucian reißt sich von mir los und stürmt auf Sebastian zu. Der nimmt ihn auf den Schoß und streicht ihm über die Haare. „Na, was hat Mommy wieder zu meckern?“

Ich komme derweil auf die Füße, schlucke einmal, dann zweimal, um alles hinunterzuwürgen, was mir auf der Zunge liegt.

Atmen, Charlotte. Immer in den Bauch atmen.

Mein Bauch ist so voll mit Luft, dass ich mich fühle wie kurz vorm Platzen.

Ich setze mich wieder auf meinen Stuhl, streiche mit pedantischer Ruhe die Falten in meinem schwarzen Etuikleid glatt und bemerke dann einen Blick auf meinem Gesicht.

Beim Aufschauen sehe ich genau in die Augen dieses anderen Mannes. Vermutlich betet er gerade zum Universum, dass er niemals so endet wie wir. Er schaut nicht weg und ich schaue nicht weg. Eine Gänsehaut breitet sich auf meinen Armen aus. Keine Ahnung, wie lange mich niemand mehr so intensiv betrachtet hat. Für den Bruchteil einer Sekunde stelle ich mir vor, dass es nur er und ich in diesem Raum wären. Ich stelle mir vor, was in seinem Kopf vorgehen mag. Die Ideen darüber prickeln durch meinen Bauch. Es ist traurig, wenn solche Gedankenspiele das einzig Aufregende sind, was aus dem eigenen Alltag noch übrig ist.

„Sie haben da was, Ma’am.“

Was? Ein heißer Schauer rauscht durch mich hindurch, während sich sein Mund zu einem Grinsen verzieht.

„Unter Ihrem Auge."

Ich fahre mechanisch mit der Hand über meine Wange. Alles ist voller schwarzer Farbe. Mein gesamtes Make-Up klebt an meinen Fingern, ich wünsche mir einfach nur noch das Erdloch zum Hineinspringen. Dieser ganze Tag ist doch ein einziger Alptraum. Mit zittrigen Händen wühle ich in meiner winzigen Handtasche nach einer Packung Taschentücher, finde aber keine.

„Sebastian? Hast du Taschentücher?"

Der schaut von dem Handyvideo auf, das er mit Lucian ansieht, und verzieht das Gesicht zu einem unterdrückten Lachen.

„Du siehst aus wie ein Panda, ist mir vorhin gar nicht aufgefallen", sagt er überflüssigerweise. Auf meine ursprüngliche Frage geht er gar nicht weiter ein.

„Mommy ist ein Panda?" Lucian schaut mich ebenfalls an. „Guck mal, Chloe! Mommy ist ein Panda!"

Den Blick fest auf den Boden gerichtet stehe ich auf.

„Die nächste Tür links ist eine Toilette", kommt es von der Seite. Ich spüre den Blick dieses Fremden noch immer wie einen unangenehmen Reiz auf der Haut und vermeide dieses Mal den direkten Augenkontakt. Es ist so bodenlos peinlich, dass wieder ich diejenige bin, auf deren Rücken die Belustigung aller stattfindet.

Zügig verlasse ich den Raum und wünsche mir in dieser Sekunde nichts mehr, als dass ich niemals zurückkehren müsste. Dass ich einfach durch die Tür ins

Treppenhaus gehen könnte. Dann würde ich in unser Auto steigen und losfahren.

Wohin auch immer.

Als ich mich in der Stille des schäbigen Badezimmers im Spiegel sehe, kann ich die Tränen nicht länger zurückhalten. Ich stütze die Handballen auf das Waschbecken und lasse sie eine nach der anderen auf das weiße Porzellan tropfen. Beobachte die schwarzen Schlieren, die das Wasser durchziehen und lausche meinem eigenen Schluchzen, das von den weiß gekachelten Wänden widerhallt.

Straff deine Schultern und schau in den Himmel. Bei deinen Füßen wirst du das Glück nicht finden. Ich höre Grannys Stimme in meinem Ohr und eine neue Tränenflut bahnt sich den Weg über meine Wangen. Wie oft hat sie diesen Satz zu mir gesagt? Wie oft hat sie dabei dieses wehmütige Lächeln gelächelt? Wie oft ist ihre Miene danach wieder zu Stein geworden? Wie viele Jahre habe ich keinen einzigen Gedanken mehr an sie verschwendet? O Granny. Es tut mir so leid.

Ich stelle das Wasser so kalt es geht. Eine Handvoll landet in meinem Gesicht und dann noch eine. Die Kälte kribbelt über meine rote Haut. Wieder und wieder wische ich über meine verheulten Augen. Erst mit einem Klecks Seife löst sich das schwarz auf. Ich sehe jetzt vermutlich aus wie eine missratene Kopie von Frankensteins Braut.

Als endlich alles fortgewaschen ist und nur noch die vierunddreißigjährige Wahrheit von meinem Gesicht übrigbleibt, puste ich noch einmal durch und gehe zurück ins Wartezimmer.

Dort angekommen setze ich mich ganz gerade auf meinen Stuhl, richte den Blick auf den blonden Mann mir gegenüber und tue so, als wären die letzten Minuten nicht passiert.

Schultern straffen, Charlotte.

„Danke, dass Sie Bescheid gegeben haben", sage ich kühl. „Das war sehr freundlich."

Er lächelt. Entwaffnend ehrlich und breit. „Ich dachte, Sie wollen es vielleicht wissen."

Ich nicke nur knapp. Er sitzt noch genauso da wie vorhin. Die Arme vor der Brust verschränkt und die Beine lässig von sich gestreckt. Sie stecken in derben Jeans, kombiniert mit robusten Stiefeln. Das dunkle Poloshirt spannt um seine Oberarme. Wie alt mag er sein? Vielleicht Anfang dreißig. Er hat kein Jungengesicht mehr, aber immer noch diesen Schalk in den Augen. Als würde er nicht im Geringsten daran zweifeln, dass in der Welt genug Platz für jemanden von seinem Format ist.

Bevor ich mich weiter in Überlegungen über das Leben dieses Fremden verlieren kann, wird die Tür geöffnet.

Die Frau vom Empfang tritt ein. „Mrs. Clairmont, Mr. Henderson?"

Der Typ gegenüber und ich schauen uns für einen weiteren Moment an. In seinen Zügen steht ein ebensolches Verwundern wie in meinen.

Sebastian ist der Erste, der aufsteht.

„Na, dann wollen wir mal."

„Ah, Mr. Clairmont?" Die Dame schaut auf den kleinen Zettel in ihrer Hand. „Sie müssen dann vielleicht kurz hier draußen warten. Nur Mrs. Clairmont wurde vorgeladen."

„Was? Aber-"

„Es tut mir wirklich leid. Das ist ausdrücklich so im Testament vermerkt."

Mein Blick klebt jetzt an Sebastians Gesichtsausdruck.

„Das ist doch ein Witz", sagt er ungehalten. „Charlotte, wir fahren jetzt. So ein Unsinn. Diese alte Hexe war schon immer wahnsinnig."

„Was? Wir haben doch extra hier gewartet."

Er schnaubt. Lucian an seiner Seite macht das Geräusch nach.

„Es dauert sicher nicht lange. Wartet doch eben hier. Mir ist das wichtig."

Er schnaubt wieder das gleiche Schnauben. „Ja, sicher. *Dir* ist das natürlich wieder wichtig."

Die kleine Empfangsdame wird merklich nervöser. „Vielleicht gehen Sie so lange ins Café die Straße hinunter, Mr. Clairmont? Es gibt dort ganz vorzügliche Bagel." Sie wendet sich an mich. „Und Sie folgen mir dann bitte. Mr. McNamara hat noch einen Anschlusstermin. Er ist ein vielbeschäftigter Mann."

„Und deswegen mussten wir schon über eine halbe Stunde warten, oder was? Wissen Sie, wie lang unsere Rückfahrt noch ist?" Sebastian nimmt Lucian an die Hand und geht auf die Tür zu. „Chloe, komm. Wir warten draußen, wenn wir hier nicht erwünscht sind."

Unsere Tochter erhebt sich und schleicht hinter ihrem Dad und ihrem Bruder in Richtung Ausgang. In der Tür dreht sich Sebastian noch einmal um. „Eine halbe Stunde. Dann fahren wir."

Sobald sich die Kanzleitür mit einem lauten Knall hinter meiner Familie geschlossen hat, verspüre ich nichts als Erleichterung. Über die plötzliche Ruhe. Über diesen winzigen Moment des Durchatmens. Ich hasse mich dafür, dass es so ist. Welche Mutter freut sich, wenn ihre Familie den Raum verlässt? Was für ein Mensch ist man, wenn man die Zeit allein der Zeit mit seiner Familie vorzieht? Ich komme mir so furchtbar herzlos vor.

Die Empfangsdame sammelt sich noch einen Augenblick und winkt uns dann kopfschüttelnd mit sich.

Wenig später sitze ich neben dem blonden Mann, dessen Name mir schon wieder entfallen ist, vor einem großen Schreibtisch. Wir schweigen uns an. Das Ticken der riesigen Uhr an der gegenüberliegenden Wand macht die ganze Situation fast unaushaltbar.

„Und woher kennen Sie Eleonora?", frage ich irgendwann, als ich die angespannte Stille in diesem Raum nicht mehr ertragen kann.

„Gar nicht."

„Aber …"

„Was ich dann hier mache? Ich habe keine Ahnung. Es kam ein Brief, der mich einbestellt hat. Also bin ich hergekommen."

„Ich bin Charlotte." Jetzt drehe ich mich doch und schaue für einen winzigen Moment in sein Gesicht. „Eleonora war meine Grandma."

„Mein Beileid." Er streckt eine Hand aus. Sie ist warm und fest. „Levi. Henderson."

Wir sitzen derart nah nebeneinander, dass es sich auf merkwürdige Weise intim anfühlt. Wie verzweifelt ist man, wenn das Händeschütteln mit einem fremden Mann aufregender ist als die gesamte letzte Woche?

„Kommen Sie von weit her?", fragt er weiter. Wir schauen beide zurück auf die Wand hinter dem Schreibtisch.

„Raleigh. Und Sie?"

„Valley Mills. Texas."

„Wow, da haben Sie ja eine ganz schöne Reise hinter sich."

„Mh-hm."

Wieder Schweigen. Diesmal stellt niemand eine neue Frage. Die Fähigkeit meiner Freundinnen, Smalltalk zu führen, habe ich immer beneidet. Michelle kennt nach einem Galadiner jeden am Tisch. Ich weiß meistens nicht mal mehr, wie mein Tischnachbar hieß.

Aber Levi scheint sich über solche Höflichkeiten ohnehin keine Gedanken zu machen. Er rutscht im Stuhl hinab und lehnt den Kopf gegen die Rückenlehne. Ich schiele verstohlen zu ihm hinüber. Als ich sicher bin, dass er die Augen geschlossen hat, erlaube ich mir einen richtigen Blick. Auf diese störrischen blonden Haare, den leichten Bartschatten und die winzigen Lachfältchen um seine Augen. Ich stelle ihn mir vor, wie er richtig lacht, wie dieser Ausdruck sein Gesicht verändern würde.

Noch mitten in diesem Gedankenexperiment wird die Bürotür aufgerissen. Ich fahre mindestens so ertappt zusammen wie Levi, nur aus völlig unterschiedlichen Gründen. *Hat er allen Ernstes geschlafen?*

Er reibt sich über die Augen und setzt sich gerade auf den Stuhl. *Unfassbar.*

Ein kleiner Mann erscheint in meinem Blickfeld und wirft mit Schwung seine Aktentasche auf den Tisch.

„Einen schönen guten Tag wünsch ich Ihnen beiden. Und mein herzliches Beileid zum Tod unserer geschätzten Eleonora." Er schüttelt erst mir die Hand und dann Levi, während er sich als Everett McNamara vorstellt. Anschließend nimmt er mit einem schweren Seufzer auf seinem altersschwachen Bürostuhl Platz.

„Sie wurden ja bereits im Voraus darüber informiert, dass wir uns heute zur Testamentsverlesung hier eingefunden haben."

Levi und ich nicken.

„Gut, dann beginne ich direkt, sofern es keine Fragen Ihrerseits gibt."

„Ähm, also eine Frage hätte ich", sagt Levi und wird vom Notar mit einem auffordernden Blick bedacht. „Sind Sie wirklich sicher, dass ich hier richtig vorgeladen bin? Ich kenne diese Mrs. Hawkins gar nicht."

„Ja. Ja, ja. Dazu kommen wir später. Aber jetzt hören Sie erst mal gut zu."

Mr. McNamara beginnt, den juristisch verfassten Text in einer Geschwindigkeit zu verlesen, bei der ich schon nach dem dritten Satz aussteige. Levi scheint es ähnlich zu gehen. Er schaut auf die Hände in seinem Schoß und tippt immer wieder mit den Fingerspitzen aneinander.

„Nun kommen wir zu dem Punkt, in dem das Erbe aufgeteilt wird. Hören Sie gut zu. Ähm ... wo war ich? Ah, ja, hier: *Vinewood Hill wird zur Hälfte an Mr. Levi Henderson und zur anderen Hälfte an meine Enkeltochter Mrs. Charlotte Clairmont vererbt.*" Mr. McNamara macht eine Kunstpause und schaut erst mich und dann Levi an. „Da Ihre Mutter nicht mehr unter uns ist, Gott hab sie selig, treten Sie ohnehin in der Erbfolge an ihre Stelle, Mrs. Clairmont."

Ich nicke und er liest weiter. *„Dieses Erbe wird an eine weitere Bedingung geknüpft, die im Voraus mit Mr. McNamara abgestimmt wurde.* Das bin ich. *Er wird die Umsetzung überwachen und das Erbe ausschütten, sobald Punkt 3.4 dieses Testaments erfüllt wurde."*

„Was?", entfährt es mir, auch Levi scheint verwirrt.

Mr. McNamara nickt. „Ja, das war jetzt Teil eins. Ich verstehe, dass Sie verwirrt sind. Ich werde gleich Licht ins Dunkel bringen und Ihnen erklären, was es mit Punkt 3.4 auf sich hat." Er nimmt einen weiteren Zettel aus dem Dokumentenmäppchen. Zusammen mit einem abgerissenen Büchlein.

„Also, die Bedingung sieht vor, dass ich Ihnen diesen Brief laut verlese und dann dieses Buch hier aushändige. Danach liegt es an Ihnen."

„Ich verstehe das immer noch nicht." Levi setzt sich an den Rand der Sitzfläche, aber der Notar macht bloß eine beruhigende Geste. „Nur Geduld. Ich verlese jetzt."

Wir nicken.

Meine liebste Charlotte, mein lieber Levi,
ich schreibe diesen Brief, damit er euch nach meinem Tod erreichen kann. Ihr mögt mich feige finden, aber manches bleibt doch besser in seiner Endgültigkeit. Außerdem ist es seit jeher so abgemacht und Abmachungen sind nun einmal Abmachungen. Zumindest du, meine liebe Charlotte, hättest mich für verrückt erklärt, wenn ich dir meine Wünsche persönlich mitgeteilt hätte. Und trotzdem möchte ich, dass du weißt,

dass wir uns ähnlicher sind, als du vielleicht auf den ersten Blick glaubst. Ich weiß, wie sehr deine Mutter meine Lebensentscheidungen missbilligt hat. Sie konnte nichts dafür, denn sie kam in diesen Belangen nach ihrem Vater. Sie war ähnlich kompromisslos wie er. Es schmerzt mich, dass sie in ihrem Leben so viel Ablehnung von Mitch erfahren musste. Und auch, dass er diese Ablehnung auf dich übertragen hat, die du doch am wenigsten für all die Tragödien in unserer Familie konntest. Ich freue mich darauf, meine liebe Clara endlich wieder in die Arme zu schließen, wenn ich von dieser Erde gegangen bin. Doch du, Charlotte, wirst zurückbleiben und das hoffentlich noch eine ganze Weile. Ich wünsche dir so sehr, dass du merken wirst, wie viel die Zukunft noch für dich bereithält. Dass du lernst, dein eigenes Glück nicht mit Füßen zu treten. Diese Chance hier ist mein Geschenk an dich. Nimm dir das vom Leben, nach dem du dich sehnst. Pfeif auf all die Dinge, die dir diese verkommene Gesellschaft vorgibt. Ich wünschte, ich hätte es gekonnt. Ich war nicht in der Lage dazu und für diesen Fehler habe ich zu Genüge bezahlt. Nun aber möchte ich noch zu meiner Bedingung kommen. Vinewood Hill selbst ist praktisch wertlos. Zumindest für die Bank. Mein eigenes Herz hing ebenfalls nie an diesem Flecken Erde. Doch die Anbauflächen haben über all die Jahrzehnte hinweg an Wert gewonnen. Ihr sollt euch das Geld teilen. Doch nur, wenn ihr herausfindet, in welcher Verbindung ihr zueinandersteht. Es mag euch wie ein schlechter Witz erscheinen, aber es ist keiner. Es ist ein lang gehegter Traum von mir und dem Mann, dem für alle Zeit mein Herz gehören wird. Seines hat mich vor langer Zeit

vergessen und meines wartet im Himmel auf ihn, wenn ihr diesen Brief verlesen bekommt. Mr. McNamara wird so freundlich sein und euch eins meiner alten Tagebücher aushändigen. Meine Bitte ist, dass ihr es gemeinsam lest und ein bisschen Zeit zusammen auf Vinewood Hill verbringt, um unser Geheimnis zu lüften. Es gibt so viel Liebe auf der Welt, von der ihr nichts wisst. Ihr müsst nur in den Schatten nach dem Licht suchen und ihr werdet wahre Zauberwelten finden. Ich drücke euch und wünsche mir von Herzen, dass ihr Erfolg habt.
Eure Granny Eleonora

Damit endet Mr. McNamara und schaut in die Runde. Er legt den Zettel geräuschlos auf seinen Schreibtisch. Für ein paar Sekunden hört man nur die Zeiger der Uhr ticken.

Sie kam nach ihrem Vater? Meine Mom und Grandpa Mitch waren wie Feuer und Wasser. Immer schon. Das ist auch der Grund gewesen, warum wir lange keinen Kontakt zu Granny und Grandpa hatten. Aber in diesem Brief klingt es, als wäre die Ursache für seine Ablehnung etwas anderes. Etwas viel Offensichtlicheres.

Ich verstehe gar nichts mehr.

Levi ist der Erste, der sich fängt. „Das ist ein schlechter Scherz, oder?", fragt er.

„Nein, Mr. Henderson. So sieht das Testament es vor. Ich würde Ihnen jetzt einen Moment Bedenkzeit einräumen."

Ich habe tausend Fragen, aber keine davon formt sich in meinem Kopf zu Sätzen. Es fühlt sich eher an wie ein undurchdringliches Chaos.

Mr. McNamara steht auf und schiebt die Blätter auf seinem Tisch zusammen. Dann nimmt er den ganzen Stapel, nickt in die Runde und verlässt den Raum.

„Das kann doch nicht wahr sein, oder? Was ist denn das bitte für ein merkwürdiger letzter Wunsch?" Levi schaut mich an, als wäre das eben mein Testament gewesen.

„Ich weiß nicht. Ich ..."

„Wie auch immer, ich habe damit nichts zu tun. Ich meine, ich kenne die alte Lady nicht und bisher hat sie mir auch nicht gefehlt. Die paar Kröten von dieser Farm? Geschenkt."

„Was? Das war meine Grandma. Das ist ... Vinewood Hill ist ein Weingut. Wie kannst du ..."

„Na, dann mach du dir doch da ein paar nette Wochen. Ich habe zu Hause zu tun. Ich bin kein Privatdetektiv. Und mit Wein habe ich auch nichts am Hut."

„Das ist ein letzter Wille. Ich meine ..." Doch auch diesen Satz spreche ich nicht zu Ende, denn der Notar erscheint zurück.

„Und?", fragt er in die Runde. Levi neben mir steht auf.

„Ich schlage das Erbe aus", sagt er glatt und schiebt in einer fließenden Bewegung den Stuhl unter den Tisch zurück.

„Wenn ich Sie wäre, würde ich es mir noch einmal überlegen. Während Sie sich beratschlagt haben, habe ich die Papiere von der Bank herausgesucht."

Ich höre mein eigenes Seufzen. „Über welche Summe reden wir denn genau, Mr. McNamara?"

„350.000 Dollar. Für jeden von Ihnen."

KAPITEL 4

LEVI

350.000 Dollar. 350.000 verfickte Dollar. Und weil eine solche Summe vermutlich für jeden Menschen auf dieser schönen Erde ein schlagkräftiges Argument wäre, ein bisschen Tagebuch zu lesen und in der verstaubten Vergangenheit herumzuwühlen, sitze ich jetzt in meinem Wagen und fahre die Straße nach Vinewood Hill hinauf. Es ist schon der dritte Versuch, weil die Zufahrt in dem kleinen Waldstück außerhalb von Vinewood so dermaßen versteckt gewesen ist, dass ich das Hinweisschild am Rand des schmalen Forstweges die ersten beiden Male einfach übersehen habe. Als das Dunkel des Waldes sich schließlich lichtet und den Blick über die Landschaft dahinter freigibt, ist es, als würde man in eine fremde Welt eintauchen. Links und rechts erstrecken sich weite Flächen, auf denen einst Weinreben gewachsen sein müssen. Jetzt weisen sie karg und verlassen den Weg auf ein Farmhaus zu, das mitten auf dieser Anhöhe steht. Es ragt trotzig in den Himmel wie eine einsame Bastion aus einer längst vergessenen Zeit. Die Sonne scheint so kräftig vom Himmel, als würde sie mich mit all ihrer Glückseligkeit verhöhnen wollen. Ich könnte mir keinen besseren Tag vorstellen, um mit Mrs. Pandaauge die Einzelhaft anzutreten. Sie wäre natürlich auch ohne die Kohle hergekommen. Aber ich kann sie verstehen. Bei der ätzenden Familie würde ich auch jede Gelegenheit zur Flucht nutzen.

Genau solche Familien wie die Clairmonts sind der Grund, aus dem ich lieber single bleibe. Diese ganzen unterschwelligen Anschuldigungen und Blicke, die Charlotte und ihr versnobter Ehemann vor ein paar Wochen in diesem Wartezimmer ausgetauscht haben … Warum leben Menschen so? Warum tut man sich das freiwillig an?

Die meisten meiner Mitmenschen scheinen das anders zu sehen. Im Hause Henderson-Randall hat nämlich in der Zwischenzeit die Geburt meines Neffen dafür gesorgt, dass eine weitere schrecklich anstrengende Familie diese Erde besiedelt. Meine Eltern sind völlig aus dem Häuschen, Brianna und Steve sind die meiste Zeit *im* Häuschen und trotzdem hört man das Babygeschrei bis in den Stall. Vermutlich werden unsere Rinder zäh wie Schuhsohlen bei dem ganzen Stress, den sie von dem Geräuschpegel haben.

Vielleicht gar keine schlechte Fügung, dass ich all das jetzt ein paar Tage hinter mir lassen kann. Mit Charlotte Clairmont werde ich schon fertig.

Keine fünf Minuten später parke ich den Truck vor dem windschiefen Herzstück dieses Weinguts und steige aus. Ruhe. Nur das Rauschen der alten Bäume und das Zwitschern der Vögel. Keine weinenden Babys, keine keifenden Mommys, nur die Natur und eine fiepende Bessy, die ich auf der anderen Seite aus dem Auto lasse.

„Na, Sweetie, wie siehts aus? Lange Fahrt, was?"

Sie hechelt zustimmend. Bessy und ich lassen uns auf der Hollywoodschaukel nieder, die auf der Veranda steht. Sie legt die Schnauze in meinen Schoß und blinzelt mich von unten herauf an.

Charlotte hat den Ersatzschlüssel von Mr. McNamara mitbekommen. Ich hoffe inständig, dass wir nicht mehr zu lange auf sie warten müssen.

Aber nein, Miss Super-Mom ist natürlich pünktlich. Kaum, dass wir ein paar Mal hin und hergeschwungen sind, rollt ein solider, grauer SUV die Straße entlang und parkt schließlich neben meinem alten Truck.

Ich hebe eine Hand zum Gruß, aber sie sieht es gar nicht, denn sie ist damit beschäftigt, mit einem wutverzerrten Gesicht auf ihre Freisprechanlage einzureden. Als sie den Motor ausschaltet, bekomme ich unabsichtlich jeden Teil des Gesprächs mit. Es ist laut.

„Verdammt, Sebastian. Als wären es nur meine Kinder. Du wirst es doch wohl hinbekommen, mal eine Woche ein bisschen kürzer zu treten. Ich schaffe das ja auch."

„Aber du kannst dir das einteilen. Soll ich mitten in einer Verhandlung aufstehen und sagen: *Euer Ehren, leider muss ich meinen Sohn von der Schule abholen?*"

„Vielleicht solltest du das."

„Das ist kein Scherz, Charlotte. Habe ich einmal Urlaub ohne euch gemacht? Einmal? Nein, ich arbeite mir den Arsch ab, damit ihr es schön habt. Aber das verstehst du nicht, oder?"

Ich schaue betreten zu Bessy hinab, die die Ohren spitzt und das Auto im Blick behält.

„Darum gehts ja gar nicht. Als wäre das hier Urlaub", schreit Charlotte jetzt.

„Ach, was ist es denn dann? Du löst den Haushalt auf. Als könnte das keine Firma machen. So ein Schwachsinn.“

Charlotte schaut aus dem Fenster. Ihr Blick wirkt durch die Windschutzscheibe so fern, als wäre sie mit ihren Gedanken schon weit draußen auf den Feldern.

„Charlotte! Sprich mit mir, verdammt.“

„Ich lege jetzt auf. Bring die Kinder zu deiner Mutter, wenn es dir zu viel ist.“

Damit piepst es und als das Telefon circa zehn Sekunden später wieder klingelt, drückt sie das Gespräch weg. Sie atmet tief durch.

Ich schaue auf ihr Profil, sie schaut weiter in die Ferne. Dann dreht sie den Kopf und ihr Blick trifft direkt auf meinen. Wie vor ein paar Wochen in diesem Wartezimmer.

In ihren feinen Zügen zeichnet sich deutlich Wut ab. Einen Moment bleibt sie noch mit hochrotem Kopf sitzen. Dann reißt sie mit Schwung die Fahrertür auf und steigt aus. Das Sommerkleid spielt um ihre Knie und die Absätze ihrer Sandalen versinken im Kies. Sie wirkt vor dem ungepflegten Gutshaus so deplatziert wie eine Perle im Misthaufen.

Mit einer energischen Geste versucht sie, die welligen Haare hinter ihre Ohren zu sortieren, aber die Ponyfransen fallen immer zurück. Der Rest springt in wilden Wellen um ihr Kinn.

„Guten Tag“, ruft sie steif herüber.

Ich hebe zum zweiten Mal die Hand. „Hi!“

Während sie sich in Bewegung setzt, verschränkt sie die Arme vor der Brust. „Wartest du schon lange?“

„Nein, bin auch eben erst angekommen.“

Sie kommt die Stufen hoch, bleibt aber erschrocken stehen, als Bessy anfängt zu knurren.

„Lass den Scheiß", schnauze ich die Hündin an. Sie fiept.

„Oh, du hast einen Hund mitgebracht. Also, ich weiß nicht ..."

„Sie kennt dich nur nicht. Bleib cool."

Charlotte starrt Bessy an und Bessy starrt Charlotte an. Die Wahrheit ist, dass Bessy Frauen im Allgemeinen nicht leiden kann. Vor allem keine, die nicht zur Familie gehören und mir näher als drei Meter kommen. Sie ist eine Diva und der Grund, aus dem ich niemals Frauen mit nach Hause bringe. Sie macht jedes Mal einen solchen Aufstand, dass sämtliche Bewohner unseres Hausstandes aufwachen. Und es gibt absolut nichts Unattraktiveres, als wenn der Kerl, mit dem man ins Bett will, sich erst eine Predigt von seinem Hund und dann von seiner Mutter anhört.

Bessy knurrt wieder.

„Halt die Klappe, Bessy. Mein Gott."

„Hallo, Bessy", versucht Charlotte es erneut, aber wird auch dieses Mal keines Blickes gewürdigt. Sie deutet auf die Tür. „Wollen wir uns dann drinnen einrichten?"

„Klar."

Kaum, dass Charlotte sich mit dem Schlüssel der Tür nähert, schlägt das Scheunentor zu. Sofort darauf kommt ein alter Mann über den Hof geeilt. Er hält im Gehen seinen Hut fest und läuft merkwürdig gebückt.

„Hallo! Hallooo!", ruft er gedehnt. Charlotte hält inne und dreht sich zu mir um. „Wer ist das?", flüstert sie, als würde ich mich hier auskennen.

Ich zucke mit den Schultern, während der Mann unterhalb der Veranda ankommt.

Er sieht zu uns hoch. „Na, da seid ihr ja. Endlich."

„Wer sind Sie?", fragt Charlotte in einem Ton, der mir körperliche Schmerzen verursacht. Er klingt furchtbar schrill und schnippisch.

„Buck, Ma'am. Von der Nachbarranch. Sehe hier nach der alten Stute. Bleiben Sie?"

Charlotte sieht regelrecht angewidert aus. Bucks Blick schwenkt zu mir.

„Ja, erst mal", sage ich. „Gibts hier Vieh? Denke, das ist ein Weingut?"

Der alte Mann winkt ab. „Ach wo. Nur die alte Emma."

„Emma?", fragt Charlotte.

„Das Pferd", gebe ich trocken zurück.

„Ach du liebe Zeit. Ein echtes Pferd?"

Charlotte scheint mit dieser Information überfordert zu sein. „Müssen wir das Tier jetzt etwa selbst versorgen?", fragt sie, doch Buck geht gar nicht darauf ein, sondern wendet sich wieder an mich. Er hat schnell verstanden, dass in dieser Hinsicht nichts von Charlotte zu erwarten sein wird.

„Heu gibt's auf dem Boden und bisschen Hafer ist noch da. Wenn's Fragen gibt, meine Nummer hängt am Brett drinnen. Ein Zettel. Steht *Buck* drauf."

Ich nicke. „Wir kommen klar. Gibts hier 'ne Hausweide?"

Überall rund um Vinewood Hill habe ich bisher nur Weinfelder gesehen.

„Ja, hinterm Stall ist ein Paddock mit Weide. Kennst du dich aus, Junge? Selbst Pferde, was?"

„Immer. Pferde und Rinder."

„Wir haben Angus."

„Longhorns."

„Nicht schlecht." Das erste echte Grinsen stiehlt sich auf Bucks Gesicht. Er tippt sich hastig an den Hut. „Na dann. Muss jetzt nach Hause und die Viecher versorgen. Man sieht sich."

Er geht um das Haus herum und kommt wenig später auf einem merkwürdig klapprigen Motorrad an uns vorbeigefahren. Er winkt und gibt dann Gas, was bei diesem Gefährt nicht wirklich einen Unterschied macht.

Charlotte schaut ihm nach, als er in dem Waldstück verschwindet, das nach Vinewood hinunterführt. „Was war das denn?"

„Buck. Sagte er ja."

Sie reißt den Blick von der kleiner werdenden Gestalt auf dem Motorrad los. Stattdessen starrt sie jetzt mich an. „Bist du immer so?"

„Wie denn?"

Die Antwort bleibt sie mir schuldig. Sie winkt nur ab, dreht sich um und schiebt den Schlüssel ins Schloss. Die Tür springt knarrend auf, muffige Luft schlägt uns entgegen.

„Heiliger Himmel. Ich war ewig nicht hier. Es sieht einfach alles aus wie damals", murmelt sie und legt den Schlüssel auf den Esstisch im Wohnbereich. Ich trete neben sie und folge ihrem Blick mit meinem. Über die spartanische Einrichtung, die einfachen Holzmöbel und die gemusterte Tapete, die sich an den Ecken schon aufrollt. Die Gardinen sind fleckig und vergilbt. Es wirkt, als hätte das ganze Haus in den Fünfzigern die Luft angehalten. Ich gehe an Charlotte vorbei auf eine

Wand mit Bildern zu und betrachte die Aufnahmen. Die meisten zeigen die gleichen vier Menschen. Einen großen Mann mit harschen Gesichtszügen und eine hager wirkende Frau, neben die sich zwei Kinder drängen. Ein älterer Junge und ein Mädchen.

„Das war Granny." Charlotte tritt neben mich und tippt auf das Bild. Ihre schmale Hand mit den akkurat manikürten Fingernägeln und dem diamantbesetzten Ehering schiebt sich in mein Sichtfeld. Und was für Diamanten das sind. Da muss die Liebe aber groß gewesen sein. Oder das schlechte Gewissen.

„Und die anderen?"

„Mein Großvater Mitch. Und das sind mein Onkel Henry und meine Mom Clara."

Wir schauen auch noch den Rest des Hauses an und mit jedem Raum lässt Charlottes Wiedersehensfreude ein wenig mehr nach. Es wirkt nicht nur, als wäre hier seit den Fünfzigern nichts passiert, es *ist* seit den Fünfzigern nichts passiert. Die in Pastell gefliesten Bäder sind in einem desolaten Zustand und die großen Himmelbetten sehen einsturzgefährdet aus.

Nachdem wir wieder in der Küche angekommen sind, schüttelt sie resolut den Kopf. „Also, ich weiß nicht, was mit dir ist, aber ich werde hier sicher nicht schlafen."

„Warum nicht? Ist ein normales Haus. Bisschen alt, aber wir werden schon nicht umkommen."

„Es ist eklig. Überall sind Spinnen und tote Fliegen. Außerdem ... nein, in dieses Bad gehe ich nicht. Ich werde mir im Ort ein Motel suchen und morgen früh wiederkommen. Was ist mit dir?"

Ich zucke die Schultern, denn ich teile ihre Abneigung gegen Spinnen und Fliegen nicht.

„Warum soll ich Kohle für ein Motel raushauen, wenn's hier ein Bett gibt?"

Sie starrt mich an, sagt aber nichts.

„Das Schlafzimmer sah doch okay aus. Das Bett da ist zumindest neuer als die anderen", versuche ich es ein zweites Mal und frage mich im selben Atemzug ernsthaft, warum ich es tue. Es kann mir sowas von am Arsch vorbeigehen, was Charlotte Clairmont macht oder nicht. Im Grunde kann ich froh sein, wenn sie nicht hier schläft. Wenn jemand gern seine Ruhe hat, dann ich.

„Na dann." Sie rümpft die Nase, streicht ihr Kleid glatt und macht sich auf den Weg. Ich bleibe mit Bessy zu meinen Füßen beim Esstisch stehen und nehme Charlottes Schlüsselbund in die Hand. Sie stapft zur Tür, dreht sich wutentbrannt wieder um, kommt auf mich zu und reißt den Schlüssel aus meiner Hand.

„Schlaf schön, Honey."

Sie gibt ein wütendes Knurren von sich und verschwindet wortlos aus der Tür. Was für ein erfolgreicher Auftakt.

„Na dann, Bess. Wollen wir uns mal draußen umschauen?"

Bessy hechelt zustimmend und folgt mir auf den Hof. Von Charlotte ist nichts mehr zu sehen.

Nicht einmal zwei Stunden später, während ich gerade die alte Emma versorge, die diesen Namenstitel wirklich verdient, kehrt Charlotte von ihrem Ausflug in den nächsten Ort zurück. Sie bleibt allerdings noch einen Moment im Wagen sitzen. Ich kann durch das geöffnete Stalltor sehen, dass sie die Stirn ans Lenkrad sinken lässt.

Tja, dass Motels in Orten wie Vinewood keine Luxusresorts sind, hätte ich ihr gleich sagen können. Da täuscht auch der klangvolle Name nicht drüber hinweg.

„Es werden harte Tage, Mädels", murmele ich den Tieren zu. Bessy stellt die Ohren auf. Die alte Emma macht gar nichts mehr. Die döst und wird hoffentlich ihren Hafer fressen, wenn sie sich ausgeruht hat. Ich fahre noch ein letztes Mal mit der Hand über ihre knochige Schulter. Das braune Fell ist stumpf und fällt an manchen Stellen aus. Ich vermute, dass sie einen Pilz hat, und werde morgen mal zum Tierarzt in den Ort fahren.

Draußen höre ich endlich die Autotür. Bessy flitzt los, hält aber vor Charlotte an. Sie bellt und kommt erst auf mein energisches Rufen wieder zurück in den Stall. Charlotte steht noch einen Moment wie versteinert da, die Hände vor die Brust gelegt. Ihren Gesichtsausdruck kann ich auf die Entfernung nicht deuten.

Dann löst sie sich aus ihrer Starre und kämpft sich mit ihren Absatzsandalen über den gekiesten Hof. Vorbei an der alten Eiche, die mitten auf dem Platz steht und ihren langen Schatten auf die grob behauenen Backsteinwände des Hauses wirft. Die tiefstehende Abendsonne scheint durch die Blätter der gigantischen Baumkrone und zeichnet in unregelmäßigen Abständen goldene Lichtflecken auf den Kies.

„Levi?"

„Hier drinnen."

Sie atmet schwer durch und kommt dann ins Halbdunkel des Stalls.

„Na, war die Präsidentensuite schon belegt?"

„Sehr witzig. Das Motel war ein Loch. Von außen schön, aber die Zimmer? Nein, für sowas zahle ich nicht. Dann kann ich gleich hier in dieser Spinnenhölle bleiben." Ihr Gesicht verzieht sich auf eine störrische Art und Weise, während sie sich in dem unaufgeräumten Stall umschaut.

„Gott, das arme Tier. Dass Granny das Pferd überhaupt behalten hat."

„Na, warum nicht? Ist alles okay hier."

„Okay? Das ist doch kein Zustand."

„Sie ist alt, Charlotte. Alte Pferde sehen so aus."

Ihr Gesichtsausdruck gleicht einer Wand. Hart und unnachgiebig. Ich muss für einen Moment an die Sekunden denken, in denen wir uns in diesem Wartezimmer des Notars in die Augen geschaut haben. Nachdem ich sie auf das furchtbar verschmierte Make-up hingewiesen habe. Da war so viel Verletzlichkeit in ihrem Blick. Keine Ahnung, wohin die jetzt verschwunden ist.

„Bist du dann hier fertig?", fragt sie spitz und lässt den Blick über mein verschwitztes T-Shirt wandern.

Mit einem Nicken komme ich aus der Box und schiebe den Riegel vor.

Während wir Seite an Seite über den Hof gehen, werden ihre Schritte immer langsamer. Bis sie schließlich ganz stehen bleibt.

„Tut mir leid wegen eben." Ein Satz so leise wie unbestimmt. Trotzdem spricht sie ihn aus.

„Wofür?"

„Es ist einfach alles ziemlich viel im Moment." Der zweite unbestimmte Satz und ich habe auch bei diesem keine Ahnung, was er mir sagen soll.

„Alles gut.“

„Es tut mir wirklich leid.“

„Ja und ich sage: alles gut.“

Sie schnaubt. Dieses kleine Geräusch, das sie jedes Mal macht, wenn ihr etwas nicht passt. Ich höre es heute sicherlich schon zum zehnten Mal. *Ob sie weiß, dass sie klingt wie ihr Mann?* Wird man sich irgendwann so ähnlich, wenn man verheiratet ist? Gruselig.

Sie schüttelt nur den Kopf und geht die Verandastufen hoch.

Auf die Gefahr hin, dass ich mich wiederhole: Es werden harte Tage. Dessen bin ich mir sicher.

Und auch in den nächsten Stunden wird es nicht wirklich besser. Als es auf die Abendzeit zugeht und wir in den Vorratsschränken bloß ein paar abgelaufene Konserven gefunden haben, erreicht die allgemeine Laune schließlich den Tiefpunkt. Auf meinen Hinweis, dass Dosengerichte auch nach dem Verfallsdatum nicht schlecht sein müssen, reagiert Charlotte, als wollte ich sie vergiften.

„Haltbar oder nicht, weißt du eigentlich, wie viele Zusatzstoffe da drin sind?“ Sie stellt die Dose ab und schüttelt sich richtig.

„Scheiße, ist das dein Ernst? Du kannst ja gerne hungern. Ich esse jetzt diese Ravioli.“

„Das sagt man ...“ Sie unterbricht sich gerade noch und legt eine Hand an die Stirn.

„Wolltest du ernsthaft sagen, dass man *scheiße* nicht sagt?“

„Meine Güte. Das ist so drin.“

„Scheiße.“

„Ich bitte dich. Wie alt bist du?“

„Einunddreißig, Mommy.“

„Vorsicht!“ Als sie den Zeigefinger erhebt, stiehlt sich ein winziges Schmunzeln auf ihr Gesicht. Sie versucht, es zu unterdrücken. Man sieht es trotzdem.

„Was sonst? Überwältigst du mich im Schlaf?“ In dem Moment, in dem ich es ausspreche, fällt mir schon auf, dass es völlig falsch klingt. Ihr Lächeln weicht wieder diesem Ausdruck, der ihr ein völlig emotionsloses Gesicht beschert.

„Ich habe bei der Suche nach einem Motel ein kleines Diner gesehen. Vielleicht bekommen wir ja da was zu essen. Dann könnten wir auch gleich im Ort für die nächsten Tage einkaufen.“

Und das machen wir. Wir kaufen eine unerträgliche Ewigkeit lang ein. Ich habe mich noch nie so lange am Stück in einem Supermarkt aufgehalten. Und was wir alles einkaufen. Charlotte inspiziert mit akribischem Blick jedes Gemüse und jeden Apfel, bevor sie ihn einpackt. Ich schiebe den Wagen und gehe irgendwann dazu über, meine Ellenbogen auf den Griff aufzustützen, weil mir so langweilig ist.

„Du könntest dich ruhig an der Auswahl beteiligen“, bemerkt sie beiläufig.

„Ich brauche nichts von hier.“

Sie schaut mich an, als wäre ich der letzte Mensch auf Erden.

„Jeder sollte Gemüse essen. Das ist gesund.“

„Na, was du nicht sagst.“

„Geht das schon wieder los?“

Ich fahre den Wagen hinter ihr her, während sie in die nächste Regalreihe abbiegt. „Welche Milch nimmst du?", fragt sie, während sie ein paar Tetrapacks mit Hafermilch einpackt.

„Milch?"

„Ja? Vollfett, Low-Fat, Pflanzenalternative?"

„Irgendeine."

„Mein Gott." Sie stellt noch eine weitere Packung Hafermilch dazu und ich wehre mich auch nicht. Wenn sie meint, dass uns das guttun wird, bitte. Ich habe jetzt keine Lust auf Grundsatzdiskussionen im Supermarkt.

Wir packen noch ein paar Kanister Wasser in den Wagen und ein Sixpack Bier. Ich bin mir spätestens in diesem Moment sicher, dass das der wichtigste Posten auf der Liste sein wird, wenn das so weitergeht.

An der Kasse versucht sie schließlich unsere Einkäufe wieder auseinander zu sortieren, was eine lange Schlange und verärgerte Mitkunden nach sich zieht.

„Lass doch", raune ich ihr zu und schiebe die kompletten Einkäufe ein Stück nach vorne in Richtung der Kassiererin.

„Das kriegen wir niemals wieder auseinander."

„Gott, Charlotte. Es ist ein verdammter Einkauf. Es wird keinen von uns finanziell ruinieren."

Die Kassiererin zieht die Artikel mit stoischer Ruhe über den Scanner und die Aushilfe neben ihr packt alles in eine große Tüte, die sie mit hochrotem Gesicht an Charlotte überreicht.

Die presst noch ein „Danke, wir hätten dann gern den Beleg" hervor und verschwindet fluchtartig aus der Supermarktfiliale. Während der Fahrt zum Diner ist sie damit beschäftigt, die Posten auf dem Kassenbon auseinanderzurechnen. Zum krönenden Abschluss besteht sie darauf, mir die exakten zwanzig Dollar und zweiundachtzig Cent zu überweisen.

„Bezahl du das Essen, dann passt das."

„Nein, Levi. Das will ich nicht. Der Einkauf war viel teurer."

„Wird das jetzt mit allem so?"

„Wie denn?"

„So stressig?"

„Ich bin nicht stressig, ich bin akkurat."

„Du bist ultrastressig."

Sie schnaubt. Ich habe aufgegeben mitzuzählen, das wievielte Mal heute es ist.

Auch im Diner wirkt Charlotte unbehaglich. Ihr Blick huscht über die Sitzreihen aus hellblauem Leder und die Vitrine mit Kuchen, neben der wir sitzen. Ein Ventilator surrt an der Decke und übertönt fast das Gespräch von zwei Männern, die an der großen Glasfront sitzen und über die diesjährige Weinlese sprechen. Das Geschirrklappern aus der offenen Küche ist ebenfalls unbarmherzig laut. Wenn wir reden würden, könnte man sich vermutlich über diese Geräuschkulisse hinweg schlecht verstehen. Aber wir reden ohnehin nicht. Denn Charlotte sitzt da wie eine Salzsäule. Nur ihre Augen bewegen sich. Sie wirkt, als würde sie hier gerade etwas Verbotenes machen.

Vielleicht fühlt es sich für sie auch so an, was weiß ich schon.

Keine Ahnung, wie lange sie schon mit ihrem Mann verheiratet ist, aber vorhin hat sie erzählt, dass ihre älteste Tochter vierzehn ist. *Vierzehn verdammte Jahre. Ich fühle mich selbst, als wäre ich vierzehn.*

„Wie alt bist du eigentlich?", frage ich sie geradeheraus, weil mir dieses Schweigen irgendwann auf die Nerven geht.

„Warum?"

„Weil wir uns kennenlernen sollten, wenn wir diese Farm jemals wieder verlassen wollen." *Und die Kohle kassieren,* aber das lasse ich aus Pietätsgründen mal ungesagt.

„Vierunddreißig. Und du?"

„Einunddreißig. Immer noch."

Sie verzieht den Mund und scheint zu überlegen, was sie jetzt fragen soll, doch im selben Moment tritt auch schon eine Kellnerin an unseren Tisch.

„Was darf's sein?"

Ich bestelle einen Burger mit Pommes und einen schwarzen Kaffee. Dann mustern die Kellnerin und ich beide Charlotte, die panisch auf der Karte umherschaut.

„Können Sie etwas empfehlen?"

Die Frau zieht die Augenbrauen hoch. „Die Cheese Fries sind gut."

Charlotte spitzt die Lippen. „Könnte ich vielleicht ein ölfreies Dressing zu dem großen Salat bekommen? Dann würde ich den nehmen."

„Salat ist aus."

„Oh. Ähm ... dann nehme ich ..."

Die Kellnerin tippt mit dem Kugelschreiber auf den Block und atmet schwer aus.

„Ich brauche noch einen Moment." Charlotte lächelt entschuldigend.

„Wenn du jetzt nichts bestellst, wird's nichts mehr."

„Was?"

„Die Küche schließt nachher."

„Es ist halb neun?"

„Ja, und?"

Charlotte starrt die Frau völlig fassungslos an. „Aber auf dem Schild an der Tür steht–"

„Willste jetzt was essen, oder nicht?", unterbricht die Kellnerin sie harsch. Jeder in diesem Diner ist ihr dankbar dafür. Ich bin mir sicher.

„Ähm, dann nehme ich …"

Und wieder warten wir.

„Ich nehme die Tomatensuppe."

Die Kellnerin notiert es mit einem Seufzen und entfernt sich dann vom Tisch.

„Meinst du echt, dass Tomatensuppe 'ne gute Wahl war, Charlotte?"

„Warum nicht? Es verträgt nicht jeder so spät abends noch eine geballte Ladung Fett mit Kohlenhydraten", gibt sie patzig zurück.

„Das meinte ich nicht."

„Was dann?"

„Glaubst du wirklich, dass der Koch in einem Laden wie diesem ernsthaft schon mal eine Suppe verkauft hat?"

Zu unserer Überraschung scheine ich mich getäuscht zu haben, denn die Suppe riecht richtig gut. Und damit steht sie dem Burger in nichts nach.

Während wir essen, kommt auch langsam ein Gespräch in Gang.

„Was machst du denn sonst so? Irgendwas mit Rindern, das weiß ich ja."

„Meine Familie züchtet Texas-Longhorns. Das sind die–"

„Mit den langen Hörnern, klar." Sie schmunzelt. Das erste Mal seit Stunden.

„Genau."

„Und sonst?"

„Nichts. Ich arbeite auf der Farm und ..." Ich breche ab, denn meinen sonstigen Standardspruch, dass ich mal die Geschäfte übernehme, kann ich mir wohl ab jetzt sparen. Denn das macht ja nun Steve, das Rattengesicht.

„Und du? Was machst du so?"

Sie legt den Löffel hin und tupft sich formvollendet den Mund mit einer Papierserviette ab, auf der das Logo des Diners abgebildet ist. Verschlungene Weinranken. Die Menschen scheinen es mit dem Lokalstolz hier wirklich genau zu nehmen.

„Ich habe mal ..." Sie überlegt. „Ich bin Hausfrau und Mutter."

„Du wolltest erst was anderes sagen, oder?"

„Nein."

„Doch. Du hast überlegt."

„Ich habe mal ein Studium in Design begonnen."

„Und dann?"

„Bin ich schwanger geworden."

Sie schaut in ihre Suppe und räuspert sich leise.

„Hast du das Studium danach nicht weitergemacht?", frage ich und senke ebenfalls das Besteck.

„Nein. Habe ich nicht."

***

Als die Sonne schon längst untergegangen ist, sitze ich noch mit Bessy und einer Flasche Bier auf der

69

Veranda, höre den Grillen zu und fühle mich wie das lebende Klischee eines mittelständischen Farmers. Mein Blick wandert über die Weite, über die zarten Bronzetöne, in die jede Pflanze und jeder Baumwipfel getaucht werden. So sehr es mir widerstrebt, es zuzugeben, aber es ist idyllisch hier. Wer weiß, was aus Vinewood Hill werden könnte, wenn jemand ein bisschen Geld in die Hand nimmt. So schlecht, wie Charlotte es darstellt, ist es nicht.

Ich betrachte eingehend die Wirtschaftsgebäude, die ebenfalls wie das Haupthaus aus solidem Backstein gemauert sind. Sie stehen in einer U-Form rund um den Hauptplatz. Emma schaut aus dem Fenster ihres Stalles heraus und hält die Augen geschlossen. Sie ruht in sich. Wenigstens eine von uns.

Keine Ahnung, wo Charlotte schon wieder steckt. Sie hat sich nach unserem Abendessen in Vinewood schnellstens ins Haus verzogen. Vielleicht, um bei ihrem Mann Abbitte zu leisten. Für was auch immer. Im nächsten Moment klappt die Fliegentür auf. Wenn man vom Teufel spricht. Charlotte tritt barfuß auf die Veranda. Sie trägt ein Tuch um die Schultern geschlungen und hat das Kleid gegen eine Leinenhose und eine lockere Bluse getauscht.

Ihre Haare sind nass und ihr Gesicht ungeschminkt. Die Geräusche der knarzenden Holzbohlen wirken plötzlich unnatürlich laut in meinem Kopf. Selbst Bessy wacht auf und knurrt kurz, beruhigt sich aber, als ich meine Hand auf ihren Kopf lege.

„Mag sie überhaupt jemanden außer dir?" Charlotte beäugt Bessy mit einem misstrauischen Blick.

„Sie ist wählerisch. Hab sie, seit sie ein paar Tage alt
ist. Sie saß in einem Karton am Straßenrand."

„Wie furchtbar."

„Ja, war es. Sie war die Einzige, die noch ..."

Charlotte winkt ab. „Ja, schon klar."

„Seitdem ist sie immer bei mir."

Charlotte zieht das Schultertuch zu und die Augenbrauen hoch.

„Lebt nur sie bei dir, oder ..."

„Fragst du mich gerade, ob ich single bin?"

„Das ist eine normale Frage. Ich denke, wir sollen uns
hier kennenlernen."

Interessant.

„Und da steigst du gleich mit sowas ein?"

„Ich kann dich auch gern nach deinen Lebenszielen
fragen oder nach deiner liebsten Kindheitserfahrung."

„Lieber nicht. Aber nein, ich lebe nicht nur mit Bessy
zusammen."

„Sondern?"

„Mit meinen Eltern, meiner Schwester, ihrem Mann,
Unmengen an Rindern ... und seit ein paar Tagen mit
meinem Neffen."

„Oh, Glückwunsch."

„Na ja."

Sie lacht. „Ja, ich weiß. Dumme Floskel. Man sollte lieber *gute Nerven wünschen*. Oder *viel Ruhe*."

„Wird das irgendwann besser?"

„Irgendwann sicher. Mit vierzehn jedenfalls noch
nicht."

„Scheiße."

„Levi!" Trotzdem schmunzelt sie. Dann schwenkt ihr
Blick auf die Eiche im Hof, deren Krone im

Halbdunkeln rauscht. Für einen Moment schließt sie die Augen. Dann besinnt sie sich jedoch und steht wieder auf. „Spendierst du mir auch eins?" Sie deutet auf das Bier.

„Wenn du mir nachher die siebenundachtzig Cent ins Portemonnaie steckst."

Sie stockt kurz, geht aber weiter, als sie mein Zwinkern sieht. Wenig später kehrt sie mit einer Flasche und dem Tagebuch zurück. Sie setzt sich mir gegenüber in einen der Korbsessel und schlägt die Beine über.

„Was hast du vor?"

„Ich dachte, dass es vielleicht eine gute Idee wäre, mal in den ersten Tagebucheintrag reinzulesen. Wir sollen das immerhin zusammen machen. Also dachte ich, ich lese vor?"

„Bist du eigentlich immer so überkorrekt?"

„Wie meinst du das?" Sie stellt das Bier auf dem niedrigen Tisch zwischen uns ab.

„Meinst du echt, dass Mr. McOberaufseher das kontrolliert?"

„Darum geht es nicht."

„Worum dann?"

„Um den letzten Wunsch einer alten Dame." Dann blättert sie in dem Heft und schlägt einen Eintrag auf. „Hörst du zu? Also: *Dritter Juni 1954. Liebes Tagebuch, seit ich dieses Büchlein jeden Tag auf meinem Nachtschrank liegen sehe, überlege ich, ob ich es nutzen sollte. Vielleicht könnte ich mir all die Dinge von der Seele schreiben, die ich niemals jemandem sagen darf. Im Moment stehen die Dinge schlecht. Mitch ist angespannt, die Weinlese steht bevor. Es macht ihm jedes Mal zu schaffen. Wenn wir Pech haben, dann gibt es* wieder eine Dürre oder ähnliche Katastrophen. Letztes Jahr war es mit dem Geld so knapp, dass wir eine Zeit lang im Laden anschreiben lassen mussten. Ich hoffe, dass es uns dieses Jahr besser ergeht. Mitch hat wieder Saisonkräfte angeheuert. Die müssen natürlich auch bezahlt werden, das macht ihm zusätzlich zu schaffen. Mit Henry übe ich fleißig das Schreiben. Er kann schon die Worte: Henry und Mom. Gestern kam mein Vater zu Besuch. Er hat mit Mitch einen Kaffee getrunken. Für mich hatte er keinen Blick übrig, aber das ist nicht weiter schlimm. Ich habe auch keinen Blick mehr für ihn. Ich trage ihm all das hier nach, doch das spreche ich niemals aus. Mitch mag es nicht, wenn ich so rede, und was passiert, wenn er etwas nicht mag, darüber denke ich lieber gar nicht weiter nach. So ist das eben, wenn man eine verheiratete Frau ist. Ich gehöre ihm, so sagt er es immer. Ich wünschte, ich könnte nur mir allein gehören.“*

Charlotte klappt das Büchlein zu und schaut auf.

„Das ist furchtbar“, sagt sie. „Ich meine, ich habe die Umstände der Ehe meiner Großeltern nie hinterfragt, aber das?“

„Geht es noch weiter?“

Sie schüttelt den Kopf. „Nein, der Eintrag endet dort.“

„Willst du noch einen lesen?“

Sie überlegt einen Moment, legt dann aber das Buch weg und steht auf. „Heute nicht mehr. Das ist ... es war ein langer Tag.“

„Gehst du rein?“ Ich suche ihren Blick, aber sie schaut beiseite. Mit einem knappen Nicken verschwindet sie im Haus.

KAPITEL 5

Juni 1954

ELEONORA

Ich stehe gebückt an der Küchenspüle und schaue aus dem blinden Fenster in den Hof hinaus. Es ist eine Position, die ich viele Stunden am Tag innehabe. Viele Menschen bedeuten viel Geschirr. Die Weinlese steht unmittelbar bevor und unsere Hilfsarbeiter werden in den nächsten Tagen hier auf Vinewood Hill eintreffen. Einige kommen jedes Jahr, andere werden das erste Mal hier sein. Aber das soll mich nicht weiter kümmern. Alles, was den Hof und das Geschäft betrifft, fällt in Mitchs Bereich. Er ist der, der die Entscheidungen fällt. Der Haushalt ist mein Bereich. Mitch hat es gern, wenn das Haus stets aufgeräumt ist. Er sagt, dass ein ordentliches Heim ein Aushängeschild für den ganzen Betrieb wäre. Es ist wichtig, dass ich mit gutem Beispiel vorangehe und tue, was er sagt. Ihm missfallen Menschen, die sich gehen lassen. Und weil ich genau weiß, was es bedeutet, wenn Mitch etwas missfällt, beuge ich mich dem. Ganz so, wie anständige Frauen es tun.

„Eleonora!", schallt seine tiefe Stimme durch das Haus. Im nächsten Moment knallt die Tür. Ich schrecke zusammen, sodass der Teller mir klirrend aus der Hand fällt. Er taucht in das Waschwasser. Ich stelle mir vor, der Teller zu sein. Unter Wasser, still und sicher.

Eine Hand legt sich auf meine Schulter und schiebt mich beiseite.

„Was starrst du schon wieder vor dich hin?" Mitchs Stimme ist hart und laut. Das kommt, weil er der ist, der hier die Verantwortung trägt. Er muss so sprechen, damit ihn alle ernst nehmen. Es ist wichtig.

Er wäscht seine Hände. Dreckige Schlieren ziehen sich durch das klare Wasser. Ich atme durch und verbeiße mir einen Kommentar. Es steht mir nicht zu, ihn zu tadeln.

„Wann gibt's Essen?"

„In einer halben Stunde. Die Kartoffeln müssen noch garkochen."

„Es ist halb sechs."

„Entschuldige bitte."

Er schüttelt den Kopf. „Du bist genauso schlimm wie alle anderen Weiber. Nichts im Kopf als Träumereien. Willst du demnächst mal draußen an den Reben stehen, hm? Dir die Finger blutig pflücken? Dann wünschst du dir deine Kartoffeln ganz schnell zurück. Kannst froh sein, dass du hier so ein Leben hast."

„Bin ich, Mitch." Ich senke den Blick, aber er lässt mich nicht. Grob packt er mein Kinn und reißt es herum.

„Was ist denn das für ein Ton neuerdings?"

„Es tut mir leid."

Mit einem Ruck lässt er mich los, wendet sich ab und stapft in Richtung Treppe. Er ist angespannt, weil die letzte Ernte so schlecht war. Hoffentlich wird es dieses Jahr besser. Seine schweren Stiefel erzeugen staubige

Flecken auf dem lackierten Holzboden und ich husche davon, um einen Besen zu holen. Mitch hat es gern sauber.

„Mom?" Die Stimme meines Sohnes kommt von der Seite. „Kannst du mir bei den Blumen helfen?" Henry legt den Stift beiseite, mit dem er eben auf einem Blatt Papier gezeichnet hat.

„Sicher, Schatz." Ich trete neben ihn und beuge mich hinab. Dabei vergrabe ich die Nase für einen winzigen Moment in seinen verschwitzten Haaren und atme durch. *Vergiss nie. Wenn du Mitch nicht geheiratet hättest, hättest du Henry nicht.* Der Gedanke ist mit Freude und Wehmut gleichermaßen besetzt. Denn der Weg bis zu Henrys Geburt war ein langer. Mitch und ich sind seit sechs Jahren verheiratet und Henry ist bisher unser einziges Kind. Mitch sagt, dass es allein mein Makel ist, aber ich bin mir da nicht so sicher. Im Stillen. Nur für mich. Seine verstorbene Frau Laura hatte auch keine Kinder. Dafür war sie in allem anderen besser als ich. Ihr Porträt hängt in unserem Wohnzimmer wie ein lebensgroßes Mahnmal. Als würde ihr Geist jeden Tag darüber wachen, wie ich hier den Haushalt führe. Als würde sie mit Argusaugen darüber wachen, dass ich ihr Vermächtnis wahre. Ich frage mich, wie sie gewesen ist. Ihre Augen sehen mich tagein tagaus so gütig an, als würde sie all die Dinge verstehen, die in mir vorgehen. Ich weiß noch, wie wir auf ihrer Beerdigung waren. Mom, Dad, meine Schwestern und ich.

Wir haben Mitch unser Beileid ausgesprochen und ein halbes Jahr später saß ich mit meinem Vater hier im Gutshaus von Vinewood Hill. Ich wünschte, es wäre bei Worten geblieben. Weitere drei Monate später kehrte ich erneut hierher zurück. In einem weißen Spitzenkleid. Trotz meiner Furcht war ich damals stolz. Ich war gerade sechzehn geworden. Mom und meine Tante Flora haben nächtelang an meinem Kleid genäht. Es fühlte sich an diesem Tag an, als wäre ich wirklich die Märchenprinzessin aus meinen Büchern geworden. Als ich so fein zurechtgemacht aus dem Wagen stieg und voller Ehrfurcht vor dem großen Gutshaus stand, dachte ich, dass mein Leben nun eine gute Wende nehmen würde.

Obwohl es keine Feier gab, habe ich den Tag als festlich in Erinnerung. Mitch war noch im Trauerjahr und mein Vater war froh, dass er nur meine Aussteuer bezahlen musste. Also gab es nach der Kirche ein spartanisches Essen in den neu gebauten Räumen der Kelterei von Vinewood Hill. Mitch war so stolz auf seine neuste Investition. Und ich war stolz, einen solch tüchtigen Mann geheiratet zu haben. Jedenfalls so lange, bis die letzten Gäste den Hof verlassen hatten. An alles, was danach folgte, erinnere ich mich nur noch sehr schemenhaft. Es sind keine Erfahrungen, an die ich gern zurückdenke. Ich höre noch genau unsere Stimmen in meinem Kopf. Meine Stimme, wie ich sage, dass mir das nicht gefällt. Dass er mir wehtut. Und seine, die nur erwidert, dass das wohl schwerlich sein Problem sei. Das, was er da tat, bräuchte mir auch nicht gefallen. Es wäre eine Pflicht, die ab jetzt zu all den Pflichten dazugehören würde, die ich täglich abzuleisten habe. Im Frauenbibelkreis sagt der Reverend immer, dass das Kindermachen und Kinderkriegen unsere Erbsünde sei. Unsere Buße dafür, dass Eva allein die Schuld an der Verbannung aus dem Paradies trägt. Ich habe den Zusammenhang nie wirklich verstanden.

Als die Stiefelschritte sich erneut nähern, schüttle ich den Gedanken ab.

„Mom, die Blumen."

„Gleich, Henry. Ich fege nur eben für deinen Vater."

In Windeseile kehre ich den Staub auf und gerade, als Mitch auf dem Treppenabsatz ankommt, stelle ich den Besen fort.

Er geht an mir vorbei, ohne mich eines weiteren Blickes zu würdigen. Stattdessen tritt er neben seinen Sohn.

„Na, was machst du?", fragt er. Henry schaut über seine Schulter an seinem Vater hoch. In mir verkrampft es sich.

„Ich male, Vater. Schau." Henry hält das Blatt hoch, mein Blick senkt sich auf meine Schuhspitzen.

Ich höre bloß noch das schneidende Geräusch von reißendem Papier und ein erschrockenes Luftholen.

„Lern lieber schreiben. Bringt dir deine Mutter nichts Gescheites bei? Bist du ein Weib oder ein Mann?"

Henry sagt dazu nichts. Ich hebe den Blick und merke, wie seine dunklen Augen sich in meine bohren. Die Tränen schluckt er selbst mit seinen vier Jahren schon herunter.

„Wir üben daran, Mitch", sage ich wie aufgezogen.

„Das will ich auch hoffen. Soll ja was aus ihm werden." Er streichelt hart über Henrys Kopf und klopft dann so fest auf seinen Rücken, dass er nach vorne ruckt. Dann geht Mitch weiter und dreht sich in der Tür noch einmal nach mir um.

„Morgen kommen noch zehn Hilfskräfte. Bezieh die Betten ordentlich. Ich will mich nicht lächerlich machen.“

Ich nicke und im nächsten Moment schlägt die Haustür ins Schloss.

„Mom?“

Ich zwinge mir ein Lächeln auf. „Üben wir noch einmal die Buchstaben? Wie gestern? Dein Vater freut sich sicher, wenn wir ihm beim Abendessen deine Fortschritte zeigen.“

KAPITEL 6

CHARLOTTE

Der Tagebucheintrag lässt mich den ganzen Abend über nicht los. Es ist etwas völlig anderes, ob man Dinge lediglich erzählt bekommt oder direkt und unmittelbar durch die ungefilterten Worte der Betroffenen hautnah miterlebt. In diesem Tagebuch scheint meine Grandma sich all das Leid von der Seele geschrieben zu haben, weil es niemanden gab, mit dem sie es hätte teilen können. Der Gedanke ist so unfassbar schmerzhaft.

In meiner Kindheit habe ich immer gedacht, dass sie und Grandpa Mitch gut zueinander passen. Sie hatten beide denselben harten Gesichtsausdruck, dieselbe Freudlosigkeit. Die Momente, in denen zumindest Grandma diese Maske abgelegt hat, waren rar gesät. Damals hat es mir Angst gemacht. Jetzt ergibt ihr Verhalten auf eine erschreckende Weise Sinn.

Mit schwerem Herzen schaue ich durch das Fenster auf die Veranda hinaus. Levi sitzt noch immer dort. Bevor ich weiter darüber nachdenken kann, klingelt mein Telefon.

Es ist Sebastian.

„Na, schon Erfolge?", fragt er nach einer Begrüßung.

Ich lasse mich auf einem der Küchenstühle nieder. Mit der freien Hand reibe ich über meine schmerzende Stirn.

„Es war …" Ja, wie war es denn heute eigentlich? Ernüchternd? Aufregend? In meinem Kopf gehen so viele Gedanken durcheinander, dass sie nichts als ein dumpfes Pochen hinterlassen. Von draußen höre ich Levis leise Stimme und Bessys Fiepen. Mit einem Mal fühlt sich all das hier verboten und falsch an. Ich, alleine in diesem Haus mit einem Mann, den ich kaum kenne. *Du bist völlig überspannt. Beruhig dich, Charlotte.*

„Ja?"

„Der Tag war in Ordnung. Ereignislos, aber in Ordnung. Sorry, ich bin einfach müde. Ist zu Hause alles gut?"

„Nein, deswegen rufe ich auch an. Lucian ist erkältet." Er lässt den Satz so stehen und wartet auf meine Antwort. Und ich weiß auch genau, welche er gern hätte.

„Melde ihn krank und lass ihn zu Hause."

„Wie soll ich das machen?" Wieder eine Frage, deren Antwort in meinem Kopf schon vorgezeichnet ist. Aber ich kann sie nicht aussprechen. Ich will jetzt nicht nach Raleigh zurückfahren. Ich schäme mich so sehr dafür, dass ich meinen kranken Sohn alleine zurücklasse, aber ich kann nicht anders. Es nimmt mir die Luft, wenn ich daran denke, mich jetzt in mein Auto zu setzen. Zurückzukehren in dieses Haus, in dem ich seit so vielen Jahren immer nur die Mutter dieser Familie bin. Die, die sich um alles und jeden kümmert. Die immer springt, wenn jemand sie braucht. Ich bin so erschöpft davon.

„Keine Antwort ist auch eine Antwort."

„Du weißt, dass ich hier noch zu tun habe.“

„Willst du mich verarschen?“ Sebastians Stimme ist leise und gepresst, aber die Wut trieft aus jedem Laut.

„Es war so abgemacht.“

„Abgemacht?“ Er schnaubt. „Du bist einfach in dein Auto gestiegen und hast mich zurückgelassen. Habe ich dich jemals zurückgelassen, Charlotte? Jemals? Bin ich damals nach New York gegangen? Habe ich die Beförderung angenommen? Nichts habe ich gemacht.“

Meine Hand ist mittlerweile auf meinen Augen liegengeblieben. Meine Gliedmaßen fühlen sich schwer und bewegungsunfähig an. Meine Gedanken ebenso. Als wären sie auf Slow-Motion geschaltet.

„Ruf doch deine Mutter an, die kann sicher kommen.“

„Weißt du, wie erniedrigend sich das anfühlt?“

Eigentlich müsste ich jetzt lachen. So richtig laut. Für mich fühlt sich nach vierzehn Jahren nichts mehr erniedrigend an. Weil ich so weit unten angekommen bin, dass jede helfende Hand ein Segen ist.

„Eine andere Option gibt es nicht.“

Er schnauft und gibt dann noch ein gepresstes „Na dann. Schöne erste Nacht im Urlaub!“ dazu. Einen Atemzug später legt er auf. Ohne mir die Chance zu geben, ihm eine gute Nacht zu wünschen. Ich lasse das Telefon sinken und lege den Kopf in meine Hände. Mein Gewissen befiehlt mir, jetzt meine Tasche zu packen und nach Hause zu fahren. Die Heldin zu sein, die immer sofort kommt und zu jeder Zeit die Lage im Griff hat. Noch während ich so dasitze und unfähig bin, mich zu rühren, klappt die Tür.

Ein paar Sekunden später spüre ich eine Hand an meiner Schulter. Eine schwere, warme. Die unerwartete Nähe lässt mich fast in Tränen ausbrechen.

„Geht es dir gut?"

Keine Ahnung, wie lange mich das niemand mehr gefragt hat. Und leider kommt es jetzt aus dem Mund der falschen Person.

Ich straffe die Schultern und schüttele seine Hand ab. „Alles bestens."

„Sieht nicht so aus."

Ich fahre zu ihm herum, doch in seinen Augen ist nichts als Mitgefühl. Keine Häme mehr und auch nicht dieses belustigte Funkeln, das mich den ganzen Tag über rasend gemacht hat. Ich wünschte, es wäre noch da. Es würde all das hier einfacher machen.

***

Die Nacht ist schrecklich. Alles in diesem Schlafzimmer riecht muffig und alt. Meine Haut beginnt von dem Leinenbettzeug so sehr zu jucken, dass ich irgendwann dazu übergehe, mich mit zwei Handtüchern zuzudecken. Leider schafft es die Sonne selbst in den Sommermonaten nicht, die Kälte aus den alten Steinwänden zu vertreiben. Tagsüber eine Offenbarung, nachts ein Fluch. Also liege ich die Hälfte der Zeit wach, reibe meine kalten Füße aneinander und denke darüber nach, was in diesem Tagebucheintrag stand. Einerseits brenne ich darauf, die ganze Geschichte zu erfahren, andererseits weiß ich nicht, ob ich sie wirklich kennen will. Weil ich nicht abschätzen kann, welche Abgründe uns noch zwischen diesen Zeilen erwarten werden.

Manchmal ist der Schleier der Unwissenheit auch ein Segen. Für einen Moment denke ich an den Anruf von Sebastian zurück. Ich überlege, ob es richtig war, hierzubleiben. Ich denke darüber nach, ob es Lucian vielleicht schlechter geht, ob er mich vermisst, ob er Fieber hat und sich quält. Ich höre die vorwurfsvolle Stimme meines Mannes, der mir sagt, dass er enttäuscht von mir ist.

Mit einem Laut des Unmutes drehe ich mich auf die Seite, schließe die Augen und versuche, endlich Ruhe vor meinen eigenen Gedanken zu finden. Kurz ist da nur die totale Stille.

Einen Atemzug, dann noch einen ... und dann bewegt sich etwas auf meinem Handtuch. Im Halbschlaf schiebe ich das Bein zur Seite und treffe auf warmes ... Fell?

O mein Gott, was ist das?

Meine Hand fährt an meinem Bein entlang und ...

Ich springe mit einem Satz aus dem Bett und schalte das Licht an, nur um dabei zuzusehen, wie eine kleine braune Maus über meine Bettdecke huscht. Meinen Schrei hört man vermutlich noch in Vinewood.

Keinen Herzschlag später wird die Tür aufgerissen, Levi stürzt ins Zimmer. In Shorts.

Bessy folgt ihm kläffend. Die Maus ist längst verschwunden.

„Scheiße, Herrgott! Ich dachte, dich schlachtet einer ab."

Ich stehe vor meinem Bett, ziehe die Handtücher vor der Brust zusammen und starre ihn an. Er steht mit schwerem Atem einen Meter neben mir und es braucht schon fast Gewalt, damit ich meine Augen von ihm lösen kann. Ich schlucke trocken und schwenke den Blick an die Wand. In meinem Kopf sind die Bilder trotzdem. Von diesen Bauchmuskeln und dieser Shorts, die so eng ist, dass … O Gott.

„Da war eine Maus", sage ich platt. Er lacht nur.

„Willkommen auf dem Land, Honey." Er wirkt nicht einmal wütend. Nur belustigt. „Jetzt ist sie ja weg." Er wendet sich zum Gehen.

„Was, wenn sie wiederkommt?"

Er bleibt stehen, dreht sich um und grinst so breit, dass es mir fast schon Unbehagen bereitet. „Weißt du, wie das klingt?"

„Nein?"

„Wie der Dialog aus einem richtig schlechten Porno."

Das hat er nicht ernsthaft gesagt?

„Was?" Ich spüre das Brennen in meinen Wangen überdeutlich. Und dabei ist mir fast peinlicher, dass ich mich wie eine prüde Teenagerin aufführe, als die Tatsache, dass seine Worte überhaupt ein derartiges Verhalten in mir auslösen können.

„Darf man das etwa auch nicht sagen?" Seine Stimme ist noch dunkler geworden und meine Wangen noch brennender.

„Das … das …"

„Ich versteh schon. Darüber redet man vermutlich nicht, was?" Er zwinkert. Dann macht er einen Fingerzeig in Richtung Bett und sagt: „Bessy, bleib!"

Bessy prescht an mir vorbei und macht einen Satz ans Fußende. Dort legt sie sich hin und mustert mich mit gespitzten Ohren.

„Falls die Maus wiederkommt. Nicht, dass ich auch wiederkommen muss."

Damit verlässt Levi das Zimmer. Sein dämliches Lachen verfolgt mich noch in den Schlaf.

Am nächsten Morgen fühle ich mich völlig übernächtigt. Meine Augen sind müde und mein Kopf pocht hart. Das Nachthemd klebt an mir und ich mache auch schnell den Grund dafür aus. Bessy ist immer weiter an mich herangerutscht und liegt nun der Länge nach neben mir wie ein pelziges, stinkendes Heizkissen.

Mein Gott, wer weiß, was mit dem Tier ist. Nachher hat Bessy noch irgendwelche Parasiten oder Krankheiten. Und die Pfoten gewaschen hat sie sich sicher auch nicht. Das, was mir gestern Nacht noch wie eine noble Rettung vorgekommen ist, ekelt mich jetzt.

Ich ziehe die Füße unter dem Handtuchberg hervor und versuche, lautlos aufzustehen, aber natürlich bekommt Bessy es mit. Mit einem Satz ist sie vom Bett herunter und winselt an der Tür.

Ich schwanke hinter ihr her. Als ich den Türknauf drehe und die Tür aufspringt, flitzt sie los. Fast so, als wäre ihr gerade bewusst geworden, dass sie es keine weitere Sekunde ohne ihr Herrchen aushalten kann.

Glücklicherweise ist sie damit alleine. Denn ich kann gut und gerne darauf verzichten, nach dieser Begegnung heute Nacht sofort wieder in die Arme von Mr. Bauchmuskeln zu laufen. Es ist beschämend, wie sehr die eigenen Gedanken auf solche optischen Reize anspringen. Beschämend und erschreckend.

Doch manchmal hat man Glück und so schaffe ich es ins Bad und wieder zurück in mein Zimmer, ohne dass er mich sieht. Nachdem ich mir unter der Dusche immer wieder selbst vorgebetet habe, dass ich das hier nur tue, um Grannys Vermächtnis aufzuklären, fühle ich mich wieder geordneter. Ich durchwühle meinen Koffer und entscheide mich für eine Jeans und eine weite Musselinbluse, die ich am Bauch zusammenknoten kann. Dann versuche ich, ein bisschen Ordnung in meine Haare zu bringen. Ich kämme und bürste, zupfe die Locken zurecht und warte auf den Moment, in dem ich meine Frisur als vorzeigbar erachte. *Für wen eigentlich?*

Mit Blick in den Spiegel lasse ich die Hand sinken.

Es ist egal. Ich kann machen, was ich will. Ich kann zerzaust aussehen oder struppig. Ich kann unvorteilhafte Sachen tragen und ungeschminkt herumlaufen. Es gibt hier niemanden, der das bewertet.

Okay, Levi ist da. Aber das zählt nicht. Wir leben in verschiedenen Universen. Es kann mir egal sein, was er von mir denkt. Es hat keinen Belang, ob er meine Augenringe zu tief findet oder meine Haare hässlich aussehen. Ich muss ihm nicht gefallen. Das hier ist kein Wettbewerb. Was bringt es mir schon, wenn mich ein fremder Mann toll findet? Eine kurze Befriedigung? Für was? Damit ich weiß, ob ich noch begehrenswert bin, wenn ich doch ohnehin für immer und ewig nur noch mit dem gleichen Mann leben werde? Nur damit ich weiß, dass es noch möglich wäre? Dass es noch Chancen für mich gäbe, obwohl ich doch keine davon nutzen werde?

Ich atme durch, betrachte meine fahle Haut im Spiegel und fühle mich dabei so haltlos.

Warum denke ich überhaupt über solche Dinge nach?

Warum nimmt das Raum in mir ein?

Mit einem Kopfschütteln wende ich mich ab und verlasse mein Zimmer. Die Gedanken nehme ich mit. Die kann man nicht zurücklassen.

Unten angekommen, will ich die Kaffeemaschine anschalten und stelle fest, dass sie bereits läuft. Levi kommt gerade von der Veranda herein.

„Morgen, Mäuseprinzessin. Wie war der Rest der Nacht?"

„Es ging. Und bei dir?"

Er kommt näher und streckt sich dann, um zwei Teller aus dem Schrank zu nehmen. Direkt neben mir. Sehr dicht. Er riecht frisch geduscht und aus der Nähe sieht man, dass seine Haare noch nass sind. Für einen Moment zieht das Bild von ihm durch meinen Kopf, wie er da schwer atmend vor meinem Bett gestanden hat. Wie er unter einer Dusche aussehen würde. Während das Wasser an seiner Haut hinabläuft. Wie er ...

„Toast?"

„Was?"

„Ob du Toast willst."

Er schaut mir direkt ins Gesicht. Es fühlt sich unverschämt nah an.

„Nein. Ich esse nur ein bisschen Obst."

Irgendwas musst du frühstücken. Mein eigener Satz kommt mir ins Gedächtnis. Der Satz, den ich zu meiner Tochter gesagt habe. Zu meiner Tochter, die nie frühstückt, weil ... ich auch nie frühstücke? Immer darauf achte, was ich wann esse? Die Erkenntnis ist schneidend wie gebrochenes Glas.

Levi hat sich ohne weitere Nachfragen abgewendet und belegt jetzt zwei Scheiben Weißbrot abartig großzügig mit Instantkäse, Mayonnaise und allerlei anderem Kram, den er gestern eingekauft hat. Dinge, die ich niemals kaufen würde. Abgepackte Wurst und eingelegte Maiskolben. Ich meine, wer auf dieser Erde mag eingelegte Maiskolben?

„Willst du auch eins?"

Ich reagiere nicht und betrachte ihn nur weiter.

„Charlotte?"

„Was?"

„Willst du ein Sandwich?"

Blaue Augen bohren sich in meine. Ich muss mich wirklich in den Griff bekommen.

Nach dem Frühstück trennen sich unsere Wege zunächst, denn Levi verlässt das Haus, um seinen Hund einzusammeln und die alte Emma zu versorgen, die hoffentlich heute noch genauso lebendig in ihrer Box steht wie gestern. Ich mache mich daran, im Haus aufzuräumen und das Bad in Ordnung zu bringen. Im Morgenlicht sind die Zustände noch schlimmer als gestern Abend. Angeekelt fege ich Spinnen aus Ecken, Staub von den Schränken und wische überall durch. Ich denke dabei an mein eigenes Zuhause in Raleigh. An die frischen Blumen auf der Anrichte im Flur und auf die glänzenden Marmoroberflächen. Ich denke an die staubfreien Regale und die perfekt aufgeschüttelten Kissen. Trotzdem lässt all das in seiner Perfektion einen schalen Beigeschmack zurück. Als würde ich damit etwas nachjagen, das ich schon lange verloren habe.

Der Spiegel über dem Waschbecken wird auch beim Putzen nicht wieder blank und schließlich gebe ich auf, räume die Lappen weg und mache mich auf den Weg nach draußen. Die Sonne ist angenehm, ein leichter Lufthauch weht durch meine Haare.

Das Knirschen meiner Schritte verklingt, als ich vor dem Stallgebäude stehenbleibe. Das Tor ist offen, eine sanfte, tiefe Stimme dringt nach draußen.

„Was sagt ihr, Mädels? Was halten wir von der Mäuseprinzessin da drüben in diesem Gutshaus? Irgendwelche Meinungen?"

Ich kann das Grinsen auf meinem Gesicht spüren und warte darauf, dass er weiterspricht. Es fühlt sich verboten an, ihn zu belauschen, aber ich will unbedingt wissen, was er noch über mich sagen wird.

„Was meinst du, Bessy? Sie schnarcht im Schlaf? Na sowas. Sieht gar nicht so aus." Er lacht über seine Konversation mit sich selbst, das Geräusch rieselt warm durch meinen Bauch. Ich beneide ihn für seine Unbeschwertheit. Um diese Freiheit, sich selbst nicht so ernst nehmen zu müssen. Weil es niemand von einem erwartet.

„Ja, finde ich auch. Ein bisschen hochnäsig ist sie wirklich. Hättet sie mal gestern im Diner erleben müssen. Und auch, wenn euch das egal ist, aber sie trägt verdammt knappe Hemdchen für 'ne Mommy."

Das ist der Moment, in dem ich das Lauschen aufgebe. Weil es mich daran erinnert, was ich hier eigentlich tue.

Meine Füße machen wie von allein die Schritte in den Stall, Levi hebt den Blick in meine Richtung. Er scheint sich nicht ertappt zu fühlen.

„Hey", sagt er schlicht, während ich näher an ihn herantrete. Er ist gerade dabei, der alten Emma ein Halfter anzuziehen. Sie hängt ihren Kopf in die Riemen und wirkt nicht undankbar über die Unterstützung ihrer Muskelkraft. Sie sieht wirklich verboten alt aus. Völlig eingefallen und zerrupft. Ich hoffe, sie überlebt unseren Aufenthalt hier.

„Meinst du wirklich, ihr geht's gut? Sie sieht furchtbar aus.“

Levi streichelt über den kaum vorhandenen Hals.

„Sie ist 'ne alte Lady, wie redest du über sie?“

„Ich meine ja nur.“

„Ihr gehts gut. Sie hat ein paar Probleme mit dem Fell, ich hole später was vom Tierarzt dagegen. Jetzt darf sie erst mal ein bisschen raus in die Sonne. Ich habe eben den Zaun kontrolliert. Vermutlich würde sie uns auch nicht ausreißen, wenn es keinen gäbe.“ Er schnippt den Türverschluss auf und bringt Zug auf den Strick.

„So, Sweetie. Komm. Wir machen jetzt einen kleinen Ausflug.“ Seine Stimme ist so lockend und dunkel, dass ich lieber gar nicht weiter darüber nachdenke. Das Pferd geht schwankend hinter ihm her. Levi legt im Gehen eine Hand auf ihr Genick und krault zart in ihrer Mähne herum. „Ist ein schöner Tag heute, Emma. Wirst du gleich sehen. Ein bisschen die Sonne genießen, hm? Hast du dir verdient. Und ich mache in der Zeit deinen Stall wieder hübsch.“

Ich laufe hinter den beiden her und betrachte den breiten Rücken von Levi und die regelrecht winzige Pferdegestalt daneben.

Beim Zaun bleiben sie stehen. Es ist eine solide Holzkonstruktion, die einen Teil des Wäldchens hinter dem Haus einfasst. Der Wind frischt auf und schiebt die Schatten der Baumwipfel über das saftig grüne Gras. Levi klickt den Strick vom Halfter ab. Emma rührt sich keinen Millimeter. Aber sie schnaubt immerhin und streckt den Hals nach unten, um ein bisschen am Boden herumzuschnuppern.

Levi und ich bleiben Seite an Seite stehen.

„Ich habe drinnen Ordnung gemacht", sage ich.

„Schön."

Schweigen. Irgendwie ist es mit ihm immer ein komisches Schweigen. Weil da ständig so eine Anspannung in der Luft liegt. Als wären zu viele ungesagte Dinge zwischen uns. Ich wüsste nicht einmal, welche. Es versetzt mich in die Zeit zurück, als mein Leben noch so war wie seins. Frei. Unerwartet. Aufregend.

Dabei weiß ich nicht mal, ob es stimmt. Keine Ahnung, was mit seinem Leben ist, wir haben bisher kaum darüber gesprochen. Vielleicht will ich es auch gar nicht wissen.

Vielleicht reicht mir die Vision, die ich mir von ihm erschaffen habe.

Den Rest des Tages verbringen wir damit, auch den Stall aufzuräumen. Levi stapelt die verbliebenen Quaderballen in der Ecke und ich miste die Box von Emma aus. Es ist das erste Mal in meinem Leben, dass ich eine Mistgabel in der Hand halte.

Nach einer spartanischen Mittagspause verschwindet Levi ohne ein weiteres Wort und nimmt Bessy mit. Ich glaube, er will zum Tierarzt. Sicher bin ich mir nicht.

Ich bleibe derweil im Haus zurück und tue etwas, das ich schon lange nicht mehr getan habe. Beim Aufräumen habe ich einen Notizblock und ein paar Stifte gefunden. Ich nehme beides und setze mich damit auf die Weide zu Emma. Meine Finger streichen über die Seiten des Blocks. Beim Blättern finde ich ein paar

Kritzeleien darin. Kinderbilder. Blumen und Strichmännchen. Später Buchstaben. Ich frage mich, wer die Bilder gemalt hat. Vielleicht war es sogar Mom. Der Gedanke an sie zieht wie ein Stich durch mein Herz. Mein Verhältnis zu meiner Familie war nie besonders eng und jetzt bin ich auf dem besten Weg dahin, dieses Kreuz weiterzuvererben. Ich weiß, dass Mom und Grandpa Mitch immer Probleme miteinander hatten.

Sie haben viel gestritten, wenn wir hier waren. Als ich ein Kind war, dachte ich, dass es an mir liegt. Daran, dass Mom mich adoptiert hat. Für meinen Großvater war es unverständlich, warum Menschen, die eigene Kinder bekommen könnten, fremde Kinder zu sich nehmen. Und je älter ich wurde, desto mehr habe ich mich ebenfalls gefragt, warum Mom sich überhaupt für eine Familie entschieden hat. Denn ebenso wie meine Großeltern habe ich meine Mutter nicht als herzliche Person in Erinnerung. Ich könnte gar nicht abzählen, wie oft ich mich in den Schlaf geweint habe, weil ich das Gefühl hatte, Mom bereut mich. Die Entscheidung, die sie getroffen hat, als sie mich bei sich aufnahm. Rückblickend war es vermutlich die Überforderung, die sie so lieblos gemacht hat. Die täglichen Kämpfe, die ihr die Kraft genommen haben, um weich und zugewandt zu sein. Heute kann ich es nachfühlen. Heute bin ich wie sie und ich verachte mich dafür, dass ich es trotz meines Wissens nicht besser machen kann.

Bin ich so wenig mütterlich, weil ich es nicht anders kennengelernt habe? Ergebe ich mich einem Schicksal, das ich ändern könnte, wenn ich nur ein bisschen mehr Willensstärke und Kraftreserven hätte? War Mom so hart, weil Grandpa sie hart gemacht hat? Bin ich so unnahbar, weil meine Mom es an mich weitergegeben hat?

Wieder zirkulieren die Dinge in meinem Kopf, die Levi und ich aus Grandmas Tagebuch erfahren haben. Und wieder schüttelt es mich.

Ohne, dass ich es gemerkt habe, habe ich auf dem Blatt eine Zeichnung begonnen. Ein grasendes Pferd. Gesund und muskulös. Bäume, die noch viel kleiner sind als die, die da vor mir stehen.

Eine Erinnerung an lange Vergangenes.

***

Abends taucht Levi wie aus dem Nichts wieder auf. Er kommt aus Richtung des Stalls und erzählt, dass er Emma mit einem Mittel gegen Hautkrankheiten behandelt hat. Über alles weitere schweigt er sich aus. Auch beim Essen bricht niemand von uns die schwere Stille, die sich in der Küche ausgebreitet hat.

Levi starrt ins Essen, ich tue es ihm gleich. Dabei überlege ich mir mögliche Aufhänger für ein Tischgespräch, doch alles davon klingt in meinem Kopf einfach nur erzwungen.

Warum machen wir das eigentlich?

Reden um des Redens Willen.

Mein Leben in Raleigh besteht aus ständiger Konversation. Nachfragen über Chloes Schule, Diskussionen mit Lucian, Verhandlungen über all die Belange unserer Familie mit Sebastian.

Streitereien über den Essensplan, Gespräche mit den anderen Müttern, tröstende Worte bei Verletzungen, niemals endende Erklärungen zum Fernsehkonsum,

Telefonate mit Einrichtungen, Lehrern, Trainerinnen, Freundinnen.

Heute ist nichts davon relevant.

Mein Telefon liegt seit heute Morgen einsam auf der Kommode im Wohnzimmer, nicht einmal das Radio läuft. Da sind nur der leise Windzug durch das geöffnete Fenster und das Klappern des Bestecks.

Und auf eine bizarre Weise lässt diese tiefe Ruhe mit jeder weiteren Sekunde, die verstreicht, mehr von meiner Anspannung abklingen. Es lässt dieses Gefühl schwinden, immer anwesend sein zu müssen. Mit meinen Gedanken und meiner Mimik. Diese allgemeine Präsenzpflicht im Leben, die manchmal mehr Last als Bereicherung ist.

Während wir die Teller abwaschen, nimmt Levi wie selbstverständlich das Trockentuch. Wir schauen beide aus dem Küchenfenster in die Dämmerung hinaus. So, wie meine Grandma es damals tagein tagaus getan hat. Ich habe sie so oft dabei beobachtet, dass das Bild vor meinem inneren Auge ganz deutlich ist. Sie war immer allein. Zu Hause würde ich es auch alleine tun. Hier auf Vinewood Hill steht Levi neben mir.

„Wenn du darüber reden willst, kannst du's machen, Charlotte. Auch, wenn ich nicht so aussehe, ich kann gut zuhören", sagt er irgendwann. Völlig ohne Zusammenhang. Es sind zwei einfache Sätze und so viele Botschaften, die darin mitschwingen. Seine Stimme ist durch die lange Stille ganz kratzig geworden.

Ich nicke. Er nickt.

Vielleicht sollte ich es tun. All die Gedankenkreise in Worte fassen. Endlich konkrete Beschreibungen finden für dieses unbestimmte Gefühlschaos in mir, das sich mit jedem weiteren Jahr nur immer höher auftürmt.

„Weißt du, Levi, manchmal denke ich einfach, dass alles in meinem Leben-“

Ein Telefonklingeln schneidet mir den Satz ab. Wieder einmal. Ich weiß schon, wer es ist, ohne auf mein Handy zu sehen. Sebastian findet selbst dann den unpassendsten Moment, wenn er gar nicht physisch anwesend ist. Meine Lider gleiten zu, ich habe das Gefühl, kein einziges Wort, das mein Mann jemals wieder an mich richten wird, ertragen zu können. Es überrollt mich wie eine Lawine. Plötzlich und mit einer Heftigkeit, die mir Angst macht.

„Willst du nicht rangehen?“

Kopfschütteln.

„Vielleicht ist es wichtig.“

„Es ist immer wichtig.“ Ich schaue zur Seite. Levis Blick ist unergründlich, seine Stimme leise.

„Dann solltest du immer rangehen. Oder nicht?“

Er reicht mir das Geschirrtuch, ich trockne meine Hände.

„Geh ruhig schon raus. Ich mach das hier fertig und komme gleich nach, wenn du mit Telefonieren fertig bist. Willst du ein Bier? Oder lieber ein Glas Wein? Ich habe im alten Weinkeller noch ein paar Flaschen gefunden.“

Tatsächlich macht Levi seine Ankündigung wahr. Ich habe das Handy gerade auf den Tisch gelegt und bin im Korbsessel nach unten gerutscht, als die Fliegentür aufgeht. Levi kommt mit zwei Gläsern Wein auf die Veranda. Das Tagebuch hat er zwischen die Zähne geklemmt. Er drückt mir ein Glas in die Hand und nimmt das Buch aus dem Mund.

Dann setzt er sich mir gegenüber und legt seine nackten Füße auf die Glasplatte des Tisches. Die Geste hat etwas so dermaßen Anarchisches, dass es mich schmunzeln lässt.

„Und?"

„Mein Sohn hat immer noch Schnupfen."

„Wow. Seit zwei Tagen? Das ist natürlich dramatisch."

„Für meinen Mann schon."

Es fühlt sich falsch an, in Levis Gegenwart so über Sebastian zu reden, aber ich kann nicht anders. Keine Ahnung, was ich mir davon erhoffe. Mitgefühl?

Aber statt auf das Gespräch einzugehen, hebt Levi nur sein Weinglas und prostet mir in der Luft zu.

„Auf die Freiheit."

Guter Witz. Trotzdem hebe ich mein Glas ebenfalls. „Irgendwann ist die Freiheit für jeden vorbei."

„Nein. Die ist nur vorbei, wenn man sich einsperren lässt."

„Manchmal gibt es aber keine Wahl."

„Es gibt immer eine Wahl."

„Nicht, wenn äußere Einflüsse das bestimmen."

„Doch. Jeder ist Herr über sein Leben. Und wenn du nicht gerade tot umkippst oder in den Knast musst, gibts nichts und niemanden, der dich einschränken kann. Nur du dich selbst."

Er hebt eine Augenbraue und trinkt einen großen Schluck von dem Wein, der golden im Glas perlt. „Schmeckt tatsächlich."

„Warum sollte er nicht?" Ich weiß gar nicht, worüber ich mich ärgere. Über mich oder über seine Worte, die so selbstgerecht klingen? Vielleicht auch einfach über das Leben an sich.

Levi macht eine abwägende Geste. „Da war 'ne ordentliche Schicht Staub auf den Flaschen und außerdem habe ich noch niemals was von *Scuppernong* gehört."

„Tja, Levi Henderson, da habe ich dir wohl endlich mal was voraus." Ich trinke ebenfalls einen Schluck. Mit dem schweren Aroma kommen all die Erinnerungen an die Weinfeste in meiner Kindheit, an vollhängende Weinreben und die Sommersonne zurück, die hier immer ein bisschen wärmer schien als in Raleigh. *„Scuppernong* ist eine traditionelle Weinsorte, die hier angebaut wird. Es ist die Staatsfrucht von North Carolina. Grandpa war traditionsbewusst."

„Habe ich mir schon gedacht, dass der Wein von hier sein muss. Auf der Flasche war dasselbe Logo, das auch am Torbogen bei der Zufahrt ist."

Die ineinander verschlungenen Buchstaben VWH. Vinewood Hill.

Nach dem nächsten Schluck hält Levi das Tagebuch hoch.

„Liest du heute wieder oder soll ich?"

Ich schüttele nur den Kopf.

Er setzt sich ein bisschen aufrechter und schlägt das Büchlein selbst auf. Seine tiefe Stimme hüllt mich ein. So sehr, dass ich die Augen schließe und den Kopf an die Lehne des Korbsessels sinken lasse.

„Juni 1954. Liebes Tagebuch, heute war ich im Kirchenkreis. Wir haben uns ausnahmsweise bereits am Vormittag getroffen. Das passte mir gut, denn so kann

ich heute Nachmittag mit Mitch zusammen nach Hickory fahren, wenn er die Saisonkräfte abholt. Ich habe heute Morgen noch einmal einen Rundgang durch die Unterkünfte gemacht. Alles ist sauber und ordentlich. Ich kann nicht umhin, mich ein bisschen auf die Ankunft der Männer zu freuen. Und das nicht einmal, weil dann der Hof aus allen Nähten platzt, sondern weil es in diesen Zeiten immer etwas ruhiger wird. Wenn so viele Menschen ihn beobachten, dann verliert Mitch nicht so schnell die Beherrschung. Henry war mit mir im Gemeindehaus und er wurde für seine freundliche und gut erzogene Art gelobt. Die anderen schätzen meine Qualitäten als Mutter. Molly hat mich sogar nach Rat gefragt, weil ihre Tochter so schlecht isst. Unter den Frauen fühle ich mich wohl. Wir lachen zusammen und können uns auch unser Leid klagen. Natürlich nur das Offensichtliche. Ich habe erzählt, dass meine Waschmaschine nun vollends kaputt gegangen ist. Dabei war sie noch fast neu. Was ich nicht gesagt habe, ist, dass Mitch mir die Schuld daran gibt, doch ich konnte nichts dafür. Das will er nicht hören. Er sagt, dass ich dann eben wieder mit der Hand waschen soll, bis er Zeit hat, sich darum zu kümmern. Das wäre ein guter Denkzettel für meine Arbeitsmoral. Dann haben wir noch ein paar Rezepte ausgetauscht, die Eloise aus einem Magazin abgeschrieben hat. Ich bin mir nicht sicher, ob ich irgendetwas davon probieren soll. Wenn Mitch es nicht mag, dann hätte ich mir die Mühe umsonst gemacht. Er isst lieber das Altbekannte. Also werde ich wohl dabei bleiben. Tagein tagaus. "Levi lässt das Büchlein sinken. „Da endet der Eintrag."

„Und jetzt?"

Er macht einen Laut des Unmutes, trinkt einen großen Schluck Wein und schaut mich dann direkt an.
„Jetzt hoffe ich einfach, dass das Geheimnis nicht darin
besteht, dass ich in irgendeiner Weise mit diesem elen-
den Mitch Hawkins verwandt bin."

KAPITEL 7

Juni 1954

ELEONORA

Mitchs alter Chevrolet rumpelt über den Waldweg. Die Bäume stehen so dicht aneinandergedrängt, dass man den Eindruck bekommen könnte, sie suchen Trost und Zuflucht beieinander. Das Sonnenlicht blitzt nur vereinzelt durch. Erst, als wir das Waldstück verlassen und das gebogene Tor mit den drei großen Initialen von Vinewood Hill in Sicht kommt, beschleunigt der Wagen. Henry sagt immer, dass dieser Wald, der unser Zuhause umgibt, ein Zauberwald ist. Wenn man ihn passiert hat, kommt man in eine andere Welt. Nur, wer sich durch das verschlingende Dunkel hindurchkämpft, schafft es, zu dem Gutshaus vorzudringen, das im Sonnenschein auf der leichten Anhöhe inmitten der vielen Weinreben steht. Henry hat noch mehr dieser Geschichten auf Lager. Wenn wir allein sind, erzählt er sie mir. Ich wünsche mir jedes Mal, dass er sich das behalten könnte. Doch mit jedem Jahr verschwindet ein Stück davon. Jedes harte Wort zerstört ein bisschen mehr von der kindlichen Unbedarftheit. Aus einem Impuls heraus beuge ich mich etwas zur Seite und drücke meinem Sohn einen Kuss auf den Scheitel. Hinter uns werden Stimmen laut. Auf der Ladefläche sitzen zehn junge Kerle, die alle aussehen, als wären sie den Kinderschuhen kaum entwachsen. Ich erspare mir die Mühe, sie mit Mitch zu vergleichen, der massiv wie ein Berg neben mir sitzt.

Er hat mich heute mitgenommen, um die Hilfskräfte in Hickory abzuholen. Ich genieße Ausflüge wie diesen jedes Mal und ich glaube, dass es Henry ähnlich geht. Der hat sich jetzt nach hinten umgedreht, um einen Blick auf die fremden Männer zu werfen. Die Aufregung, die von ihm ausgeht, ist fast schon körperlich spürbar. Ich wünschte, er dürfte sie genießen.

Doch Mitch beäugt ihn aus dem Augenwinkel, sodass ich schnell Henrys Knie antippe, damit er sich zurückdreht. Er ignoriert mich, weil er viel zu fasziniert von den Gesprächen und dem leisen Lachen ist.

„Henry", fordere ich ihn auf. Seine Schultern sacken hinab und er sinkt wieder auf den Sitz. Man sieht ihm im Gesicht an, dass er trotzdem den fremden Stimmen lauscht, die sich da hinter uns unterhalten. Mitch starrt nur auf die Fahrbahn, während auch ich es nicht verhindern kann, meine Aufmerksamkeit hinter mich schweifen zu lassen.

„Ist es das?", fragt einer der Männer jetzt. Das Gutshaus wird immer größer am Horizont. Es ist beinahe bedrückend, mit welcher stoischen Einsamkeit es da auf der freien Ebene steht.

„Siehst du hier noch 'n Weingut?", fragt eine weitere Stimme. Es holpert, als Mitch auf der Schotterstraße einem Schlagloch ausweicht. Staubwolken ziehen um das Auto. Ein paar Männer husten.

„Verdammt, Mann. Noble Hütte."

Leises Lachen ertönt. Henry schielt über die Schulter nach hinten. Als ich die Hand von seinem Knie nehme, dreht er sich erneut um. Mitch kommentiert es diesmal nicht. Ich schaue weiter aus dem Seitenfenster, auch wenn ich ebenso neugierig bin wie Henry. Ich wüsste gern, wem von den Männern welche Stimme gehört.

„Hey, Jacob! Träumst du etwa schon von deinem Mädchen?"

„Ich träume nicht. Ich schaue in die Landschaft", antwortet eine weitere Stimme. Eine, die viel leiser ist als die anderen und trotzdem eindringlich in ihrer Sanftheit. Beinahe zart. Die Töne rieseln durch das geöffnete Fenster. Direkt meinen Rücken hinab. Ich wringe meine Hände im Schoß ein bisschen fester.

„Was willste da sehen? Ich seh' nur Arbeit." Wieder lachen alle.

„Schönheit kann in allem sein." Das ist Jacobs Stimme. Dieses Mal nicht mehr so leise. Doch auch mit einem lauteren Ton klingt sie sehr freundlich.

Mitch schnaubt und schlägt mit der Hand so plötzlich gegen die Trennscheibe zur Ladefläche, dass ich zusammenzucke.

„Ruhe da hinten. Ich bezahl euch nicht fürs Reden schwingen."

Schönheit kann in allem sein.

Der Satz geht mir noch im Kopf herum, da hat Mitch längst den Wagen im Schatten der alten Eiche vor dem Haus geparkt und ist ausgestiegen.

„Kommt runter da." Er steht neben der Ladefläche, hochgewachsen und stolz wie immer. Ich steige mit Henry ebenfalls aus und trage meine Einkäufe zum Haus, während die Männer Mitch folgen. Ich wünschte, ich hätte wenigstens einen kurzen Blick in Jacobs Gesicht werfen können. Ich wünschte, ich wüsste, wie jemand aussieht, der Dinge sagen kann, die einem das Herz so wund werden lassen.

Später versammeln sie sich alle im Hof um eine lange Tafel, die ich für das Abendessen eingedeckt habe, und hören der Arbeitseinweisung von Mitchs Vorarbeiter zu.

Mr. Smithers mustert jeden von den Männern so genau, dass es mir selbst auf ein paar Meter Abstand unangenehm ist. Seine Stimme schallt über den Hof, während ich neben Mitch stehe und nicht weiß, wohin ich meinen Blick richten soll. Zu gern würde ich offen in die Runde schauen, aber Mitch gefällt es nicht, wenn ich mir solche Dinge herausnehme. Also bleibe ich mit gesenktem Kopf stehen und warte, bis die Ansprache beendet ist.

„Nachtruhe ist ab Sonnenuntergang. Morgens geht es bei Sonnenaufgang los. Ist einer unpünktlich, setzt es was. Mahlzeiten gibts drei am Tag, Lohn am Ende der Woche. Wenn einer einen Brief aufgeben muss oder sonst was braucht, wendet er sich an mich. Und jetzt esst und seht zu, dass ihr danach in eure Lager verschwindet. Morgen geht es los."

Anschließend nimmt auch Mitch Platz. Ich nicht. Meine Aufgabe ist es, den Männern das Essen aufzutragen. Sie essen schweigend kalten Braten und das Brot, das mir völlig geschmacklos geraten ist. Mitch unterhält sich derweil mit Mr. Smithers und ich spüre so viele Blicke aus so vielen Augen auf mir, dass ich mich am liebsten in Luft auflösen würde.

Nach dem Abendessen räume ich das Geschirr zusammen und bringe Henry ins Bett. Mein Rücken schmerzt und meine Füße sind wund vom vielen Laufen in meinen Sonntagsschuhen, die ich heute in der Stadt getragen habe. Als die Sonne langsam auf den Horizont niedersinkt, lasse ich mich mit einer Stickarbeit in der Küche nieder. Bis es mir siedend heiß den Rücken hinabläuft. Die Handtücher!

Ich habe die Handtücher für die Arbeiter vergessen. Ich habe sie gewaschen und gelegt und dann habe ich den Stapel gestern doch nicht in die Unterkünfte der Männer gebracht, weil Henry im Hof gestürzt ist. Der Stapel muss noch immer auf dem Fenstersims der Wäschekammer liegen. Die Männer werden sich sicher schon bei Mitch beschwert haben!

Kalter Schweiß bricht mir aus, bei dem Gedanken, dass Mitch in dieser Sekunde schon von meiner Verfehlung wissen könnte. Er wird furchtbar wütend sein.

In Windeseile lasse ich das Stickzeug verschwinden und eile zur hinteren Eingangstür in die Dunkelheit hinaus. Im Büro brennt noch Licht. Wenn ich Glück habe, sieht Mitch mich nicht. Ich umrunde die Hausecke und fasse mir vor lauter Erleichterung ans Herz.

Sie sind noch da.

Ich nehme den Stapel Handtücher auf, das obere hat leichte Staubspuren. Aber eine andere Wahl, als diese Handtücher hinüber in die Quartiere zu bringen, habe ich nicht.

Mit schnellen Schritten überquere ich den Hof, nah entlang der schützenden Scheunenfassade. Man hört von irgendwo ein Banjo und jemanden, der dazu singt. Lachen hallt durch die sternenklare Nacht.

Mein Herz klopft immer schneller, als ich die Tür zu dem Gebäude aufstoße, in dem die Männer untergebracht sind. Die Tür zur Schlafkammer steht offen, womöglich sitzen die Männer noch draußen beisammen und genießen die frische Abendluft. Beim Übertreten der Schwelle bin ich vorsichtig, denn die Bohlen haben sich gelockert, sodass ein Absatz im Boden entstanden ist, der mich vor einigen Tagen schon zu Fall gebracht hat.

„Guten Abend, Miss."

Die unerwartete Stimme lässt mich derart zusammenschrecken, dass mir der Handtuchberg aus der Hand rutscht. Direkt auf den Fußboden. Das Herz sackt mir in die Knie und ich tue es ihm gleich.

Der Mann springt sofort auf und hockt kaum einen Wimpernschlag später neben mir auf den rauen Holzdielen. Mit geübten Handgriffen faltet er die Wäschestücke wieder zusammen.

„Es tut mir furchtbar leid. Entschuldigen Sie bitte. Ich habe Sie nicht gesehen", sage ich. Meine Finger wollen mir nicht gehorchen. Mein Atem geht abgehackt.

Er legt eine Hand auf meinen Arm. Die Berührung ist ganz zart. „Das macht doch nichts, Miss. Ich hätte mich besser bemerkbar machen müssen. Ich hoffe, Sie haben sich nichts getan. Was haben Sie da überhaupt gebracht?" Seine Stimme. Jetzt erkenne ich sie. Es ist die Stimme, deren Klang mir schon seit Stunden im Kopf umhergeht.

„Miss?", fragt er wieder und ich fühle die verräterische Röte auf meinen Wangen so überdeutlich, dass ich mich beschämt abwende.

„Ich habe die Handtücher vergessen. Ich wollte sie Ihnen noch bringen, bevor Sie alle ohne dastehen.“

„Wie aufmerksam.“

„Ohne wird es nun einmal nicht gehen.“

Als er mir aufhilft, schaffe ich es nicht länger, den Blick auf den Boden gerichtet zu halten. Ich muss das Gesicht dieses Mannes ansehen. Ein einziges Mal nur. Und als ich dann in seine Augen schaue, ist mir, als könnte ich niemals wieder damit aufhören. Noch nie in meinem Leben habe ich jemanden gesehen wie ihn.

Er hat feine Gesichtszüge, ist kaum größer als ich, wie er da so vor mir steht. Doch es sind seine Augen, die mir das Atmen schwer machen. Eine unglaubliche Sanftheit liegt darin. Ganz so, als könnte er mir direkt bis auf den Grund meiner Seele schauen.

Ich sollte längst wieder im Haupthaus sein. Trotzdem stehe ich hier und rühre mich nicht.

„Darf ich Ihren Namen erfahren?“, fragt er. So nah und leise, dass es sich völlig ungehörig anfühlt.

„Nein, ich denke nicht. Das ...“ Ich breche ab, wende mich zur Tür und husche davon.

Ich wünschte, er würde mir nicht nachsehen. Überdeutlich spüre ich, dass er es tut. Das kribbelnde Gefühl auf der Haut verfolgt mich noch, da bin ich schon längst über den Hof gelaufen.

Schwer atmend schließe ich die Tür zur Wäschekammer, lehne mich mit dem Rücken daran und versuche, meine Empfindungen zu kontrollieren.

Schönheit kann in allem sein. Manchmal auch in den winzigen Zufällen des Alltags. In einer geheimen Begegnung, in einem einzigen Blick.

Das Lächeln, das sich auf meine Züge stiehlt, ist kaum zu unterbinden. Und so stehe ich da, in der Dunkelheit dieser Kammer, und fühle mich, als hätte der Herr im Himmel mir soeben endlich einen Einblick in sein Himmelreich gewährt.

***

In dieser Nacht liege ich lange wach. Erst, als Mitchs schwere Schritte die Treppe heraufkommen, drehe ich mich auf die Seite und schließe die Augen. Ich höre, wie er vor dem Bett stehenbleibt. Wie er den Gürtel öffnet und das Hemd von seinen Armen schiebt. Ich zwinge mich zu einem gleichmäßigen Atem.

Seine Präsenz ist so bedrückend, dass ich es kaum schaffe. Als er sich endlich ins Bad entfernt, hole ich so tief Luft, dass meine Lunge bald platzt.

Wenig später liegt er dann neben mir. Es ist mein einziges Glück, dass er und Mr. Smithers heute dem Wein sehr eindeutig zugesprochen haben, denn Mitch zieht bloß noch die Decke über seine Beine und wenige Augenblicke später ist er schon eingeschlafen.

Keine Hände, die Berührungen einfordern.

Keine Anweisungen, kein Schmerz, nur Ruhe.

Doch sobald das erste Licht am Horizont erscheint, beginnt auch schon der nächste Tag. Ich richte das Frühstück für die Männer. Es gibt einen großen Topf Haferbrei und dasselbe Brot, das auch abends schon auf dem Tisch stand.

Trotzdem die Mahlzeit so spartanisch ist, sind die Männer bester Laune. Sie scherzen ausgelassen, während ich ihnen allen aufgebe. Nur Jacobs Stimme konnte ich bisher nicht unter den anderen ausmachen. Warum schweigt er heute Morgen?

Als ich vorsichtig den Blick hebe, sehe ich den Grund dafür. Seine Aufmerksamkeit ist nicht auf das Gespräch gerichtet, sondern auf mich. Er verfolgt jede meiner Bewegungen ganz genau. Es löst dasselbe Kribbeln auf der Haut aus wie gestern Abend, als er neben mir gekniet hat. Inmitten der Handtücher auf dem staubigen Boden.

Als Mitch dazukommt, verfliegt das gute Gefühl in der allgemeinen Geschäftigkeit. Ich bemühe mich, besonders akkurat bei der Essensausgabe zu sein und räume sofort das Geschirr beiseite, wenn einer der Männer fertig ist.

Mitch bedenkt es mit einem wohlwollenden Nicken.

Später mache ich mich an die Wäsche. Wenn die Saison in vollem Gange ist, nimmt die Wäschemenge Ausmaße an, die mich so manchen Tag verzweifeln lassen. Auch heute ist der Korb mit der nassen Wäsche, den ich durch das Haus und auf die Obstwiese hinter dem Haus schleppe, so randvoll, dass ich ihn nur mit Mühe anheben kann.

Während ich die Wäschestücke eines nach dem anderen aufhänge, lasse ich den Blick schweifen. Über das Obst an den Bäumen, über die sanften Hügel ringsum, auf die Sommersonne, die so unbarmherzig niedergeht, und auf die Männer, die gerade eine Trinkpause im Hof machen. Sie waschen sich die Gesichter mit dem Brunnenwasser und unterhalten sich leise. Mein Herz macht einen kleinen Satz, als ich bemerke, dass auch Jacob unter ihnen ist. Ob er sich noch an unsere Begegnung erinnert? Ob er noch den Klang meiner

Stimme im Ohr hat, wie ich den der seinen? Womöglich hat er gar nicht denselben Zauber des Augenblicks empfunden, als sich unsere Blicke gekreuzt haben. Womöglich verschwendet er keine Sekunde seines Tages mit dem Gedanken an mich.

Ich löse mich von diesen Überlegungen und mache mich daran, weitere Wäschestücke aufzuhängen. Unglaublich, welchem Unsinn ich da nachhänge. Mitch hat wohl recht, wenn er sagt, dass Frauen allesamt Sünderinnen sind. Augenblicklich schäme ich mich für mich selbst und gelobe mir, dass ich zum Ausgleich dafür heute Mitchs Lieblingspudding kochen werde.

Ich strecke mich erneut, um die Leine zu erreichen. Der Wind frischt auf und gerade, als ich ein leichtes Tuch befestigen will, geht die Brise hinein und weht es aus meiner Hand. Es fliegt an mir vorbei, direkt auf die Männer zu, die noch immer im Hof stehen und für einen Moment den Schatten des Gebäudes genießen. Ich verfolge die Flugbahn des Tuches, doch schaffe es nicht, mich zu rühren. Plötzlich löst sich eine Gestalt aus der Menge. Es ist Jacob, der losläuft und mein Tüchlein fängt, bevor es zu Boden gehen kann.

„Ihr Tuch, Miss", sagt er und reicht es mir, nachdem er die letzten paar Schritte zu mir herüber gemacht hat. Ich kann ihn nur anschauen. Wie sein Haar im Schein der Sonne glänzt. Als hätte jemand es aus purem Gold gegossen.

„Jacob!", brüllt es hinter ihm, aber er ignoriert die Rufe. Wie fein seine Haut ist und wie speziell seine Augenfarbe. Grün wie Jade. Ich besitze einen Anhänger daraus, den mir meine Mutter zur Hochzeit geschenkt hat.

„Ich bin Jacob."

„Ich weiß. Es war nicht zu überhören."

Wieder schauen wir uns nur an. Die Wäsche flattert im Wind. Dann wird der Moment von einer resoluten Stimme unterbrochen. „Eleonora!", brüllt es aus dem Haus.

Das ist Mitch. Bitte, lass ihn das nicht gesehen haben. Er ruft erneut.

Ich lasse den Wäschekorb stehen und raffe die Röcke. Wortlos laufe ich an Jacob vorbei in Richtung Haupthaus. Ich spüre seinen Blick im Rücken und wünschte, ich müsste nicht gehen. Ich wünschte, ich dürfte noch Stunden in diese Augen schauen und mich in der Vorstellung verlieren, dass da nur er und ich wären. Auf dieser Wiese, zwischen den Bäumen. Auf diesem ganzen Gut.

„Bist du von allen guten Geistern verlassen, Mann?", zischt einer der anderen Männer. Ich höre ihre Stimmen hinter mir, verwaschen vom Wind.

„Das war Eleonora", sagt Jacob.

„Ja, das weiß ich wohl. Eleonora Hawkins."

„Was?"

„Sie ist Mr. Hawkins' Frau, was hast du denn gedacht?"

„Sie ist so jung! Ich dachte, sie wäre sein Hausmädchen."

Oh, Jacob.

„Unsinn! Also glotz sie das nächste Mal besser nicht mehr so an, sonst hast du schneller eine Tracht Prügel kassiert, als du gucken kannst."

Ich kneife fest die Augen zusammen und versuche die Resignation zu ignorieren, die sich bei diesen Worten in mir zusammenballt.

Sie steht mir nicht zu.

KAPITEL 8

CHARLOTTE

Meine Hände sind voller Staub und es würde mich nicht wundern, wenn sich in meinen Haaren bereits eine ganze Spinnenfamilie eingenistet hätte. Aber da Levi schon wieder den ganzen Tag im Stall verschwunden ist und auch ansonsten als lonesome Ranger mit Pferd und Hund die Tage verbringt, habe ich beschlossen, auf dem Dachboden des Gutshauses für Ordnung zu sorgen.

Seit wir begonnen haben, diese Tagebucheinträge zu lesen, hat mich die Neugier gepackt. Wir sind jetzt den dritten Tag hier und bisher haben wir nichts Nennenswertes herausgefunden. Wir wissen, dass mein Großvater ein chauvinistisches Arschloch war und dass meine Großmutter ein ziemlich einsames Leben geführt hat. Ich meine, sie hat im Kirchenkreis Rezepte getauscht? Alles, was sie über ihr Familienleben schreibt, klingt grausam. Außerdem ist mir weiterhin schleierhaft, was das Ganze mit Levi zu tun haben soll.

Ich zerre eine große Kiste beiseite und schiebe ein paar morsche Holzstühle umher, aber interessante Funde gibt es auch hier auf dem Boden nicht.

Da sind nur unfassbar viele Bilder, die mal an den Wänden gehangen haben müssen und vielleicht nicht mehr gefallen haben. Landschaftsmalereien und Porträts von Urahnen. Dann eine Menge Schränke und Vitrinen, die sogar fast hübscher sind als die, die aktuell im Haus umherstehen. Es sind fein verzierte Kolonialstilmöbel in tiefen Holztönen. In einer kleinen Holzkiste sind noch unzählige Briefe von irgendeiner entfernten Cousine, deren Inhalt ich nicht recht verstanden habe. Sie sind allesamt so abgegriffen, als hätte jemand sie hunderte Male gelesen.

Und dann finde ich ganz hinten, in der letzten Ecke, noch eine Mappe, die meinen Herzschlag sofort beschleunigt. Ich kenne solche Mappen, denn ich habe selbst in meinem Leben schon einige davon mit Inhalt gefüllt. Ich ziehe den dunklen Tonkarton hervor und puste den Staub beiseite. Dann schlage ich den Deckel zurück. Eine Flut aus Zeichnungen rieselt mir entgegen. Es sind ganz feine Bleistiftskizzen. Bewegungsabläufe von Menschen. Ein Mann in einer Szene auf dem Feld. Weinreben, deren Trauben dicht an dicht hängen. Tiere. Ein Hund und zwei Pferde. Die Zeichnungen wirken rund und weich. Sie haben fast etwas Kindliches und erinnern mich an meinen eigenen Stil. Den Stil, den meine Zeichnungen hatten, als ich noch regelmäßig daran gearbeitet habe. In der Zeit, bevor ich mir dafür ständig die höhnischen Kommentare von Sebastian anhören musste. Er findet es bis heute amüsant, dass ich während meines Studiums eine Zeit lang dachte, dass ich meine Kunst zu einem Beruf machen könnte.

Ich hocke mich auf den ungeschliffenen Dielenboden und sortiere alles wieder zusammen.

„Charlotte?" Levis Stimme kommt aus Richtung der Dachluke, gedämpft durch die Entfernung.

„Ich bin auf dem Dachboden!“

Schritte werden auf der Treppe laut und Levis stroh-
blonder Haarschopf erscheint in der Dachluke.

„Hey, alles klar?“ Seine Stimme ist ganz weich und
seine dunkelblauen Augen scannen den Dachboden,
bis sie schließlich in meinem Gesicht ankommen. Ich
fühle seinen Blick wie einen prickelnden Reiz auf der
Haut und kann dabei noch immer nicht recht einordnen, warum er überhaupt diese Wirkung auf mich hat.
Womöglich ist es normal, dass gutaussehende Männer
einen nervös machen. Womöglich ist es reine Biologie.
Ständig zieht das Bild von ihm durch meinen Kopf, wie
er vor meinem Bett gestanden hat. Wie sein Mund
leicht geöffnet war und seine Wangen rot. Wie er wohl
aussieht, wenn ...

Bevor mein Unterbewusstsein dieses unpassende
Kopfkino auf die nächste Stufe heben kann, kommt
Levi auf mich zu.

„Was hast du da? Was Spannendes gefunden?“

„Zeichnungen.“ Ich halte die Mappe in die Höhe.

Er setzt sich neben mich und nimmt sie mir aus der
Hand.

„Wow, die sind schön. Steht drauf, wer sie gemalt
hat?“

„Gezeichnet.“

„Wie?“

„Die sind gezeichnet. Malerei ist etwas anderes.“

Er wirft mir einen Seitenblick zu und schmunzelt.

„Falls du mir noch einmal widersprichst, wenn ich
dich pedantisch nenne, dann ... werde ich irgendetwas
tun.“ Er lacht leise, während sein Blick auf dem gezeich-
neten Mann hängenbleibt.

Ich betrachte ihn von der Seite. Seine sonnenbraune Haut und das verschwitzte Poloshirt. Er riecht nach frischer Luft und Sommer und für den Bruchteil einer Sekunde stelle ich mir vor, wie es wäre, mit ihm zu schlafen. Einfach so.

Wie es sich anfühlen würde, seine kräftigen Muskeln unter den Fingern zu spüren und ... *Stopp!*

Das gehört sich nicht.

Das hat hier nichts zu suchen.

Trotzdem ist es da. Wieder. Immer noch. Ständig. Womöglich hängt es auch mit der Tatsache zusammen, dass Leidenschaft in meinem Leben eine so dermaßen untergeordnete Rolle spielt, dass mein Körper nach jedem Strohhalm greift, der sich bietet. Meine Fantasie will gefordert werden und wenn ich es nicht von selbst tue, dann findet sie einen eigenen Weg. Das Erschreckende ist, dass ich an meinen eigenen Mann seit einer halben Ewigkeit nicht mehr in dieser Weise gedacht habe. Es ist nicht, dass ich ihn nicht liebe. Ich liebe ihn. Sehr sogar. Dafür, dass er unseren Kindern ein wunderbarer Vater ist. Dafür, dass er uns niemals hängenlässt. Dafür, dass er ganz selbstverständlich all diese Entscheidungen mit mir getroffen hat, als ich mitten im Studium mit Chloe schwanger wurde. Er hat nie infrage gestellt, dass wir Eltern werden. Er hat nie daran gezweifelt, dass wir es schaffen. Er zweifelt im Allgemeinen nie an unserer Ehe. Es macht mir ein furchtbar schlechtes Gewissen, dass ich es tue. Ich zweifle. Weil Zweifel menschlich sind. Weil die Liebe, die ich empfinde, allmählich vom Alltag aufgezehrt wird. Jeden Tag ein Stückchen mehr.

Vielleicht ist die Sehnsucht nach echter Leidenschaft auch nur ein Konstrukt im Kopf. Etwas, das es in echt gar nicht gibt. Vielleicht vermitteln uns all die Liebesfilme und Romane, die wir im Laufe unseres Lebens konsumieren, eine unrealistische Form von Sinnlichkeit. Womöglich wäre es mit Levi nicht anders als mit jedem anderen Mann auch. Dabei habe ich nicht einmal einen Vergleich. Es gab Sebastian. Und Sebastian. Es ist bitter, dass ich mein ganzes Leben lang nur mit einem einzigen Mann schlafen werde. Und noch bitterer, dass mich der Gedanke daran betrübt.

Ohne es zu merken, ist mein Blick erneut in Levis versunken. Wir sehen uns direkt an. Nur, dass er diesmal nicht am anderen Ende des Dachbodens steht, sondern direkt neben mir sitzt.

„Was ist los?", fragt er.

„Nichts. Was soll schon sein?"

„Du siehst traurig aus und ich wüsste gern, warum."

Ich reiße mich von ihm los und stehe auf. Die plötzliche Intimität überfordert mich. Es ist mir zu viel. Mir sind diese Gedanken zu viel. Also lasse ich Levi sitzen und mache mich auf den Weg zur Dachluke.

„Und jetzt haust du ab? So gut gehts dir, dass du vor einfachen Fragen weglaufen musst?"

Die Worte prallen auf meinen Rücken wie Messer. Getroffen fahre ich herum.

„Du weißt absolut nichts über mich. Also glaub nicht, dass du das Recht hast, solche Sachen zu sagen."

„Tue ich aber trotzdem."

Sein Blick ist so weich, fast zärtlich, dass ich ihn kaum aushalten kann. Er ist niemand, von dem ich mir solche Blicke wünschen sollte.

„Wovor hast du eigentlich solche Angst, Charlotte?“

Ich schweige. Wenn ich es einmal ausspreche, dann gibt es kein Zurück mehr. Dann wird es real. Solange es nur in meinem Kopf ist, gehört diese Art Ängste mir.

Vor lauter Wut darüber, wie schnell mir diese Situation hier entgleitet, drehe ich mich weg, doch kaum eine Sekunde später steht Levi neben mir. Ich kann seine Präsenz auch spüren, ohne ihn zu sehen. Ich wünschte, es wäre nicht so. Ich wünschte, es würde sich nicht so anfühlen.

Da hat er seine Antwort.

Er macht mir Angst.

Seine Nähe, dass er damit diese Gefühle in mir lostritt, die ich nicht fühlen will.

Er legt eine Hand auf meine Schulter. Ich schüttele sie ab. Er legt sie wieder hin.

„Charlotte ...“

„Nein, ich meine das ernst. Es geht dich nichts an, wie ich bin oder nicht. Wir sind hier nicht in einer Therapiesitzung.“

Er dreht mich an der Schulter zu sich herum, sodass mir gar nichts anderes übrigbleibt, als ihn anzusehen. Es beschleunigt meinen Herzschlag auf eine bestürzende, ungesunde Art und Weise.

„Es tut mir leid. Ich wollte dir nicht zu nahetreten.“

Ich nicke, weil ich keine andere Antwort herausbekomme.

„Wollen wir die Zeichnungen mit nach unten nehmen?“

Ein zweites Nicken und die Spannung zwischen uns löst sich auf. Er drückt für einen Augenblick meine Schulter und nimmt dann die Hand fort. Die Stelle prickelt so sehr, dass ich wünschte, ich könnte für meine abartigen Gedanken zu Staub zerfallen.

Aber statt wieder auf Abstand zu gehen, gibt Levi dieses Mal keine Ruhe. Er bohrt so lange, bis ich schließlich einwillige, mit ihm für ein Abendessen nach Vinewood zu fahren.

Der komplette Ort fühlt sich an, als wäre er aus der Zeit gefallen. Die Straßenzüge sind gesäumt von hübsch bepflanzten Rabatten. Alle Schaufenster gleichen dem, was ich schon bei meinem Termin in der Anwaltskanzlei bestaunt habe. Auch hier sind die Sprossenfenster allesamt in einem tiefen Grünton gestrichen und passen perfekt zu den Steinfassaden. Die Schilder über den Türen tun ihr Übriges. Wunderschön verschnörkelte Buchstaben aus blankpoliertem Messing.

Trotzdem es noch früh ist, sieht man kaum Menschen auf den Straßen. Lediglich im Ortskern ist etwas mehr los.

Es gibt dort einen kleinen Park, stilecht mit Springbrunnen und einigen kleinen Pavillons, deren geschnitzte Säulen aussehen, als wären sie aus einem Guss gefertigt worden.

„Sicher, dass wir hier nicht in einer Filmkulisse gelandet sind?", fragt Levi spöttisch und hält für eine Gruppe Jugendliche an, die gerade dabei sind, eine bunte Wimpelkette über die Straße zu spannen. Sie stehen zu dritt auf dem Hänger eines kleinen Traktors und mühen sich damit ab, die meterlange Schnur auf Spannung zu bringen.

Levi seufzt. „Mein Gott, wenn das noch länger dauert, steig ich aus und mach's selbst."

„Sei doch nicht so grantig, ich finde das alles sehr heimelig hier." Und es stimmt. Mein heutiger Eindruck von Vinewood ist ein gänzlich anderer als der, den ich früher von dem Ort hatte. Da kam mir alles bloß verlassen und alt vor. Heute finde ich die träge Beschaulichkeit, mit der die Menschen hier agieren, angenehm. Im Radio spielt ein langsamer Countrysong und endlich hängt die Girlande. Die junge Frau auf dem Traktor winkt uns als Dank zu. Levi erwidert den Gruß, dann startet er den Motor.

Ein paar Straßen weiter finden wir schließlich eine freie Parklücke und entschließen uns, die letzten Meter zu Fuß zu gehen. Die Sonne steht schon ganz tief. Der orangene Ton des Lichtes sieht aus, als hätte die Welt plötzlich einen natürlichen Filter. Als wäre nichts von dem hier mehr real.

Im nächsten Straßenzug reiht sich ein Restaurant ans nächste. Vermutlich überlebt die Hälfte davon nur durch Tourismus. Zur Zeit der Weinlese wird es hier sicher nicht mehr so geruhsam zugehen wie jetzt im Frühsommer.

Ich weiß, dass Granny und Grandpa damals ebenfalls Touristen in ihren Gästehäusern beherbergt haben. Aber diese Zeit liegt lange zurück.

Schließlich bleibt Levi vor einem hübschen italienischen Restaurant stehen. Ein kurzer Blick auf die Speisekarte genügt, dann entscheiden wir uns, nach einem Tisch zu fragen. Ein adretter junger Mann mit lupenreinem Hemd bietet uns einen Platz im Außenbereich an, direkt neben üppig bepflanzten Blumenkübeln und einer Lichterkette, die das Ambiente im Dunkeln sicherlich auf ein ganz neues Niveau der Gemütlichkeit hebt.

Im Hintergrund plätschert der Wasserverlauf des Parks.

Es ist auf unangenehme Art romantisch.

Wir bestellen Pasta und Getränke und lassen uns augenzwinkernd einen *wundervollen Abend zu zweit* wünschen. Ich fühle mich schäbig dafür, dass ich die Worte in meinem Kopf zirkulieren lasse und für den Bruchteil einer Sekunde das Gefühl genieße, hier zu sein. Ohne Verpflichtungen. Ohne Haushalt. Ohne Kinder.

Ohne Sebastian.

Nur ich allein. Hier sind nur ich und der Mann, den ich zur Hölle jagen sollte und es doch nicht tue. Keine Ahnung, was Levi wirklich über mich denkt. Vermutlich findet er mich überspannt und nervig. Trotzdem klebt er seit heute Nachmittag wie eine Klette an mir.

Mein Blick schweift über die Umgebung. Das Ambiente macht es mit jeder Sekunde weniger möglich, das hier für ein normales Treffen mit einem Fremden zu halten.

Wir sitzen uns im schummrigen Lichtschein gegenüber, der Tisch ist so schmal, dass sein Knie ständig an meins stößt, und ich schaue viel zu oft in seine blauen Augen, die mir heute wie Ozeane vorkommen. Tief und unergründlich.

„Also, Detective Charlotte, bring mich auf den neusten Stand. Wir haben zwei Tagebucheinträge gelesen und tappen immer noch im Dunkeln. Wie sollen wir das deiner Meinung nach aufziehen? Wenn wir hier nicht überwintern wollen, sollten wir langsam anfangen, einen Plan zu entwickeln. Gabs auf dem Boden sonst noch was Interessantes?"

Ich lehne mich auf meinem Stuhl zurück und manövriere mein Bein an seinem vorbei, beobachte ihn, wie er einen Schluck Wasser trinkt und bin mir unschlüssig, was ich jetzt sagen soll.

„Nicht wirklich. Die Hauptfrage ist ja, was du damit zu tun hast, Levi. Und wenn du nicht ein bisschen was über dich erzählst, wird es schwierig. Also: Bist du zufällig auch adoptiert?", frage ich. Ihm fällt alles aus dem Gesicht.

„Was?"

„Ob du auch adoptiert bist."

Er macht eine abwehrende Handbewegung. „Ja, habe ich verstanden ... aber, *auch*?"

Es war nie ein Geheimnis, also werde ich jetzt nicht anfangen, eins daraus zu machen. Denn so kalt wie Mom sein konnte, so stolz war sie auch. Sie hat mich immer darin bestärkt, offen mit meiner Geschichte umzugehen. Es war einer der wenigen Punkte, in denen sie und Grandma sich immer einig gewesen sind. *Wo Liebe ist, sind Geheimnisse fehl am Platz,* hat sie immer gesagt. Jetzt, wo ich weiß, dass ihr ganzes Leben ein einziges Geheimnis war, kommt es mir wie ein riesengroßer Witz vor.

„Charlotte? Könntest du das bitte etwas ausführen?"

„Ich bin adoptiert. Was schockiert dich daran jetzt so? Meine Mom hat mich als Baby zu sich genommen." Ich zucke die Schultern.

„Und das haust du hier mal eben so raus?" Levis Gesichtszüge sind noch immer völlig unkontrolliert.

„Ja, weil es für mich ein normaler Sachverhalt ist. Ich mag vielleicht nicht blutsverwandt mit meiner Grandma sein, aber zumindest sie hat immer hinter meiner Mom gestanden, was das anging. Es war allerdings zeitlebens ein großer Streitpunkt zwischen ihr und Grandpa Mitch. Von daher ... Es ist nicht unmöglich, dass es damit zu tun hat."

Levi nickt. „Ich stamme eindeutig von meinen Eltern ab. Es ist so dermaßen offensichtlich, aus der Nummer kommt mein Vater nicht raus. Leider hat mir unser gemeinsamer Genpool absolut nichts gebracht. Mein Erbe bekommen jetzt Brianna und Steve."

„Deine Geschwister?"

„Meine Schwester und ihr Mann. Absolut ätzender Typ. Ich hoffe wirklich für ihn, dass er meine Schwester geheiratet hat, weil er sie abgöttisch liebt und hundert Kinder mit ihr machen will und nicht, weil er meiner Familie dadurch eins reinwürgen kann."

„So sehr kann man niemanden hassen, dass man deswegen heiratet."

Als mir die Bedeutung meiner Worte klar wird, ist es schon zu spät.

„Ist die Ehe so schlimm?"

Wieder schauen wir uns an.

„Fragst du das als Mann, der noch heiraten will, oder als leidenschaftlicher Junggeselle?"

„Würde es einen Unterschied machen?"

„Ich würde die Antwort dementsprechend anpassen."

„Okay, dann ... frage ich als Mann, der es bisher mit niemandem über die ersten gemeinsamen Stunden hinausgeschafft hat. Und die waren meistens schweigsam, also ..." Er zuckt die Schultern.

„Wie du klingst."

„Wie denn?"

„Als wären Frauen nur ein Mittel zum Zweck."

„Und du klingst wie eine verbitterte, eingestaubte Hausfrau aus den Fünfzigern.“

„Was soll das denn heißen?“

„Das du dich mal ein bisschen locker machen sollst. Du bist so angespannt, dass ich Angst habe, du platzt bald. Dein merkwürdiger Mann ist nicht hier und deine nervigen Kinder auch nicht. Keiner passt auf, dass du auch brav das Richtige sagst und freundlich guckst. Sieh es positiv: Du hast sturmfrei. Und solange wir das Rätsel deiner Grandma nicht gelöst haben, bleibt das so, denn ich habe nicht vor, hier ohne die Kohle abzudampfen.“

„Meinst du nicht, dass du ganz schön selbstgerecht bist?“

„Nein, nicht wirklich.“

„Unfassbar.“

„Unfassbar ist eher, wie verkniffen dein Gesicht den ganzen Tag aussieht. Du guckst dauerhaft, als hättest du Schmerzen.“

Ich puste die Luft aus, er zieht bloß die Augenbrauen hoch. Wenn man es genau nimmt, hat er recht. Ich habe Schmerzen. Im Herzen und im Kopf, weil alles durcheinandergeht, was immer felsenfest und unverrückbar erschien. Einen Moment hänge ich noch in seinem Blick fest, dann beschließe ich, das Thema zu wechseln.

„Wofür würdest du es nehmen?“

„Was?“

„Das Geld.“

Er überlegt. „Ich würde ... ich bin mir gar nicht so sicher. Vielleicht würde ich mich selbstständig machen.

Dann würde Dad mal sehen, was er davon hat, dass er die Ratte zum Erben gemacht hat."

Er verzieht das Gesicht und ich kann mir das Lachen nicht verkneifen.

„Du nennst deine Schwester *die Ratte?*"

„Was? Nein. Doch nicht Bri. Die ist ein Engel. Ihren Schleimer von Mann. Der ist 'ne Ratte."

„Mein Gott, das sind ja Familienverhältnisse."

„Das sagt die Richtige."

„Vorsicht. Ganz dünnes Eis."

„Schon klar, Mäuseprinzessin. Keine Jokes über den heiligen Anzugträger und die verwöhnten Abkömmlinge. Jetzt du. Wofür würdest du es nehmen?"

Als Unterpfand für meine Unabhängigkeit.

„Ich bin nicht wegen des Geldes hier."

„Glaub ich dir nicht."

„Dein Problem. Es ist nämlich so. Ich brauche das Geld nicht. Wir haben genug."

„Oh, wow. Verdient dein Liebster so gut?"

Es klingt aus seinem Mund wie eine einzige Provokation.

„Du wärst erstaunt."

„Tja, jeder braucht eben was, womit er sich profilieren kann. Die einen kompensieren es über die Kohle und die anderen ... durch andere Dinge."

Er rutscht in der Sitzfläche des Stuhls hinab, sodass sein Knie meins berührt. Diesmal weiche ich nicht aus. Das gönne ich ihm nicht. Wenn er meint, dass nur er so spielen kann, hat er sich geschnitten.

„Und mit was kompensierst du deine Schwächen?"

„Wer sagt denn, dass ich Schwächen habe?"

„Jeder hat welche." Mein Knie drückt seins zur Seite. Er hält dagegen. Mit einem so selbstgefälligen Grinsen, dass ich es ihm am liebsten aus dem Gesicht wischen würde.

„Vielleicht sollten wir lieber über deine Schwächen reden, Charlotte. Sie sind offensichtlicher als meine."

„Wie meinst du das bitte?"

„Ich finde nur, dass du vielleicht nicht vergessen solltest, dass da ein verdammt dicker Ring an deinem Finger steckt. Das ist alles."

Ein heißes Ziehen fährt durch meinen Bauch. *Verdammt, was mache ich hier?* Aber es ist fast wie ein Zwang. Ein Kräftemessen. Ich kann nicht damit aufhören.

„Was glaubst du denn, was das hier ist? Denkst du ernsthaft, ich flirte mit dir?"

„Keine Ahnung, sag du es mir."

„Sicher nicht."

Ich halte seinen Blick noch einen Moment.

Doch bevor er zum nächsten Schlag ausholen kann, erscheint der Kellner am Tisch. „Möchten Sie zahlen?"

Levi schaut an dem Mann im weißen Hemd hoch und als unsere Blicke sich verlieren, zerspringt die Spannung in tausend Scherben.

***

Später im Auto sind wir immer noch nicht weitergekommen mit unseren eigentlichen Überlegungen zum Thema *Familiengeheimnisse.* Dafür liegt seit diesem merkwürdigen Schlagabtausch vorhin bedeutend zu viel Spannung in der Luft.

„Ich werde morgen noch einmal das Haus auf den Kopf stellen. Vielleicht finde ich weitere Anhaltspunkte", sage ich dahin. Einfach, um das Schweigen zu brechen. Im Hintergrund spielt leise Musik im Radio. Levi lenkt das Auto mit einer Hand, ansonsten ist er völlig unbewegt. Erst denke ich, er wird nichts mehr dazu sagen, doch dann holt er schließlich Luft.

„Willst du meine Schwäche wirklich wissen, Charlotte?" Es kommt aus dem Nichts und trifft mich völlig unvorbereitet.

„Levi, das–"

„Meine Schwäche ist, dass ich nicht mal eine habe. Keine Schwächen, keine Stärken, keine eigenen Ziele. Ich bin einunddreißig Jahre alt und habe keine verdammte Ahnung, wer ich ohne das Erbe meiner Eltern überhaupt bin." In seiner Stimme schwingt eine Schwere mit, die mir nahegeht. Ich denke an meinen eigenen Alltag. Daran, wie wenig von den Zukunftsvisionen meiner Jugend noch übrig ist.

„Jeder Mensch findet irgendwann Ziele, Levi. Manche brauchen dafür nur länger als andere."

„Was, wenn man jahrelang für die falschen Ziele kämpft und dann plötzlich merkt, wie viel Zeit man vergeudet hat?"

Ja, was dann? Was ist dann? Es schmerzt und drückt in meiner Brust. Weil seine Worte auch so mühelos von mir stammen könnten.

„Ist okay", sage ich irgendwann. Es ist keine Antwort auf seine Frage, aber wenigstens ein winziges bisschen Verständnis.

„Nein, ist es nicht."

Ich schaue auf sein Profil. Auf die klare Kieferlinie und die angespannten Gesichtsmuskeln.

„Tut mir leid, Charlotte. Ich weiß gar nicht, warum ich das jetzt überhaupt erzählt habe. Das hier ist wirklich nicht der richtige Moment, um diesen ganzen Frust abzuladen."

„Schon gut. Glaub mir, wenn ich eins gewohnt bin, dann, dass Leute ihren Frust bei mir abladen."

„Niemand sollte das gewohnt sein."

„Aber es ist leider die Realität."

Der Satz wabert umher, wird immer größer und gerade, als ich bereue, ihn gesagt zu haben, schnaubt Levi leise.

„Das ist 'ne verdammte Scheißrealität."

„Manches ist eben, wie es ist."

Wir halten vor dem Haupthaus, Levi schaltet den Motor aus. Es ist dunkel im Auto. Nur das Licht, das wir auf der Veranda haben brennen lassen, beleuchtet unsere Gesichter.

Keiner von uns macht Anstalten, auszusteigen.

Stattdessen dreht Levi sich zu mir um. Ich mich nicht. Ich starre weiterhin auf die ausgetretenen Verandastufen. Zähle im Geist die Streben des Geländers. Irgendetwas, das mich ablenkt. Ich könnte aussteigen. Einfach die Hand an den Türgriff legen. Einfach die Füße aus dem Auto schwingen. Aber ich mache es nicht. Ich verrate hier meine ganze Familie, mein ganzes Leben. Und alles, an das ich denke, ist die verdammte Aufregung in meinem Bauch.

„Es wäre besser, du steigst jetzt aus." Seine Stimme ist ganz leise, sein Atem kommt gepresst. Es geht mir durch und durch.

„Ich weiß." Wieder Stille. „Lesen wir noch einen Eintrag?"

Aus den Augenwinkeln sehe ich ihn nicken. „Klar."

„Klar."

Immer noch sitzen wir nebeneinander. Immer noch regt sich niemand von uns.

„Charlotte?"

„Was?" Es ist ein heiseres Hauchen. Furchtbar unpassend.

„Wenn du jetzt nicht aussteigst, küsse ich dich."

Das ist der Moment, in dem aus Aufregung Panik wird.

Was tue ich hier?

Ein winziger Teil in mir schreit danach, seine Lippen auf meinen zu fühlen. Das Leben und die Leidenschaft. Aber der bedeutend größere Teil hält mich für eine Närrin. Hektisch reiße ich die Tür auf und stolpere aus dem Wagen.

Sein gepresstes „Fuck" höre ich kaum noch, dabei hat er recht.

Fuck, fuck, fuck!

Kapitel 9

Juni 1954

Eleonora

Die Sonne wird mit jedem Tag, der ins Land geht, heißer und drückender. Mitch lässt die Männer trotzdem weiterhin draußen im Hof essen. Er meint, dass das ausreichend ist. Im Haus wäre auch schwerlich Platz für all diese Menschen.

Meine Schwiegermutter Diana stattet uns aktuell ihren Besuch ab. Sie hat sich wie jedes Mal nicht angekündigt, sondern kommt und geht, wie es ihr passt. Die Wochen, in denen sie hier verweilt, kommen mir noch schwerer vor als die anderen. Sie ist der Meinung, dass ich arbeitsscheu wäre, eine wahre Zumutung. Sie hat Mitchs erste Frau Laura sehr gemocht und spricht ständig von ihr. Es ist ein Vergleich, dem ich nicht standhalten kann. Ich bin nicht Laura, aber das interessiert hier niemanden.

Doch einen Lichtblick gibt es. Seit ein paar Tagen bin ich mir sicher, dass ich noch ein Kind erwarte. Es sind die gleichen untrüglichen Anzeichen, die ich damals verspürt habe, als ich mit Henry schwanger gewesen bin: die Müdigkeit und die Abneigung gegen starke Gerüche. Ich habe es noch keinem gesagt, denn ich will erst ganz sicher sein. Ich war schon ein paar Mal so weit, dass ich einige Tage lang dachte, das Wunder wäre geschehen und dann hat es sich doch jedes Mal als Enttäuschung herausgestellt. Einmal hat Mitch es mitbekommen. Ich hatte es noch verschweigen wollen, aber es war wohl zu offensichtlich. Als sich herausstellte, dass die Schwangerschaft nicht halten würde, hat er mir das erste Mal in unserer Ehe ins Gesicht geschlagen.

Doch jetzt versuche ich einfach, wieder guter Hoffnung zu sein. Es ist leichter gesagt als getan. Ich glaube, dass meine Schwiegermutter etwas ahnt. Sie sieht mich ständig mit diesem speziellen Blick an. Es war bei Henry damals genauso. Ich hoffe, dass es noch ein Junge wird, denn ansonsten weiß ich, dass sie mir auch dafür die Schuld geben werden. Als Henry geboren wurde und sich herausstellte, dass er ein Junge ist, war ich so unendlich erleichtert. Es war einer der wenigen Tage, an denen Mitch stolz auf mich war.

Doch einen weiteren Lichtblick gibt es noch und ich schäme mich bald, es zu erwähnen. Jacob und ich sind uns seit unserer Unterhaltung an der Wäscheleine noch zu ein paar weiteren Gelegenheiten im Hof begegnet und jedes Mal schaut er mich ganz fasziniert an. Morgens, wenn die Männer sich zur Arbeit aufmachen, dann sitze ich manchmal am Küchenfenster und betrachte sie alle. Ich überschaue ihre Gesichter, bis ich seines finde. Er ist ein wirklich schöner Mann. Ich wüsste gern, wie alt er ist. Er sieht kaum älter aus als ich selbst. Sein blondes Haar ist immer ein bisschen wild, er bekommt es nicht recht unter Kontrolle. Wenn ich ihm die Mahlzeiten serviere, muss ich mich davon abhalten, mit der Hand hindurchzufahren und es in Ordnung zu bringen. Manchmal glaube ich, er spürt meine Gedanken. Oft wirft er mir ein kleines Schmunzeln zu, wenn ich den Blick nicht rechtzeitig niederschlage oder drückt seine Hand ganz unauffällig gegen den Stoff meiner Röcke. Es macht Dinge mit mir, über die ich gar nicht nachdenken sollte.

Mitch teilt meine Faszination nicht. Er regt sich nur in einem fort über die Arbeiter von diesem Jahr auf. So auch jetzt. Wir sitzen beim Abendessen mit Diana. Henry ist auch noch wach, aber ich werde zusehen, dass er schnell ins Bett kommt, wenn das Essen vorbei ist. Er ist müde, weil er den ganzen Tag draußen im Hof geholfen hat. Ein paar der Arbeiter haben ihn mit in die Kelterei genommen und er durfte zusehen, wie sie die Maschinen gewartet haben.

„Eleonora?"

„Wie bitte?" Ich hebe den Blick und bin mir nicht sicher, wie lange ich über dem Braten verweilt habe, ohne eine Scheibe abzuschneiden.

„Ich sage es dir, Mitchell. Das Mädchen träumt in einem fort vor sich hin. Das geht so nicht." Dianas Stimme bohrt sich regelrecht in mich hinein.

Mitch winkt ab.

„So hält man keinen Haushalt in Ordnung."

„Mutter, das ist nicht deine Angelegenheit." Der harte Ton in seiner Stimme lässt mich zusammenzucken.

„Sie sitzt herum und macht irgendwelchen Kleinkram. Anpacken kann sie nicht."

Ich hebe den Blick. „Entschuldige, Diana. Ich habe vorhin nur die Socken gestopft. Es musste dringend erledigt werden. Ich habe danach abgespült."

Diana schnaubt und Mitch reißt den Kopf herum. „Und dir hat *wer genau* erlaubt zu sprechen?"

„Entschuldige bitte."

„Ja, das höre ich ziemlich oft an diesem Tisch."

„Ich wollte nur …", setze ich erneut an. Meine Schwiegermutter serviert mir ihren höhnischen Gesichtsausdruck passend zu Mitchs Tadel auf dem Silbertablett.

Der macht bloß eine harsche Handbewegung, die mir jedes weitere Wort verbietet. „Du willst ziemlich viel, wenn der Tag lang ist."

Ich schlucke und gebe ihm noch eine Scheibe Braten auf den Teller.

„Soße."

„Wie bitte?"

„Wo ist die Soße, Eleonora?"

Ich gebe ihm eine Kelle Soße.

„Das meine ich, Mitchell. Sie denkt nicht mit. Das wäre Laura niemals passiert."

Der Name kreist über unseren Köpfen wie ein Aasgeier. Jederzeit bereit zum Angriff.

„So ist es nun einmal, Mutter. Der Herrgott gibt und der Herrgott nimmt."

„Nur manchmal die falschen Menschen", bemerkt Diana spitz und wirft mir einen Seitenblick zu.

Etwas in mir ballt sich zusammen. Das, was ich immer empfinde, wenn sie da ist. Provokation? Wut?

Ich kann das winzige Schnauben nicht unterdrücken. Mit einem Mal herrscht Stille am Tisch.

„Was war das gerade?", fährt Mitch mich an.

„Nichts. Entschuldige. Ich habe mich verschluckt." Mein Blick findet über den Tisch seinen. Ich schaffe es nie lange, ihm in die Augen zu sehen. Er hat kalte, graue Augen. Hartherzig und boshaft.

„Willst du mich für dumm verkaufen?" Seine Nasenflügel beben. Vermutlich hatte er einen schlechten Tag draußen. Dann reichen Kleinigkeiten, um ihn völlig aus der Fassung zu bringen. Meine Handflächen werden schwitzig und mein Herz beginnt zu rasen. Jetzt kommt es auf jedes falsche Atmen oder Zucken an. Wenn er in dieser Stimmung ist, geht das oft schlecht für mich aus.

„Ich sage doch, dass sie nicht weiß, wie man sich benimmt. Ein unerzogenes Gör. Immer noch. War sie damals schon. Du hättest dich gar nicht dazu breitschlagen lassen dürfen, sie zur Frau zu nehmen." Diana keift und Mitch wird immer dunkler im Gesicht. Ich glaube, ganz tief im Innern hasst er seine Mutter so sehr wie ich. Ich wünschte, ich könnte mich mit ihm in diesen Belangen austauschen. Ihm sagen, dass ich hinter ihm stehe, wenn es gegen sie geht. Aber so etwas will er von mir nicht hören.

***

Später, als es lange dunkel ist und ich meine Stopfarbeit doch noch beenden konnte, kommt Mitch in unser Schlafzimmer. Er überschaut mich, wie ich am Frisiertisch sitze und tritt hinter mich. Sein harter Blick trifft im Spiegel auf meinen.

„Komm ins Bett", bestimmt er schlicht und ich nicke, bürste aber noch einen Moment meine Haare aus.

„Jetzt!"

Es ist verblüffend, wie gut mein Körper auf seinen Tonfall reagiert. Wie ein dressiertes Tier, das alle Lektionen auf Knopfdruck abspulen kann. Im Stillen wünschte ich, ich wäre im Bett gewesen, bevor er seine Arbeit im Büro beendet hat. Dieses Mal rettet mich kein vorgetäuschter Schlaf.

Ich durchquere den Raum, lege mich auf meine Bettseite und ziehe die Decke über meine Beine, den Blick an die Decke gerichtet. Das Rascheln seiner Kleider wird laut. Der Gürtel und die Hosenknöpfe. Innerlich sperrt sich alles beim Gedanken an das, was gleich folgen wird. Ich frage mich wirklich, warum Gott es so zwischen Frauen und Männern gemacht hat. Warum darf es dem einen Freude machen und dem anderen nicht? Wie kann er uns Frauen auch nach so einer langen Zeit noch für diese Sünde strafen? Reverend Blackwater sagt immer, dass der Herr Jesus Christus für unsere Sünden am Kreuz gestorben ist. Vielleicht nicht für die der Frauen.

Die Decke wird auch auf der anderen Seite zurückgeschlagen und Mitchs Körper drückt die Matratze ein.

„Lösch das Licht.“

Ich tue es. Er kommt an mich heran und richtet sich über mir auf. Ich bin froh, dass ich im Dunklen sein Gesicht nicht sehen muss. Da ist nur noch das Rascheln von Stoff und dann schieben seine Hände das Nachthemd hoch und meine Beine auseinander. *Wenn ich es ihm sage, wird er mich in Ruhe lassen. Wenn er weiß, dass ich schwanger bin, darf ich in die kleine Kammer umziehen.*

Aber wenn es nichts wird, dann werde ich es bereuen. Ich sage ihm besser nichts. Noch nicht.

Sein Gewicht drückt mich in die Matratze und seine Stirn sinkt an meinen Hals. Es ist mir zu nah, zu viel, ich bekomme kaum Luft. Trotzdem mache ich keinen Ton. Meine Augenlider bleiben geschlossen und mit dem brennenden Schmerz, den er mir verursacht, verabschiede ich mich in meine Gedanken. Das ist mir über die Jahre ein weiteres kleines Ritual geworden. Immer wenn Mitch diese Dinge mit mir tut, dann erlaube ich mir die schönsten Gedanken, die ich mir ausdenken kann. All diejenigen, die sonst keinen Platz in meinem Alltag haben.

Heute denke ich an Jacob. Ich habe ihn vorhin draußen arbeiten sehen. Er hat an dem Traktor geschraubt, den Mitch gekauft hat. Ich bin ganz oft am Wohnzimmerfenster vorbeigegangen, als ich Staub gewischt habe. Dabei habe ich ihn betrachtet. Sein Hemd war ganz ölverschmiert und trotzdem hat er mir gefallen. Er sieht aus wie die Männer auf den Filmplakaten in der Stadt. Ganz anders als Mitch. Jacob ist ein feiner Mann. Er hat ein freundliches Gesicht und ist schlank und athletisch. Wie es wohl mit ihm wäre? Ich stelle mir vor, wie er mich küssen würde. Mitch küsst mich nie und ich würde es auch nicht wollen. Bei einem Mann wie Jacob stelle ich es mir aufregend vor. Ich sehe noch genau den Blick vor mir, den er hatte, als wir uns zum ersten Mal in die Augen geschaut haben. Ein Prickeln geht durch meinen Magen. Mitchs Körper wird immer schwerer auf mir und eine seiner Hände legt sich um meinen Hals. Das macht er immer und jedes Mal ertrage ich auch das.

„Wenn ich wollte, könnte es jetzt vorbei sein", flüstert er mir ins Ohr. Ich höre es kaum. Sein Keuchen ekelt mich und doch bleibe ich stumm.

„Kalt wie ein Fisch bist du. Kein Wunder, dass dich keiner sonst wollte. Kalt wie ein Fisch und hässlich noch dazu. Dürr wie ein Skelett." Er keucht es abgehackt, während seine Bewegungen immer drängender werden. Es trifft mich nicht. Nicht jetzt. Ich bin viel zu weit fort, als dass solche Worte mich schmerzen könnten. Vor meinem inneren Auge taucht Jacob auf. Ich sehe das Lächeln, mit dem er neben mir gekniet hat. Ganz weich und warm und nah. Ich stelle mir vor, wie er seine Hand nach mir ausstreckt. Wie er seine Finger mit meinen verschränkt und mir sagt, wie schön ich bin. Diese Gedanken bereiten mir eine Gänsehaut. Sie gehören nur mir. Wie ein kleiner Schatz. Unendlich kostbar in ihrer Zärtlichkeit.

***

Am Sonntag gehen wir alle in die Kirche. Die Männer sind ganz aufgeregt wegen des Ausflugs nach Vinewood. Danach gibt es stets ein gutes und reichliches Mittagessen für alle. Heute habe ich einen Eintopf gekocht, den ich später im Hof auftragen werde. Er steht bereits seit dem Morgen warm. Die Männer tragen ihre beste Kleidung und sind allesamt ordentlich frisiert. Manche von ihnen treffen sich abends hinter den Wirtschaftsgebäuden zum Kartenspiel, manche gehen später noch im Ort aus. Mitch sieht es nicht gern, wenn sie sich diesen Dingen hingeben, aber am Sonntag erlaubt er es.

Ich halte den Blick weiterhin starr auf die Rücken vor mir gerichtet. Alle unsere Arbeiter sitzen da. Einer neben dem anderen. Und ich danke dem Herrgott für seine Gnade, denn Jacob sitzt direkt vor mir. So nah, dass ich die Hand nach ihm ausstrecken könnte. Sein blondes Haar ist nicht mehr ganz so akkurat gekämmt wie bei der Abfahrt. Es lässt ihn sehr verwegen aussehen. Im Nacken ist es ein bisschen kürzer. Ich würde gern mit den Fingern hindurchfahren, es sieht unendlich weich aus.

„Mommy, wann fahren wir endlich heim?", flüstert es neben mir. Henrys quengeliger Ton reißt mich aus meinen Gedanken um Jacob. Diana schaut zu uns herüber. Sie sitzt neben Mitch, der den Blick starr nach vorne gerichtet hält.

„Bald", flüstere ich zurück.

Henry seufzt. „Ich habe Hunger, Mommy."

„Psst", kommt es von Diana. Henry schaut geschlagen zu Boden. Es zerreißt mein Herz.

Er hebt den Blick nicht mehr, trotzdem rutscht er in der Bank umher. Jede Woche graut es mir aus genau diesem Grund vor dem Gottesdienst. Henry ist kein Junge, der lange stillsitzen kann.

„Mommy", flüstert er wieder. Mitch erhebt kaum sichtbar eine Hand. Mein Atem geht gepresst. Das Zeichen ist klar.

Henrys Beine zappeln umher, sodass ich eine Hand darauf lege. Erst ganz leicht, dann etwas fester. *Bitte sitz still. Bitte.* Mitch ist streng mit mir und mit Henry ebenso. Nur dass ich es aushalten kann. Mein kleiner Junge, mein Kind, soll so etwas niemals aushalten müssen. Kalter Schweiß läuft meinen Rücken hinab.

Der Reverend ruft zum Gebet. Alle stehen auf, alle sehen zu Boden und falten die Hände. Und dann schiebt sich plötzlich eine Hand aus der vorderen Reihe zu uns durch. Auf Henrys Augenhöhe. Kaum sichtbar. Sie hält ihm etwas hin und als ich sehe, was es ist, stockt mir der Atem. Ein winziger Papierkranich, gefaltet aus einem alten Zettelchen.

Henry greift danach und die Hand verschwindet. Er betrachtet das Kunstwerk fasziniert und strahlt zu mir hoch. Die Zärtlichkeit der Geste lässt mir bald die Tränen kommen.

Es war unverkennbar Jacobs Hand.

KAPITEL 10

Juli 1954

ELEONORA

Eine weitere Woche geht ins Land. Die Tage ziehen ereignislos vorüber. Am Donnerstag kommen die Frauen aus dem Bibelkreis zu einer gemeinsamen Handarbeitsstunde zu mir. Ich habe Plätzchen gebacken und das gute Kaffeegeschirr aus dem Schrank geholt. Jetzt sitzen wir zu sechst auf den beiden Sofas, jede geht ihrer aktuellen Arbeit nach.

Ich mühe mich gerade mit den Ärmeln des neuen Wollpullovers, den ich für Henry stricke, als Betty Lancaster ihren Stickrahmen in den Schoß sinken lässt.

„Ich muss es jetzt aussprechen. Wenn ich es nicht bald jemandem erzähle, werde ich platzen", sagt sie. In ihrer Stimme schwingt eine unüberhörbare Aufregung mit. Fünf weitere Paar Hände sinken ebenfalls.

„Was denn, Betty? Sag schon." Das ist Emilia Dawson, die rechts von mir sitzt.

„Der Sohn vom alten Rutherford hat eine Liaison."

„Was?", zischt Emilia. Tiefes Luftholen füllt den Raum.

„Der soll doch die Susanna heiraten!"

Betty nickt eifrig. „Ein Skandal, ich sage es euch. Alle sind schon in hellem Aufruhr. Heute Morgen haben sie bei uns im Laden über nichts anderes gesprochen."

„Mit wem?"

Betty hält die Hand vor den Mund. „Mit der Witwe vom Schuhmacher."

„Nein!", kommt es aus vier Kehlen. Meine bleibt stumm. Die Witwe vom Schuhmacher, Cassidy White, ist keine geachtete Frau in Vinewood. Es gehen die wildesten Gerüchte über sie um. Dass sie ihren Mann selbst ins Grab gebracht hat. Vielleicht stimmt es. Mr. White war ein schrecklicher Mann. Cassidy hingegen fand ich bislang immer sehr nett, sofern ich ein Wort mit ihr gewechselt habe. Wir saßen einmal im Wartezimmer des Arztes nebeneinander.

„Die hatte doch letztes Jahr schon was mit Matthew Blaine. Als ihr Mann noch am Leben war, Gott hab ihn selig."

„So ein Flittchen!", zischt es. Es kommt von gegenüber und ist schneidend wie ein Messer. „Gotteslästerung, wenn ihr mich fragt", führt Emilia weiter aus. „Vor solchen wie denen sollte man sich hüten, die jedem Mann schöne Augen machen und die Beine nicht zusammenhalten können."

Mit jedem Wort beginnen meine Wangen mehr zu brennen. Ohne es zu wollen, denke ich an Jacob. Immer wieder nur an Jacob.

***

Am Wochenende findet das alljährliche Scheunenfest in Vinewood statt. Vinewood Hill liefert traditionell den Wein für den Ausschank. Es ist einer dieser Abende, an denen man glauben könnte, Mitch wäre der geheime König über den ganzen Ort. Jeder will ein Glas mit ihm trinken, jeder spricht ihm seinen Segen aus. Als junges Mädchen habe ich die Feste rund um das Jahr geliebt. Heute sind sie bloß eine weitere ungeliebte Verpflichtung für mich.

Mitch hält mich schon am Vortag dazu an, mein bestes Kleid zu tragen, doch leider kommt es nicht dazu, denn ich bekomme es nicht mehr geschlossen. Mein Bauch drückt mit jedem Tag mehr. Nicht so, dass es für die Außenwelt sichtbar wäre, aber ich spüre es doch, wenn ein enges Mieder hineindrückt. Als ich in einem rosafarbenen Baumwollkleid den Weg nach unten antrete, nickt Mitch nur knapp.

Auf dem Weg sitze ich neben ihm im Wagen und höre von der Ladefläche das ausgelassene Tratschen der Männer. Obwohl ich sehnsüchtig darauf warte, Jacobs Stimme kann ich nicht ausmachen. Dabei sah er so gut aus, wie er da vorhin im Hof stand. In seinem Sonntagsanzug und mit gekämmten Haaren.

Ich bin jetzt dazu übergegangen, mir meine Fantasien von ihm in jeder Nacht ganz ungeniert zu erlauben. Dann, wenn nicht einmal der Mond den Himmel erhellt, kann der Herrgott unsere Sünden nicht sehen, hat meine Mom immer gesagt. Ich hoffe, dass sie recht hat, denn sonst hat unser Vater im Himmel wohl bald kein Erbarmen mehr mit mir. Aber ich schaffe es auch nicht, meine ausschweifenden Fantasien im Zaum zu halten.

Wenn Mitch sich an mir zu schaffen macht, denke ich an jeden Blick und jede Berührung zurück, die ich bisher von Jacob bekommen habe, ganz gleich wie kurz sie gewesen ist. Es wärmt mir das Herz, selbst wenn Mitchs Berührungen noch so kalt sind.

Im Ortskern von Vinewood angekommen, parkt er den Wagen und bedeutet mir nach dem Aussteigen, dass ich mich bei ihm unterhaken soll. Er hat heute ausnehmend gute Laune, weil er gehört hat, dass die Preise dieses Jahr gut sein werden. Es geht so weit, dass er vorhin sogar mit Henry am Tisch Karten gespielt hat, während ich mit dem Abwasch zugange war. Heute ist Henry mit einem Lächeln ins Bett gegangen. Diana passt während meiner Abwesenheit auf ihn auf. Sie hat Probleme mit den Gelenken, die nicht erlauben, dass sie lange steht. Heute wünschte ich das erste Mal im Leben, dass ich mit ihr tauschen könnte. Dann hätte ich an ihrer statt daheim bleiben dürfen.

Im reich geschmückten Festzelt spielt bereits Musik, die Geiger geben alles. Die Stimmung der Leute ist ausgelassen. Mitch zerrt mich mit sich in die Runde seiner Freunde. Sie schlagen sich zur Begrüßung gegenseitig auf den Rücken und lachen dabei so schamlos derb, dass es mich frösteln lässt. Unsere Arbeiter haben sich längst abgesetzt. Jacob habe ich nicht mehr gesehen, seit er von der Ladefläche des Wagens gestiegen ist. Ich wünschte, er würde auftauchen. Sich neben mich stellen. Nur für einen Moment. Nur für einen kurzen Blick in diese Augen.

Irgendwann kommen meine Freundinnen aus dem Kirchenkreis und nehmen mich mit sich. Sie schnattern alle durcheinander und prosten sich mit Getränken zu. Mir wird schon vom Anblick schlecht.

Der Abend verfliegt, aber ich bekomme kaum etwas davon mit. Ich bin zu beschäftigt damit, gegen den Druck in meiner Kehle anzuschlucken und das Stechen in meinem Unterleib auszuhalten. Der Tag war lang und der Abend wird länger.

Trotzdem komme ich um ein paar Tänze nicht drumherum, denn Mitch fordert mich auf. Er hält mich in seinem festen Klammergriff und weist mich an, zu lächeln. Irgendwann verstummt die Musik. Ein Mann stellt sich auf einen der grobgezimmerten Holztische. Unter lautem Grölen der Anwesenden ruft er: „Wo sind hier die tanzwütigen Mädchen? Ich finde keine einzige von euch. Eine Schande ist das!"

Ein anderer aus der Menge ruft: „Genau. Kommt vor, Mädels. Kommt nach vorne."

Eine dunkle Frauenstimme antwortet: „Erst die Männer. Wir wollen sehen, was ihr zu bieten habt. Seid ihr feige, oder was?" Die Menge lacht und die beiden Männer stellen sich auf die Tanzfläche.

„Alle freien Kerle müssen zu uns kommen. Lasst uns nicht hängen. Kommt schon."

Mitch lacht und zieht mich mit einem Ruck zur Seite, der mich stolpern lässt.

„Was machen sie denn jetzt?" Seine Stimme schwankt bedenklich. Einer seiner Freunde dreht sich zu ihm um.

„Keine Ahnung, aber es sieht nach Spaß aus. Leider sind wir da raus. Nicht, dass die Weiber uns heute Nacht gram sind."

Von mir aus könnte er gehen. So lange er will. Er bräuchte gar nicht wiederkommen.

„Und jetzt die Mädels", ruft der Mann auf dem Tisch, als die anderen Männer sich in Position gebracht haben. „Wo seid ihr?"

Ich betrachte die ausgelassenen Gestalten auf der Tanzfläche. Einen nach dem anderen. Und dann sehe ich ihn, diesen blonden Haarschopf und diese schlanke Gestalt. Mein Herzschlag poltert gegen meine Brust. *Er ist nicht vergeben.* Ich kann mir selbst kaum erklären, warum diese Erkenntnis wahre Jubelstürme durch meinen Körper jagt. So sehr, dass das Stechen im Magen übermächtig wird.

„Was ist mit dir?", zischt Mitch und hält mich fester.

„Nichts."

Unter allgemeinem Gelächter kommt eine Reihe Mädchen nach vorne und stellt sich auf. Sie tragen allesamt ähnliche Kleider und haben sich herausgeputzt. Solch ein Fest wie dieses hier ist das Ereignis des Jahres.

Plötzlich kommt Bewegung in die Gruppe.

„Damenwahl", kreischt eins der Mädchen und alle stürzen völlig ungeniert los.

Die Musik setzt ein und ehe ich mich versehe, tanzt Jacob mit der langbeinigen Kendra Dryer. Sie drehen sich über die Tanzfläche, seine Hand liegt auf ihrem Rücken. Ich schmecke nur noch bittere Galle.

„Bitte entschuldige mich, Mitch."

Er unterbricht sein Gespräch und dreht sich zu mir. „Was?"

„Ich muss kurz …" Ich halte die Hand vor den Mund und stürze los. Noch bevor ich mich weiter entfernt habe, nimmt er sein Gespräch wieder auf.

In der Dunkelheit vor dem Festzelt schaffe ich es kaum, meine Augen scharfzustellen. Als würde die

Welt um mich herum sich langsam in ihre Bestandteile auflösen. Je weiter ich mich entferne, desto leiser wird die Musik. Ich atme ein paar Mal tief, doch der Druck wird immer unaushaltbarer. Bis er sich schließlich löst und ich mich ins Gras übergebe. Es kommt so unkontrolliert, dass etwas auf mein Kleid spritzt. Meine Hände sind ganz zittrig, während ich mit Mühe versuche, es mit einem Taschentuch wegzuwischen.

„Meine Güte, Miss! Was machen Sie denn da?" Die Stimme neben mir lässt mich zusammenfahren. Ehe ich reagieren kann, liegt eine warme Hand zwischen meinen Schulterblättern. Es ist Jacob, der mir nach draußen gefolgt sein muss. „Brauchen Sie Hilfe?"

„Mir ist nicht wohl. Gehen Sie nur wieder hinein", presse ich leise hervor, weil mein Körper von der nächsten Welle der Übelkeit geschüttelt wird. Er sollte das nicht sehen. Nicht er. „Bitte gehen Sie rein", flehe ich ein weiteres Mal und wieder landet ein Teil meines Mageninhalts im Gras. Doch statt sich angewidert zu entfernen, tritt Jacob einen Schritt näher an mich heran, um mich zu stützen.

„Niemals gehe ich einfach so fort, Miss. Keine Seele sollte allein gelassen werden, wenn sie leidet. Vor allem Ihre nicht."

Er hält mir die Haare aus dem Gesicht und streicht mit der anderen Hand über meinen Rücken, während ich mich erneut vorbeugen muss. Diesmal erwischt es neben dem Boden auch seine Hose. Es ist demütigend.

„Es tut mir so unendlich leid", wimmere ich und wische an seinem Hosenbein herum.

„Was tut Ihnen denn leid?“, flüstert er. „Es ist nichts Schlimmes geschehen. Soll ich Ihren Mann holen? Haben Sie sich womöglich den Magen verdorben?“

Ich atme durch und als ich versuche, mich aufzurichten, rutscht seine Hand von meinem Kleid ab.

„Geht es Ihnen besser?“

„Ich heiße Eleonora.“ Ich weiß nicht einmal genau, warum es mir in diesem Moment so wichtig ist, dass er mich endlich bei meinem Vornamen nennt. Vielleicht, weil ich ihn so gern einmal aus seinem Mund hören würde.

Mein Atem zittert und mein ganzes Gesicht fühlt sich aufgequollen an. „Es tut mir leid, dass Sie das miterleben mussten, Jacob.“

„Mir nicht“, sagt er schnell und holt dann erschrocken Luft. „Oh, also natürlich doch. Es tut mir ganz furchtbar leid. Für Sie tut es mir leid, Miss.“

„Eleonora. Bitte.“

„Darf ich Sie wirklich so nennen?“

„Hier unter uns ...“ Meine Stimme schwankt vor lauter Übelkeit und Aufregung. Ich muss an die Worte denken, mit denen meine Freundinnen Frauen wie Cassidy bedenken. Und jetzt stehe ich hier und lasse mir von einem fremden Mann in einer solch prekären Lage aushelfen. Ich sollte mich schämen. Vor allem dafür, dass ich mich ganz tief im Herzen kein Stück schäme.

„Aber sicher unter uns“, sagt Jacob, bevor ich meine unbedachten Worte zurücknehmen kann. „Nur unter uns, Eleonora. Ich verrate niemandem etwas. Ist dir noch schlecht? Soll ich etwas zu trinken für dich holen? Möchtest du dich setzen?“

Doch ehe ich auf diese Fragen antworten kann, zerreißt eine barsche Stimme die Luft.

„Eleonora!"

Es ist Mitch.

Jacob und ich sehen uns noch einen Moment lang an. Wir stehen uns hier in der Dunkelheit gegenüber und ich wünschte, die Zeit würde anhalten.

„Wo bist du schon wieder, du gottverdammtes Weib?"

„Hier", sage ich. Ohne den Blick von Jacobs Gesicht zu nehmen.

„Verdammt noch eins, du dreiste ... Jacob. Was machst du hier?"

Jacob dreht sich um. Direkt hinter ihm taucht die massive Silhouette von Mitch auf.

„Er kam zufällig hinaus und mir war schlecht."

„Ach, dir war schlecht?", fragt er in einem Tonfall, der mir das Herz absacken lässt. Seine riesige Hand packt meinen Arm. „Dir fällt auch immer etwas anderes ein."

„Mitch, bitte", flehe ich, doch er reißt mich weiter. Weiter weg von Jacob.

„Du wartest im Wagen, du gottloses Weib." Mitch zerrt noch fester an meinem Arm.

„Mitch, bitte. Ich bin ..."

„Ist mir egal, für was du dich hältst. Du bist eine Zumutung. Mehr nicht."

Als ich einen Blick über die Schulter werfe, steht Jacob noch immer einfach nur da und schaut uns nach.

Sein Gesicht ist völlig ungläubig verzerrt.

***

Obwohl Mitch mir in dieser Nacht mehr als deutlich gemacht hat, mit welchen Themen ich mich seiner Meinung nach in Gedanken zu beschäftigen habe, drifte ich am darauffolgenden Tag trotzdem immer wieder zu der Szene ab, wie Jacob und ich uns hinter diesem Festzelt gegenüber gestanden haben.

Ich denke an den weichen Klang seiner Stimme und an die zärtlichen Gesten, mit denen er mir beigestanden hat. Ich kann mir selbst nicht erklären, warum er das getan hat.

Mit dem Wäschekorb auf der Hüfte trete ich in den Hof hinaus und schließe die Tür hinter mir. Es drückt unangenehm an der Stelle, an der ich die harte Kante des Korbes abstütze. Als ich Mitch heute Nacht gesagt habe, dass er vorsichtig sein soll, hat er nur gelacht und gesagt, dass mir das eine Lehre sein wird. Ein Mahnmal. Auf dass ich auch die nächsten Tage immer daran erinnert werde, was er von mir erwartet.

Auch das Kehren und Bettenbeziehen geht mir heute nicht so leicht von der Hand. Ich arbeite mich von Zimmer zu Zimmer voran, die Zeit scheint nicht weiterlaufen zu wollen. Die Stunden bis zum Mittag fühlen sich unendlich an.

In dem Zimmer, das Jacob mit zwei weiteren Hilfskräften bewohnt, halte ich einen Moment inne. Die Erinnerung daran, wie er beim letzten Mal aufgesprungen ist, um mir zu helfen, verursacht ein ganz feines Ziehen in meinem Magen. Aber kein unangenehmes. Es prickelt ein bisschen. Ganz zart nur. Es fühlt sich ganz anders an als alles, was ich mit Mitch verbinde.

Bei Jacobs Bett angekommen, lasse ich eine Hand über die Bettwäsche gleiten und betrachte seine Habe, die auf dem kleinen Nachtschränkchen verteilt ist. Eine lose Blättersammlung liegt obenauf. Ich schaue ein paar der Zeichnungen an. Es sind kleine Fabelwesen. Elfen und Feen. Aber nicht nur Gezeichnetes ist da, auch beschriebene Seiten. Ich wünschte, ich würde mich trauen, sie zu nehmen, aber die Angst, ertappt zu werden, hemmt mich. Wie gern wüsste ich, was darauf steht. Ob er womöglich ein Dichter ist? Ein Geschichtenerzähler?

Ich beziehe sein Bett und auch die anderen, doch immer wieder wandern meine Gedanken zurück zu der Sammlung mit den Notizen. Bevor ich den Raum verlasse, nehme ich all meinen Mut zusammen und reiße das Eckchen eines unbenutzten Papiers ab.

Um Mitternacht. Dort, wo die Sonne untergeht, schreibe ich darauf.

Ich weiß nicht, ob ich uns wirklich wünsche, dass er mich dort findet.

***

Weil ich nicht sicher sein kann, ob ich nachts rechtzeitig wach werde, schlafe ich gar nicht erst.

Ich bringe Henry ins Bett, mache ein paar Handarbeiten und liege dann später neben Mitch in unserem Ehebett. In Gedanken bin ich weit fort. Ich male mir aus, wie Jacob im Obstgarten auf mich warten wird. Über welche Dinge wir reden werden.

Immer, wenn ich doch müde werde, ändere ich die Position und als ich sicher bin, dass Mitch tief schläft, setze ich mich im Bett auf. Alle fünf Minuten werfe ich einen Blick auf meine alte Uhr. Das Glas ist schon ganz blind und ich muss im Mondschein genau hinschauen, damit ich die Zeiger erkennen kann. Um kurz vor Mitternacht kleide ich mich wieder an und schleiche hinaus. Mein Herz klopft mir bis zum Hals. Dies hier wird eines der größten Abenteuer meines Lebens, ich bin mir ganz sicher. Ob Jacob ahnt, dass ich ihm diese Nachricht geschrieben habe? Ob er überhaupt Lust hat, mit mir zu reden?

Wir müssten ja nicht einmal reden. Wir könnten auch einfach schweigend beieinandersitzen. Schon allein das wäre schön.

Der Hof ist verlassen, nur der Vollmond wirft ein silbernes Licht über alles.

Als ich unter dem Apfelbaum auf der Wiese hinter dem Haus tatsächlich eine Gestalt ausmachen kann, springt mir bald das Herz aus der Brust. Es ist tatsächlich Jacob.

„Willkommen in der Schattenwelt, Prinzessin", sagt er leise.

Seine Ansprache ist so vertraut, so nahbar und liebevoll, dass ich keine Worte finde, um etwas ähnlich Angemessenes zu erwidern. Sekundenlang starre ich nur auf ihn hinab. Ganz gefesselt von diesem Moment.

Er atmet schwer. „Es tut mir leid, ich wollte nicht anmaßend sein. Der Zauber des Augenblicks ist wohl mit mir durchgegangen."

Ich schnappe nach Luft. „Nein, nein. Das ... das war nur das Schönste, was ich jemals gehört habe."

Mit einem Schmunzeln klopft er neben sich. Ich setze mich zu ihm ins Gras, die zarten Halme kitzeln an den Waden, selbst durch meine Strümpfe hindurch. „Meinst du, es gibt eine Schattenwelt, Jacob? Hier auf

Vinewood Hill? Oder irgendwo da draußen in den Wäldern?"

„Vielleicht ist dies hier schon gar nicht mehr Vinewood Hill, Prinzessin. Bei Nacht sind die Dinge immer anders. Bei Nacht, wenn der Mond scheint, dann entfaltet sich alle Magie, die noch in unserer Welt ist. Ich bin sicher. Wie könnte dieses Treffen hier sonst möglich sein?"

„Ich war erst in Sorge, ob ich mich mit der Botschaft auf dem Zettel zu weit vorgewagt habe."

Im fahlen Lichtschein sieht man, dass sich seine Wangen leicht röten. Die Verlegenheit macht ihn nur noch schöner.

„Aber nein, das wäre wohl kaum möglich. Ich konnte keinen klaren Gedanken mehr fassen, weil ich so sehr gehofft habe, dass es deine Handschrift ist." Er schaut beiseite. „Was denkst du über das hier? Meinst du, wir begehen einen Fehler?"

„Darüber sollte ich keine Meinung haben."

„Und doch bist du hier, nicht?"

„Ja, aber das-"

„Deine Meinung ist für mich die Einzige, die in dieser Sache zählt. Ich verurteile nichts daran, ganz gleich, was du jetzt sagen wirst."

Er dreht sich ein Stück, sodass ich genau in seine Augen schauen kann, als ich den Kopf in seine Richtung wende.

„Es wäre beschämend, meine Gedanken dazu laut auszusprechen", flüstere ich.

„Aber nicht doch. Nicht hier. Erinnerst du dich? Das hier ist schließlich ein Geheimnis. Und wenn man ein

Geheimnis miteinander teilt, dann gelten die allgemeinen Gesellschaftsregeln nicht mehr."

„Das klingt schön."

„Und es ist wahr. Hier, unter uns, dürfen wir uns alles sagen. Versprichst du mir das, Leo?"

„Leo?"

„Das ist der Name, den ich dir im Stillen gegeben habe. Er bedeutet *Löwin*. Ich finde, das passt zu dir. Zu dem starken Blick, den du hast."

Jacob sagt es völlig frei heraus. Er sitzt hier neben mir und findet mühelos solche bedeutsamen Worte.

„Ich hatte noch niemals einen Spitznamen."

Sein Lächeln ist in der Stille der Nacht fast schon hörbar.

„Jeder Mensch sollte verschiedene Namen haben." Er deutet auf das Haupthaus in unserem Rücken. „Da drinnen magst du Eleonora sein, aber hier draußen, bei mir, bist du Leo. Wenn dir das gefällt."

„Du bist wirklich ein wunderlicher Kerl", sage ich. Als er darüber lacht, schlage ich die Hand vor den Mund. „Entschuldige, ich wollte nicht anmaßend klingen."

Doch er schüttelt nur den Kopf. „Du brauchst dich nicht entschuldigen. Niemals hier bei mir."

„Ich bin es wohl nicht gewohnt, so offen mit jemandem zu sprechen."

Für einen Moment schweigen wir, dann wendet sich Jacob um und deutet in Richtung Himmel. Dorthin, wo die Sterne heute so hell strahlen, als würden sie nur für uns allein existieren.

„Wenn der Mond so voll ist, dann sieht er immer aus, als könnte man danach greifen, findest du nicht? Ich stelle mir manchmal vor, dass dort draußen auch Menschen wie wir leben.“

„Das ist verrückt.“

„Ja, nicht? Aber vorstellen darf man sich alles.“

„Meinst du?“

„Natürlich. Deine Gedanken gehören nur dir, Leo.“

„Es gefällt mir, dass ich jetzt einen geheimen Namen habe, den nur du kennst.“

Wieder schweigen wir. Seine Nähe ist so schön, dass ich gar nicht mehr brauche. Alles andere rückt in den Hintergrund. Jeder Tag, der bisher vergangen ist, verblasst vor diesem einen Moment der Vollkommenheit.

Obwohl wir kaum etwas voneinander wissen, ist da eine Verbundenheit, die ich nicht einordnen kann.

„Der Kranich, den du in der Kirche gefaltet hast, ist wirklich sehr hübsch geraten“, sage ich, während Jacob noch immer in den Himmel schaut. Plötzlich fühlt es sich wichtig an, dass er weiß, wie bedeutsam die Geste war. „Henry bewahrt ihn in seinem Nachtschrank auf.“

„Die Predigt war sterbenslangweilig. Ich konnte selbst kaum mehr sitzen. Kein Wunder, dass der Junge müde geworden ist.“

Ich schlucke trocken. „Die Messe ist heilig.“

„Na und? Trotzdem darf man doch wohl sagen, dass sie langweilig war. Henry ist ein Kind. Er wüsste sicher spannendere Unternehmungen als den sonntäglichen Kirchgang.“

Jacob dreht den Kopf in meine Richtung, das jungenhafte Grinsen auf seinen Zügen lässt mein Herz flattern. Ganz zart, wie ein junger Vogel, der zum ersten Mal seine Flügel ausbreitet.

„So rede ich sonst mit niemandem“, gestehe ich ihm.

„Ich auch nicht. Wir könnten diese Person füreinander bleiben, wenn du magst.“

„Das wäre wirklich ...“

„Aufregend?“, vervollständigt er den Satz, aber das ist es nicht, was ich sagen wollte.

„Nein, nicht aufregend. Schön. Es wäre einfach sehr schön, Jacob.“

Er nickt. „Ja, da hast du recht.“

Dann stützt er sich auf die Handballen ins Gras. Ich muss mich ein bisschen drehen, damit ich ihn weiterhin ansehen kann. Sein Blick fährt über meine Haut. Ich kann ihn spüren. An meinem Hals und meiner Wange. Wie ein sanftes Streicheln.

„Wollen wir etwas verabreden, Leo? Wir könnten es zu unserer Gewohnheit machen. Jede zweite Nacht um diese Zeit treffen wir uns hier.“

Diesmal bin ich es, die nickt.

Und mein Herz flattert nicht mehr nur, mein Herz explodiert.

KAPITEL 11

Juli 1954

ELEONORA

Die nächsten Wochen schwebe ich wie auf Wolken. So auch heute, denn es sind wieder zwei Tage vergangen. Heute Nacht sehe ich Jacob endlich wieder. Ich muss mich davon abhalten, die Stunden zu zählen. Selbst, dass Henry wegen seiner unbequemen Hosen jammert und dass Mitch mich schon vor dem Frühstück anschreit, stört mich heute nicht. Einzig der Blick meiner Schwiegermutter macht mich nervös. Sie reist am Nachmittag endlich ab. Es wird eine Erleichterung für jeden auf diesem Gut sein, wenn sie endlich fort ist. Sie ist wirklich eine selbstgerechte Hexe. Schon in dem Moment, in dem ich es denke, schrecke ich innerlich zusammen. Seit wann nehme ich mir solche Gedanken heraus? Seit wann glaube ich, dass mir das zusteht? Ich nehme mir vor, Jacob nach seiner Meinung zu fragen. Er weiß sicher eine gute Antwort.

Ich habe noch mit niemandem so offen gesprochen wie mit ihm. Vor den anderen Erwachsenen darf man seine Gedanken nicht so unverfälscht preisgeben. Mit Jacob ist es anders. Es fühlt sich völlig natürlich an, mit ihm über alles zu reden, was mich bewegt.

Er schreibt tatsächlich an einem Roman. Noch weigert er sich allerdings, mir Passagen daraus vorzulesen. Eine moderne Märchenadaption soll es werden, sagt er. „Wenn es so weit ist, dann zeige ich es dir. Zum Ende der Weinlese bin ich fertig."

Ich glaube es ihm, denn Jacob ist jemand, der mit Worten umgehen kann wie niemand sonst.

Wir reden auch viel von seiner Familie. Von seinem kleinen Bruder Gabe und von dem guten Verhältnis zu seiner Mutter. Er sagt oft, dass sein Vater wie Mitch ist. Grob und lieblos. So betitelt er sie beide. Und jedes Mal, wenn ich meinen Mann aus Anstand in Schutz nehmen will, schüttelt Jacob bloß den Kopf. Er sagt, dass ich damit aufhören muss. Und dass in einer Ehe kein Platz ist für Angst und blaue Flecken.

Ich bin jeden Tag mehr neidisch auf die Frau, die ihn irgendwann einmal heiraten wird. Als ich ihm das gesagt habe, hat er bloß meine Hand genommen und traurig gelächelt. „Was in der Zukunft ist, hat für die Gegenwart keinen Belang." Das waren seine Worte. Ich habe nicht weiter nachgefragt.

Und noch eines macht mir Sorgen. Mit jeder weiteren Woche merke ich mehr, dass sich die Prozesse in meinem Körper verändern und dass selbst die weitesten Röcke spannen.

Doch ich habe weder Mitch noch Jacob gesagt, dass ich schwanger bin. Mitch nicht, weil es sich so unendlich falsch anfühlt, sein Kind zu bekommen, und Jacob nicht, weil es sich falsch anfühlt, dass es nicht sein Kind ist.

Doch im Grunde ist es gut, dass es nicht sein Kind sein wird. Hätten wir eines zeugen müssen, dann hätte mir das all die schönen Illusionen genommen. In meinem Kopf ist er der strahlende Held, der mir niemals wehtun wird, und ich möchte mir gern dieses Bild von ihm bewahren.

Er ist mir in all den Nächten ein wahrer Freund geworden. Dabei ist er nie so offensiv charmant oder anzüglich wie die anderen Männer auf dem Hof. Es würde zwar niemals einer von ihnen Mitch infrage stellen, aber ich bin doch mittlerweile in dem Alter, dass ich weiß, welche Begehrlichkeiten die meisten Männer im Stillen hegen. Mit Jacob ist das anders.

Ich hole die abgezählten Teller für das Mittagessen aus dem Schrank und bringe alles nach draußen. Heute gibt es eine einfache Suppe, denn Mitch hat das Budget für die Einkäufe gekürzt. Er sagt, dass bis zum Ende der Saison alle für die Modernisierung der Anlagen zurückstecken müssen.

Ich balanciere den Tellerberg und trage alles bis zu der langen Tafel hinüber. Draußen ist keiner zu sehen. Ein Teil der Arbeiter ist auf den Feldern mit der Beregnung und der Kontrolle der Pflanzen beschäftigt. Es ist nicht mehr lange bis zur Weinlese. Wie genau das vonstattengeht, weiß ich nicht. Ich habe Mitch anfangs noch viel gefragt, aber er sagt immer, dass mich das nichts angehen würde. Ich solle mich lieber um die Dinge kümmern, die meine Aufgabe seien. Er würde mich schließlich auch nicht fragen, wie man Socken stopft oder Hemden näht. Vermutlich hat er recht.

Jacob erzählt mir viel über die Dinge, die er tagsüber tut. Er betont dabei stets, dass die Landwirtschaft nicht seine Berufung ist. Er ist durch und durch Schriftsteller. Ich finde das sehr verwegen. Zurzeit ist Jacob mit ein paar weiteren Männern für die Arbeit auf dem Hof eingeteilt. Sie machen Instandsetzungsarbeiten an den Wirtschaftsgebäuden und den Maschinen, bereiten alles vor für die kommenden Monate.

Gerade, als ich den letzten Teller bereitgestellt habe und meine Hände an der Schürze abwische, kommt er mit seinen beiden Kollegen Ross und Stuart aus der Scheune. Sie lachen miteinander und sind ganz in ihr Gespräch vertieft. Mein Blick bleibt einen Wimpernschlag zu lang an Jacobs Gesicht hängen. In dieser Umgebung wirkt er schrecklich fremd auf mich. Wir kennen uns so gut und doch sind wir bei Tageslicht Unbekannte. Er hebt den Kopf und lächelt ganz zart. Nur für mich. Ich spüre die Röte in meinen Wangen und doch versuche ich, sie zu unterdrücken. Sie darf nicht sein.

„Guten Tag, Miss!“, grüßt mich Ross und tippt sich an den Hut. Ich nicke ihnen zu und schaue für einen Moment hinter ihnen her, wie sie sich die Hände an der Wasserpumpe waschen. Die Hände und die Gesichter. Mittlerweile ist ein jeder von ihnen braungebrannt. Auch Jacobs vormals helle Haut hat deutliche Spuren von den letzten Wochen davongetragen. Sein Gesicht und auch seine Hände. Als er mir zu Beginn des Sommers das Tuch auf der Wiese gereicht hat, waren seine Finger noch weich und zartgliedrig. Jetzt sind sie rau und schwielig. Aber das macht nichts. Er gefällt mir auf beide Arten. Ich merke erst, dass ich immer noch auf dem Hof verweile, als seine wohlbekannte Stimme mich anspricht.

„Brauchen Sie Hilfe beim Auftragen, Miss?“

Hat er das gerade wirklich gefragt? Vor allen? Mein Herz macht einen Satz und mein Blick trifft noch ein zweites Mal auf seinen.

Du musst nur sagen, wenn du Hilfe brauchst, Leo. Der Gedanke steht ihm so deutlich ins Gesicht geschrieben, dass es mich vor Ergriffenheit bald weinen lässt.

Das Gelächter seiner Freunde lässt den Zauber brechen.

„Verdammt, du halbes Hemd. Was erzählst du da mit der Frau vom Boss?" Stuart lacht noch lauter als zuvor und auch Ross stimmt ein. „Willst du zum Hausmädchen umschulen, was? Hast du es endlich aufgegeben mit dem Mannsein?"

Jacob lächelt bloß milde über ihre Witze. Ihn kann so etwas nicht angreifen. Er ist die stärkste Person, die ich kenne.

„Und Miss? Brauchen Sie?", fragt er ein zweites Mal, doch ich schüttele nur den Kopf und sehe zu, dass ich die Teller abstelle und wieder hineinkomme.

Im Flur angekommen, wünschte ich, ich wäre draußen geblieben. Die Tür von Mitchs Büro steht offen und sein kalter Blick fixiert mich, sobald ich daran vorbeikomme.

„Eleonora?"

Ich bleibe stehen und schaue auf die Front seines breiten Schreibtisches.

„Seit wann lassen sich Frauen wie du von solchen Eseln hofieren?"

„Sie fragten nur, ob ich Hilfe beim Aufdecken brauche."

„Ach, und da meinst du, das ist eine freundliche Geste?"

Ich bin mir für den Moment unsicher, welche Antwort er hören möchte. Wenn er in diesem Tonfall redet, ist es schwer, abzuschätzen, was passieren wird.

Du darfst immer sagen, was in dir vorgeht. Wir sind Menschen, Leo. Menschen müssen sich austauschen. Es liegt in unserer Natur.

„Ich fand es freundlich, ja", höre ich mich sagen. Im selben Moment, in dem ich es ausspreche, schießt mein Puls in die Höhe. Ich habe noch niemals so mit ihm gesprochen.

Er kommt auf die Füße. „Was hast du gesagt?"

Mit ein paar Schritten ist er bei mir und packt mich am Hals. „Du freches Weibsbild. Glaubst du wirklich, dass du Hilfe brauchst? Du, die den ganzen Tag nichts zu tun hat als ein bisschen putzen und kochen?" Er kommt mit seinem Gesicht ganz nah an meines heran, aus seinen grauen Augen lodert mir heißer Zorn entgegen. Seine Finger drücken zu.

Atmen, ich muss einfach atmen. Er wird mir nichts tun. Nicht jetzt.

„Ich hätte mich nie darauf einlassen sollen, dich zur Frau zu nehmen. Du faules Weib."

Seine Finger drücken noch fester und ich kneife die Augen zusammen. Meine Gedanken fliegen zu Henry, der im Wohnzimmer spielt. Es ist kein Ton von ihm zu hören. *Bitte, lass ihn das nicht sehen.*

„Mitch", flüstere ich erstickt.

„Ja, Mitch, Mitch. Mehr höre ich von dir nicht. Nichts als Jammerei."

„Der Junge ..."

Er lacht. „Machst du dir Sorgen? Ja, Eleonora, machst du dir deshalb Sorgen? Er kann ruhig sehen, was mit faulen Frauen passiert. Damit er sich niemals ein Weib aussucht, das ist wie du. Dein Vater hatte eine viel zu weiche Hand mit dir."

Mit einem abfälligen Schnauben lässt er mich los. Ich stürze durch die Heftigkeit der Bewegung zu Boden. Ihn kümmert es nicht, denn er geht zu seinem Schreibtisch zurück und stützt die Handballen auf.

Ich halte mir unterdessen die Seite. Ein Stich geht durch meinen Bauch. Mit flachen Atemzügen harre ich auf dem Boden aus.

„Steh auf", brüllt er und fährt wieder zu mir herum.

„Ich ..."

Er kommt mit polternden Schritten auf mich zu und hebt die Hand. „Steh sofort auf."

Ich reiße den Arm über den Kopf. „Mitch nicht, ich ..."

Seine flache Hand trifft meine Schulter.

„Ich erwarte ein Kind. Bitte nicht."

Er stoppt ruckartig in der Bewegung. „Was sagst du da? Ist das wahr?"

Ich nicke. Der Ausdruck in seinem Gesicht wird sofort milder. „Bist du sicher? Ein paar Mal war es nun schon so."

Ich nicke wieder. Für mehr fehlen mir die Worte. Eine Sekunde lang zieht ein merkwürdiger Glanz über sein Gesicht, dann wendet er sich ab.

Auf die Füße hilft er mir nicht.

***

Nachdem ich mich wieder in Ordnung gebracht habe, trage ich das Essen nach draußen. Erst das Brot, dann den schweren Suppentopf. Keiner der Männer am

Tisch wagt es, aufzustehen und ihn mir abzunehmen, denn Mitch sitzt vor Kopf und überschaut alle mit seinem harten Blick. Während er das Tischgebet spricht, blinzelt Jacob einmal in meine Richtung. Ich hoffe, dass keiner es gesehen hat.

Wir haben uns eine geheime Verständigungsmöglichkeit ausgedacht, mit der wir unsere Treffpunkte ausmachen. Nur wir beide wissen, was die Zeichen bedeuten. Einmal Blinzeln heißt am Waldrand hinter der Scheune, direkt am Ende der Obstwiese. Zweimal heißt unter dem Apfelbaum auf der Wiese. Jeweils um Mitternacht. Scheinbar ist ihm heute nach einem Spaziergang.

Wie gern würde ich ihn jetzt anlächeln oder seine Hand halten. Das tun wir nämlich manchmal. Wenn wir durch die dicht stehenden Bäume wandeln, durch dieses Schattenreich, das da jedes Mal wieder im Mondschein entsteht, dann nimmt er meine Hand und hält sie ganz fest. Als wäre ich seine Liebste und wir würden einen Sonntagsspaziergang machen. Ich lebe für diese Stunden. Ich frage mich nur, wann der richtige Moment sein wird, Jacob davon zu erzählen, dass ich schwanger bin. Es macht mir Angst, dass er mich womöglich nicht mehr treffen mag, wenn er es erst weiß. Die Gedanken daran sind kaum auszuhalten. Genauso wie die Tatsache, dass dieser Sommer irgendwann enden wird. Ich weiß nicht, wie ich ohne unsere Treffen leben soll. Es sind zwar bloß gestohlene Momente, doch mit ihm ist jeder einzelne davon kostbar.

Als ich wieder ins Haus gehen will, steht Mitch noch einmal auf. „Eines will ich bei dieser Gelegenheit noch verkünden. Eine gute Nachricht, die mir meine Frau heute überbracht hat. Es wird die kommende Lese unter einen guten Stern stellen." Er macht eine Kunstpause, bis alle Männer zu ihm hochsehen. „Bald wird es auf Vinewood Hill noch einen weiteren Erben geben."

Ich kann den Stolz in seiner Stimme kaum ertragen.

Rasch werfe ich einen Blick in Jacobs Gesicht, aber er lächelt nur. Ganz weich. Er trägt es mir nicht nach.

Möge der Herrgott deine reine Seele für immer schützen, Jacob.

***

Pünktlich um Mitternacht stehle ich mich aus dem Haus davon und mache mich auf zu unserem Treffpunkt hinter der Scheune.

„Willkommen in der Schattenwelt, Prinzessin", flüstert eine raue Stimme. Kaum einen Herzschlag später löst sich Jacob von der Scheunenwand. „Ich habe schon auf dich gewartet."

Er legt seine Arme um mich und gibt mir einen Kuss auf die Wange.

„Ich hatte Angst, dass du nicht kommst", gestehe ich, doch er lacht nur.

„Wirklich? Oje, das tut mir leid. Dieses Treffen ist alles, worauf ich seit zwei Tagen warte." Er nimmt meine Hand. „Wollen wir ein Stück gehen oder möchtest du dich lieber setzen?" Seine fürsorgliche Stimme raubt mir jeden klaren Gedanken.

„Nein, es geht schon."

„Dann lass uns losziehen, die Luft ist so schön heute Nacht."

Wir gehen schweigend, meine Hand fühlt sich so geborgen und sicher in seiner an. Er sagt kein Wort.

„Jacob?"

„Ja, Prinzessin?"

„Es tut mir furchtbar leid."

„Was denn?"

„Ich habe dir verschwiegen, dass ich ein Kind erwarte. Wochenlang treffen wir uns nun und kein Wort habe ich darüber verloren. Du musstest es am Tisch erfahren, als wärst du einfach nur ein Arbeiter."

„Dein Mann ist sehr stolz auf dich."

„Ich schäme mich so sehr, dass ich nicht den Mut hatte, es dir vorher beizubringen."

Er bleibt stehen und dreht sich zu mir. Sein Lächeln ist liebevoll, als er die Hände um meine Wangen legt.

„Ich wusste es doch längst."

„Aber woher?"

„Es war offensichtlich. Auf dem Scheunenfest, da wolltest du es deinem Mann sagen, oder?"

Ich lege meine freie Hand vor den Mund. Mit einem Mal schäme ich mich noch mehr. Ich schäme mich, dass er weiß, was Mitch mit mir tut und dass es Früchte getragen hat. Es fühlt sich an, als würde ich Jacob betrügen.

„Fühlst du dich unwohl deswegen? Das brauchst du nicht. Ich verstehe dich, Leo. Mehr, als mir lieb ist. Ich bin nicht sauer. Vielleicht ein bisschen wütend, dass einer wie er so eine wundervolle Frau wie dich heiraten durfte. Aber sonst nichts. Ein Kind ist ein Wunder. Jedes Kind. Auch dieses. Es kann nichts für die Umstände seiner Zeugung."

Tränen benetzen meine Wangen, er wischt sie sachte fort.

„Was macht dich so traurig, Prinzessin?"

Der besorgte Klang seiner Worte lässt mich erst recht aufschluchzen.

„Ich wünschte nur, dass es anders wäre, Jacob."

„Denk an Henry und was für ein wundervoller Junge er ist. Bald wird er ein großer Bruder sein. Stell dir vor, welche Abenteuer sie gemeinsam erleben werden."

„Trotzdem."

„Wie geht es dir denn überhaupt mit der Schwangerschaft? Fühlst du dich wieder etwas wohler?"

Es rührt mich, dass er sich um mich sorgt. Aber so ist er. Mit ihm ist alles anders. Jacob darf ich mein Leid klagen. Jacob darf ich sogar widersprechen, ohne dass er mich jemals dafür tadeln würde.

„Weißt du, was mich am meisten an dieser Nachricht verstimmt hat, Leo?"

„Wirst du es mir sagen?"

Er seufzt. Getragen und tief. „Dass ich auch etwas habe, das ich dir schon vor längerem hätte erzählen müssen. Ich hätte das nicht verschweigen dürfen und doch habe ich es getan. Aus Angst."

„Was ist es?"

„Ich bin verlobt."

Er sagt es so einfach und doch sinkt mir das Herz ins Bodenlose. Gleich darauf schelte ich mich eine Närrin. Ich bin ebenso verheiratet. Aber der Gedanke, dass eine andere Frau an seiner Seite sein wird, macht mich betrübt. Nein, es macht mich nicht betrübt, es schmerzt. Gleich da in meiner Brust, wo mein Herz die letzten

Wochen nur schöne Dinge in Jacobs Gegenwart gefühlt hat.

„Jacob, das ... der Tanz auf dem Fest. Ich dachte, du ...“

„Ich weiß. Es ist furchtbar. Ich hätte sofort mit offenen Karten spielen sollen, aber nachdem ich dich zum ersten Mal sah, konnte ich nicht. Ich wünschte, unsere Leben wären andere.“

„Und doch sind sie es nicht.“ Ich ärgere mich über meinen kalten Ton. Was kann mein armer Jacob dafür, dass unsere Schicksale so weit voneinander entfernt liegen? Er schweigt dazu, seine Finger streicheln meine.

„Erzählst du mir von ihr?“, frage ich schließlich, denn ich möchte alles über die Frau wissen, die das Glück haben wird, meinen Märchenprinzen ein Leben lang an ihrer Seite zu haben.

„Wenn du das möchtest. Du sollst aber wissen, dass ich sie nicht liebe. Es ist eine Ehe aus dem reinen Zweck heraus.“

„Trotzdem wird sie die glücklichste Frau der Welt sein, wenn sie dich erst kennenlernt.“

Er lacht leise. „Wer weiß. Ich kann auch ziemlich rechthaberisch sein. Das hat mir eine teure Freundin einmal gesagt. Außerdem kennt meine Braut mich schon ein Leben lang.“

Wir schmunzeln uns an und biegen in den Kreuzweg zur Hauptstraße ein. Im Dunkeln wogen die Baumkronen wie ein dunkles Meer.

„Jacob?“

„Frag nur.“

„Würde es dir etwas ausmachen, wenn wir für diesen Sommer noch Freund und Freundin blieben? Trotz all dem, was zwischen uns steht – wäre das ein vermessener Wunsch?"

„Nein, sicher nicht. Du bist meine teuerste Freundin auf der Welt. Und in meinem Kopf bist du weit mehr als das."

„Erzähl mir bitte von deiner Verlobten."

Er seufzt. „Lass mich nachdenken. Sie ist eine kleine, resolute Person, die ein sanftes Inneres hat. Sie ist immer freundlich und gütig zu allen. Sie hat früh die Mutter verloren und seither kümmert sie sich um ihren Vater. Nun ...“

„Woher kennt ihr euch?"

„Sie lebt in der Nachbarschaft. Wir sind zusammen großgeworden. Olivia ist wie eine Schwester für mich. Es ist komisch, wenn ich mir vorstelle, einmal mit ihr ins Bett steigen zu müssen."

Bei seinen Worten schießt mir die Röte ins Gesicht. Ich bin froh, dass er es in der Dunkelheit nicht sieht. Ob er es wohl schon einmal mit irgendeinem anderen Mädchen getan hat? Ich wüsste so gern seine Meinung dazu. Immer, wenn ich mit meinen Freundinnen dieses Thema anschneide, dann bekomme ich ausweichende Antworten. Es würde sich nicht gehören, über solche Dinge offen zu reden, sagen sie dann. Nur Frauen wie Cassidy White, die jeden Anstand verloren haben, würden sich außerhalb des Ehebettes den Kopf darüber zerbrechen. Dabei wüsste ich nur einfach gern, ob es immer so ist wie zwischen Mitch und mir.

„Jetzt habe ich dich mit meinen Ausführungen verschreckt. Sei sicher, du stellst sie ohnehin tausendmal in den Schatten."

„Oh, das ist gar nicht meine Absicht. Es klingt nett, wie du von ihr sprichst. Mir gefällt, wie umsichtig und freundlich du mit allen Menschen bist, Jacob. Ehrlich. Sie wird glücklich sein, dich als Mann zu haben."

Er bleibt stehen und ich muss es ihm gleichtun, denn ich will seine Hand nicht loslassen. Also drehe ich mich zu ihm um und fühle mit einem Mal seine Fingerspitzen an meiner Wange.

„Trotz allem wäre es mir lieber, wenn du es sein könntest. Ich wollte immer so gern aus Liebe heiraten."

„Ach, Jacob."

„Nun, was sollst du mir da schon raten? Du, die es so viel schlechter getroffen hat. Trotzdem betrübt es mich."

Ich trete ein Stück näher an ihn heran und lege ebenfalls meine Hand an seine Wange. Meine Körperhaltung ist wie das Spiegelbild von seiner.

„Wir könnten einander im Herzen weiterhin zugewandt sein. Du hast einmal gesagt, dass unsere Gedanken nur uns gehören, Jacob. Meine Gedanken gelten nur dir. Ich denke ständig an dich und es sind die schönsten Momente, die ich je erlebt habe." Meine Stimme zittert etwas, denn das, was ich da ausspreche, fühlt sich viel zu fragil an, um es preiszugeben.

„Mir geht es ähnlich, Leo. Immer, wenn ich dich ansehe, dann flattert in meinem Bauch ein ganzer Schwarm bunter Schmetterlinge. Morgens gilt mein erster Gedanke dir und mein letzter abends ebenso."

„Oh, Jacob."

Seine zweite Hand wandert an meine andere Wange und sein Gesicht ist meinem so nah. Ich spüre ihn bei mir und doch ist er nicht genug.

„Leo? Würdest du es mir nachsehen, wenn ich dich einmal küssen würde?“

In diesem Moment schießt ein Prickeln durch mich hindurch. Es krabbelt über meine Wirbelsäule in meine Arme und macht mir die Haut ganz taub.

Es ist eine Mischung aus Unbehagen und Vorfreude. Und Angst, dass es mir mit ihm nicht gefällt.

„Es muss nicht sein, wenn du nicht möchtest. Es war ein gedankenloser Wunsch, entschuldige bitte. Es ändert nichts zwischen uns, wenn du nicht willst.“

Weiter lasse ich ihn nicht sprechen, denn schon allein diese Worte, diese Rücksicht auf mein Wohlbefinden macht es deutlich. Er ist nicht wie Mitch oder wie all die anderen Männer. Jacob ist einzigartig. Für mich. Nur für mich. Mit dem letzten bisschen Mut, das ich besitze, überbrücke ich die Distanz und drücke meine Lippen auf seine.

Kapitel 12

Levi

„Juli 1954. Liebes Tagebuch, es ist etwas Magisches passiert. Ich habe jemanden kennengelernt. Ich will hier keine Worte darüber verlieren, wer er ist oder woher wir uns kennen. Ich möchte seine wahre Identität schützen. Ich nenne ihn darum meinen Märchenprinzen, denn er nennt mich Prinzessin. Es ist nur ein Spiel zwischen uns, doch es ist unendlich aufregend. Bei ihm darf ich all die Dinge sagen, die in meinem Kopf vor sich gehen. Er hat mich befreit. Aus meinem Alltag und aus meinen tristen Gedanken. Wir treffen uns jede zweite Nacht im Mondschein. Und gestern ist etwas geschehen, dessen Erinnerung mir immer noch schier den Atem raubt. Meine Hand zittert so sehr wie mein Atem, während ich diese Zeilen schreibe. Ich habe ihm erzählt, dass ich ein Kind von Mitch erwarte, und habe damit gerechnet, dass er sich abwendet. Selbst für einen Märchenprinzen ist es ein herber Schlag, zu erfahren, wie aussichtslos die Situation ist. Aber er hat mich nicht von sich gestoßen. Er hat gelächelt und mich geküsst. Es war ein ganz zärtlicher Kuss. Der allererste dieser Art in meinem Leben und seither kann ich an nichts anderes als an diesen Moment denken. Es wird mir für immer die schönste Erinnerung meines Lebens *bleiben. Ich habe sie ganz tief in mein Herz geschlossen und zehre davon.“*

Charlotte klappt das Tagebuch zu und schwingt die Füße von dem Korbsessel herunter. Bessy liegt auf dem Holzboden und gähnt müde. Es muss schon fast Mitternacht sein.

„Was hältst du davon?“, fragt sie und legt das Büchlein auf den Tisch zwischen uns.

„Hast du eine Idee, um wen es da geht? Wenn deine Grandma nicht gerade eine total wankelmütige Person ist, schätze ich, dass des Rätsels Lösung mit der Identität von diesem ominösen Märchenprinzen zu tun hat.“

„Ich denke auch. Keine Ahnung, wer er gewesen sein könnte. Aber irgendwie freue ich mich für sie. Jeder Mensch hat Liebe verdient.“

Ihre Worte lassen mein Herz schwer werden. Sie klingt, als hätte sie nicht längst die Liebe ihres Lebens gefunden.

Keine Ahnung, was da heute Abend in diesem Restaurant zwischen uns passiert ist, aber vorhin im Auto habe ich keine leere Drohung ausgesprochen. Das war mein Ernst. Der Blick, mit dem sie mich den ganzen Abend über angesehen hat, hat alle normalen Hirnverknüpfungen voneinander getrennt, die mir noch geblieben sind. Ich meine, die Frau ist verheiratet, sie hat zwei Kinder. Sie ist zickig und schnippisch. Sie ist absolut ätzend. Und trotzdem denke ich ständig daran, ihr ihre dämlichen Sprüche aus dem Hirn zu vögeln.

Dabei habe ich absolut keine Ahnung, was sie in mir anspricht. Habe ich eine masochistische Ader entwickelt, von der ich noch nichts wusste? Sie ist absolut nicht mein Typ. Ich mag keine Weiber, die sich tausend

Cremes ins Gesicht schmieren und die Krise bekommen, wenn ihre Frisur nicht sitzt. Und Charlotte ist so, ich bin mir sicher. Sie ist wie diese Stepfordfrauen. Immer perfekt, immer durchgestylt bis zur letzten Haarspitze. Ich meine, sie trägt Seidenblusen und Chinos. In Kombination. Das ist ein absoluter Killer.

Kurz darauf steht besagte Stepfordfrau auf. „Ich gehe ins Bett. Das hier bringt uns nicht weiter. Diese Tagebucheinträge sagen doch gar nichts aus. Vielleicht sollte morgen einer von uns alle auf einmal lesen. Wenn wir dann auch nicht schlauer sind, gehen wir eben zu McNamara und sagen ihm, dass wir das nicht packen.“

Sie fährt sich mit dem Unterarm über die Stirn und schaut auf mich hinab. Die Tatsache, dass sie von hier verschwinden will, gefällt mir kein bisschen.

„Aber so war das nicht gedacht.“ Es klingt furchtbar lahm und abgedroschen aus meinem Mund. Ich meine … je schneller wir hier weg sind, desto besser.

„Warum nicht? Du hast doch selbst gesagt, dass er nicht mitbekommen wird, wie wir die Einträge lesen. Wie lange wollen wir das hier durchziehen?“

Ich stehe ebenfalls auf und überrage sie um ein gutes Stück. Dabei ist sie nicht wirklich klein. Sie hat lange Beine und diesen Hintern, der sich jetzt vor mir her wackelnd auf die Verandatür zuschiebt. Und auch wenn sich das wohl nicht gehört, ich starre darauf. Warum auch nicht? Denn ich habe im Gegensatz zu ihr nichts zu verlieren. Vielleicht ist es auch das, was mich reizt. Auszutesten, wie weit sie gehen würde. Ob das nur ein Flirt ist oder mehr. Dabei kann ich mir nicht vorstellen, dass sie eine ist, die betrügt. Sie ist ständig so darauf bedacht, das Richtige zu sagen und zu tun. Sie ist keine Draufgängerin. Sie ist die, die brav in einem knielangen Kleid zu Hause wartet und einen Sonntagsbraten macht. Die, die mit deiner Mutter zusammen Kuchen backt und auf deinen Neffen aufpasst. Sie ist so eine, die die Kissen auf dem Sofa aufschüttelt, bevor sie ins Bett geht.

Absolut unsexy und pedantisch.

Und wo ich schon beim Thema *unsexy und pedantisch* bin. Seit dem letzten Telefonat habe ich sie nicht mehr mit ihrem Mann sprechen gehört. Vermutlich ist der eingeschnappt, weil sein Frauchen nicht gleich springt. Sowas Erbärmliches. Ich hoffe wirklich, dass ich niemals so werde.

Es hat schon seine Vorteile, als Single durch die Welt zu gehen. Ich könnte heute Nacht zehn Mal mit ihr vögeln. Es hätte für mich keine Konsequenzen. Sie kann das nicht.

Drinnen stellen wir unsere Gläser in die Spüle. Als Charlotte ernsthaft noch für die beiden Teile Wasser einlassen will, stoppe ich sie.

„Wäre Schwachsinn, oder?" Meine Hand landet auf ihrem Arm. Sie schaut bloß aus großen Augen zu mir hoch.

„Was denn?", haucht sie. Es wirkt einen Herzschlag lang, als würden ihre Pupillen sich vergrößern. Es wären zwanzig Zentimeter. Zwanzig Zentimeter, dann wüsste ich, wie diese Lippen schmecken. Mein Blick wandert über ihren Mund. Über ihre weiche Haut und ihre Nase direkt in ihre Augen.

„Man sollte sich nicht so spät am Abend noch Arbeit machen."

„Man sollte so vieles nicht." Ein Funkeln huscht durch ihren Blick. Es katapultiert mich mit Wucht ein paar Stunden zurück. In dieses Restaurant, als jeder Satz und jeder Augenkontakt diese Spannung zwischen uns noch weiter auf die Spitze getrieben hat. Und dann mache ich etwas wirklich, wirklich Dummes. Ich lege meine Hand an ihre Hüfte.

Im ersten Moment stößt sie erschrocken die Luft aus und schiebt die Hand weg. Der Unglaube steht ihr deutlich ins Gesicht geschrieben.

Doch dann beschleunigt sich ihr Atem. Sie will das hier.

Und ich will sie.

Ich umgehe ihre Hand mit meinen Fingern und lasse sie ganz langsam an ihrer Seite hochstreichen. Sie schließt die Augen und legt den Kopf in den Nacken. Ganz leicht nur.

„Soll ich aufhören?"

Sie schüttelt den Kopf, also mache ich weiter. Fahre über die Träger ihres dünnen Tops und schiebe einen davon mit einer Fingerspitze beiseite. Ihre Haut ist wirklich so weich, wie sie aussieht. Sie drückt sich gegen die Berührung.

„Meintest du das im Auto ernst?" Die Worte wirken wie ein Schuldeingeständnis.

„Was davon meinst du?"

„Dass du mich küssen würdest."

Ich schiebe eine Hand in ihren Nacken und drehe ihren Kopf zu mir hoch.

„Ich würde alles mit dir tun, was du willst."

Sie keucht. Tief und kehlig. Völlig unpassend für eine so zarte Frau. Es lässt alles Blut von meinem Kopf in meinen Schoß sacken.

„Warum, Levi?"

„Warum nicht? Nenn mir *einen* Grund."

Es gäbe für sie tausende, trotzdem spricht sie keinen davon aus. In ihrem Blick spiegeln sie sich auch ohne Worte mehr als deutlich.

Mit jeder Sekunde versinke ich tiefer in ihrem Blick. In dieser baufälligen Küche. In diesem schäbigen Haus.

„Ich sollte ins Bett gehen", sagt sie schließlich.

„Du solltest ins Bett gehen", wiederhole ich und senke die Hand. Ein letzter Blick, eine letzte Sekunde voller Möglichkeiten, dann wendet sie sich ab und lässt mich stehen.

KAPITEL 13

CHARLOTTE

Am nächsten Morgen fühle ich mich furchtbar. Ekelhaft klebrig und verschwitzt. Stinkende Haare streichen über meine Wange und dann ist da etwas Feuchtes. Igitt!

Ich schlage die Augen auf und starre in das hechelnde Gesicht von Bessy. Der Schrei aus meiner Kehle löst sich ohne mein Zutun, als diese goldgelbe Bestie mich auch noch anbellt.

Sie hat Mundgeruch.

„Aus, Herrgott! Bessy, komm!", brüllt es durch das Haus. Der Hund macht einen gewaltigen Satz vom Bett. Bevor ich überhaupt die Chance habe, darüber nachzudenken, was hier gerade passiert ist, kommen schwere Schritte die Treppe hoch und Levi erscheint in der offenen Tür. In einem Flanellhemd, Jeans und dreckigen Boots.

„Schaffst du es nicht mal, dir die Stiefel auszuziehen?" Dabei gehen in meinem Kopf tausend andere Dinge vor sich. Er lächelt.

„Dir auch einen schönen guten Morgen, Miss Überkorrekt."

„Was macht der Hund in meinem Zimmer?", frage ich lahm und merke dabei, wie abstrus es ist, mit ihm zu diskutieren, während ich völlig verschwitzt in meinem Bett sitze und nicht mal zugedeckt bin.

„Es ist nach zehn. Ich dachte, du hast die Nacht nicht überlebt."

„Sehr witzig." Nein, das ist gar nicht witzig. Bei der Herzfrequenz, die ich hatte, als ich ins Bett gegangen bin, wäre es nicht unmöglich.

Ich habe an die Decke gestarrt, dem Pochen meines Herzens und meines gesamten Blutes nachgespürt, das überdeutlich durch meinen Körper pulsiert ist, und habe mir vorgestellt, dass ich weitergegangen wäre. Dass ich meine Lippen auf seine gepresst hätte. Wie seine Hände sich unter das Top geschoben hätten. Wie er mich auf diesen Küchentresen gehoben hätte. Oh, verdammt.

Das Schlimmste an der Geschichte ist allerdings nicht die Tatsache, dass ich fast mit dem Gedanken an diesen idiotischen Cowboyverschnitt durch meine eigene Hand gekommen wäre, sondern dass mein Handy im entscheidenden Moment vibriert hat. Als ich aufs Display geschaut habe, bin ich vor Scham und Selbsthass fast in Ohnmacht gefallen. Natürlich war es eine Nachricht von Sebastian.

Wie läuft es bei dir? Ich gehe jetzt ins Bett. Die Kinder vermissen dich und wir freuen uns, wenn du wieder da bist.

Selten ist etwas erniedrigender gewesen.

„Ich habe Frühstück gemacht." Levis Stimme reißt mich aus meinen unpassenden Gedanken. Er steht noch immer in der Tür.

„Warum?" Eine Frage, die so vieles abdeckt, was gerade in meinem Kopf vor sich geht.

„Warum nicht?" Er schaut mich an, als würde ich jetzt völlig durchdrehen.

Und die Wahrheit ist: Ich bin es längst.

***

Nach dem Frühstück bleibe ich im Haus. Levi verabschiedet sich nach draußen und bleibt mir wieder einmal die Antwort auf die Frage schuldig, was er da den ganzen Tag treibt. Es gibt ein einziges Pferd auf diesem Hof und das ist nicht wirklich anspruchsvoll. Dieses Tier würde es vermutlich nicht mal merken, wenn man eine Bombe neben ihm abfeuert. Levi vermutet, dass sie taub ist.

Und weil ich jetzt Zeit allein habe, schaue ich nach und nach alle Schränke durch, die ich bisher noch nicht angesehen habe. Ohne Ergebnis. Ich finde nur unbedeutende Papiere und Krempel, den jeder in seinen Wohnzimmerschränken lagert. Vasen, altes Geschirr und Tischdeckchen. Okay, letztere besitze ich nicht.

Ich muss an den Tagebucheintrag von gestern zurückdenken. Meine Grandma schreibt immer von einem *Märchenprinzen*. Wenn ich es nicht besser wüsste, würde ich sagen, dass dieses Betrüger-Gen wohl bei uns in der Familie liegt.

Andererseits ist das damals etwas ganz anderes gewesen. Sie ist quasi zwangsverheiratet worden. Es waren andere Zeiten. Für sie habe ich Verständnis – für mich selbst nicht. Wie kann man ihr die Fantasie verübeln, dass es da draußen vielleicht doch den einen Mann gibt, der auf sie wartet? Ihre große Liebe? Ich dachte, dass ich meine schon vor Jahren gefunden hätte.

Mit schwerem Herzen räume ich die Schränke wieder ein. Als mein Handy klingelt, ist es diesmal zum Glück nicht Sebastian, sondern Mr. McNamara.

„Mrs. Clairmont", sagt er freundlich, nachdem die nette Anwaltsgehilfin ihn angekündigt hat. „Wie geht es Ihnen? Buck hat erzählt, dass Sie und Mr. Henderson auf Vinewood Hill eingezogen sind. Sie waren gestern essen im Ort. Sie beide zusammen sind das Stadtgespräch Nummer eins." Er lacht und mir bleibt für einen Moment die Sprache weg.

„Mrs. Clairmont? Sind sie noch dran?"

„Ähm, ja. Wir versuchen, das Geheimnis zu lüften, aber ich will ehrlich sein – es gibt keine Fortschritte."

„Seien Sie unbesorgt. Ihre Großmutter deutete so etwas an. Sie meinte, dass Sie tief in die Geschichte eintauchen müssen. Aber sie war sich sicher, dass Sie beide das hinbekommen. Das ist auch der Grund, aus dem ich Sie anrufe. Es ist mir ein bisschen unangenehm, aber ich habe bei unserem Termin vor ein paar Wochen ein wichtiges Detail vergessen."

„Was?" Ich klappe den Schrank zu und gehe in die Küche, um ein Glas Wasser zu holen.

„Ja, nun, es gibt noch ein zweites, sagen wir, *Relikt*, das Ihnen helfen soll. Es ist ein kleines Päckchen. Ich hätte es Ihnen gleich zu Beginn aushändigen sollen, aber es war mir entfallen. Tja, da haben wir den Salat. Ich hoffe, Sie tragen es mir nicht nach."

„Oh!" Vermutlich ist das der Durchbruch in der Sache. Da hätten wir uns ja dumm und dämlich suchen können. „Wann kann ich es abholen?"

„Kommen Sie heute Abend nicht sowieso runter in den Ort?"

„Warum sollten wir?"

„Buck wollte Sie einladen. Es gibt ein großes Scheunenfest. Das organisieren die örtlichen Vereine. Gibt's jedes Jahr. Haben Sie die Plakate im Ort nicht gesehen? Sie sind herzlich eingeladen. Ich würde das Paket dorthin mitbringen. Spart Ihnen einen Weg."

Ich reibe mir über die Stirn und höre aus dem Hintergrund, dass die Verandatür zuschlägt. Levi tritt neben mich und wäscht sich die Hände. Er macht einen fragenden Gesichtsausdruck.

„Mr. McNamara? Warten Sie mal kurz?" Ich halte das Handy vor die Brust und flüstere: „Es gibt eine Planänderung. Mr. McNamara hat noch ein Paket mit Hinweisen für uns. Er würde es uns heute Abend auf einem Festival in Vinewood geben. Gehen wir hin?"

Seine Schultern zucken. „Wenn du meinst. Alles, was uns aus dieser Hölle erlöst, ist mir recht."

Der Ausdruck auf seinem Gesicht straft ihn Lügen.

***

Levi hat nach unserem Telefonat mit Mr. McNamara auch den gesamten Nachmittag im Stall verbracht. Auf meine Nachfrage meinte er nur, dass er der alten Emma die Box vergrößern will, damit sie mehr Platz hat. Stundenlang hat es aus dem Stall gehämmert und gesägt. Vermutlich ist er froh, endlich handfeste Dinge zu tun zu haben.

Mich hat der Anruf jedenfalls positiv gestimmt. Mit Sicherheit wissen wir morgen mehr und wenn ich ganz ehrlich bin, erleichtert es mich ungemein, einem weiteren Abend allein in Levis Gesellschaft zu entgehen. Diese Spannung, die da gestern zwischen uns gewesen ist, seine Berührung ... ich weiß nicht, ob ich das noch einmal kann. Ob ich das noch einen weiteren Abend ertrage, ohne ...

Ich denke an die letzte Nacht zurück, an meine Fantasien und das beißende Verlangen im Bauch, das wie eine Flutwelle in meinen Körper gespült wurde.

Und weil ich mich dringend von diesen Gedanken ablenken muss, hole ich einen Zeichenblock und Stifte. Dann mein Tablet mit dem Zeichenprogramm. Keine Ahnung, wie lange ich das schon nicht mehr geöffnet habe.

Als mit einem Tippen die Maske für die Pinselstärken und die Farbauswahl aufklappt, ist es, als hätte ich niemals aufgehört. Es ist noch immer alles so vertraut, so intuitiv. Ich übertrage die Skizzen, bearbeite und passe sie an. Dann, Stunden später, sind sie endlich perfekt.

Ein goldbrauner Hund und ein strubbeliges Pferd. Einen Moment lang betrachte ich noch das Bild auf dem Touchscreen, dann öffne ich eine Textdatei und schreibe, ohne groß nachzudenken, eine einfache Kurzgeschichte dazu. Sie handelt von zwei ungleichen Tierfreunden, die ein Abenteuer nach dem anderen erleben.

Früher habe ich das ständig gemacht. Als Chloe klein war und mir die Kinderbücher aus den Läden nicht gefallen haben, habe ich selbst Illustrationen gezeichnet und Texte geschrieben. Sebastian fand es schon damals lächerlich. Ich solle mich um die Kinder kümmern, statt solchen Träumereien nachzujagen.

Mehr als eine Handvoll Absagen habe ich ohnehin nie erreicht. Und über die Jahre ist mir diese Leidenschaft zwischen Nachmittagen auf Kindergeburtstagen und übervollen Wäschekörben irgendwann abhandengekommen.

Doch jetzt ... ich schiebe die Bildelemente neben den Text, passe die Größe etwas an und betrachte dann mein fertiges Werk. Die Euphorie, die durch meinen Magen rauscht, ist enorm.

Bessys Bellen ist das erste, was mich nach Stunden hochkonzentrierter Arbeit aufschrecken lässt. Sie tollt über den Hof und springt Levi um die Beine, der sich im Gehen nach ihr bückt und mit ihr spielt. Er lacht ausgelassen und jagt sie immer wieder fort.

Als er mich bemerkt, schaue ich weg.

„Hi", sagt er und springt mit einem Satz die Verandastufen hoch. Sein Hemd hat er längst ausgezogen, das weiße T-Shirt darunter klebt an seinem Oberkörper. „Was machst du da?"

Ich will gerade den Tabletbildschirm sperren, doch er ist schneller. „Hast du das gemacht?"

Ich fühle die Röte in meinen Wangen, die sich einstellt, als er seine nassen Haare aus der Stirn wischt.

Meine Hormone drehen durch. Das muss es sein. Nur eine hormonelle Verstimmung. Er beugt sich neben mich, sein Gesicht ist jetzt auf meiner Höhe. Dann tippt er auf das Display und scrollt durch die Datei. Ganz ungeniert. Ich lasse ihn. So ist das mit der Kunst. Man will sie verstecken und gleichzeitig mit der ganzen Welt teilen.

„Ist das Bessy?"

„Ja. Und Emma."

„Gut getroffen. Die sind toll. Ist es das, was du im Studium gelernt hast?“

Ich rutsche ein Stück beiseite. „Zum Teil. Einen Großteil habe ich mir selbst beigebracht.“

„Warum verkaufst du die nicht?“

„Dafür wäre es wohl kaum gut genug.“

„Wer sagt denn sowas?“

„Ich.“ *Und Sebastian*, aber das spreche ich nicht aus.

„Du sagst viel Blödsinn, Charlotte.“ Damit richtet er sich wieder auf. „Ich geh duschen. Wollen wir dann los zu diesem grauenhaften Fest?“

***

Eine Stunde später treffen wir uns wieder auf der Veranda. Wir haben uns beide frischgemacht und umgezogen. Ich habe mich für ein zartgemustertes Wickelkleid entschieden und tatsächlich die Absatzsandalen vom Tag unserer Ankunft noch einmal aus meinem Koffer hervorgekramt. Geschminkt bin ich auch. Die letzten Tage habe ich mich furchtbar gehen lassen. Es wird Zeit, zu alter Form zurückzukehren.

Auch Levi sieht frisch aus. Er trägt dunkle Jeans und ein Hemd. Sogar seine Stiefel sind geputzt. Nur die obszön hässliche Gürtelschnalle trübt das Bild. Darauf sind ein Pferd und ein Reiter beim Rodeo.

„Was?“, fragt er trocken, als er meinen Blick bemerkt.

„Ich habe noch nie etwas Schlimmeres gesehen als diesen Gürtel.“

Einen Moment ist sein Gesicht noch total unbewegt, doch dann lacht er aus vollem Hals. „Ich bin aus Texas,

Honey. Was erwartest du? Uns liegt das Understatement nicht gerade im Blut."

Wir grinsen uns an, dann reicht er mir eine Hand. Ich schaue darauf, erst Sekunden später verstehe ich den Wink. Mit einem gemurmelten „Danke" lasse ich mich aus dem Sessel hochziehen und taumele leicht gegen ihn.

„Geht das schon wieder so los?", scherzt er, aber in seinen Augen brennt etwas, das längst auch in meinem Blut zirkuliert.

***

Diesmal fahre ich. Ausgleichende Gerechtigkeit. Als wir in Vinewood ankommen, sind die Straßenzüge bunt geschmückt und alle Bewohner des Örtchens befinden sich auf den Beinen. Zu der einsamen Girlande vom letzten Mal haben sich unzählige weitere gesellt. Sie flattern in der leichten Abendbrise. Kinder hopsen auf den Gehwegen an den Händen ihrer Eltern und schwenken Fähnchen mit dem Ortslogo. Es zeigt einen Baum, an dem Wein in dicken Trauben wächst.

Nach einiger Suche finden wir endlich einen Parkplatz und reihen uns in die Massen an Besuchern ein, die alle auf eine parkähnliche Anlage in der Ortsmitte zuhalten. Dort stehen Getränkebuden und Essensstände. Auf einer provisorischen Bühne spielt eine Countrycombo, die das Rentenalter schon lange erreicht hat. Trotzdem singt der Frontmann mit Inbrunst. Wir suchen uns einen Platz ein bisschen abseits, Levi schaut sich sehr genau um.

„Da fühlt man sich ja direkt heimisch", stellt er zwinkernd fest.

„Ist das dein Ding?" Ich deute auf die alten Herren, die einen wirklich guten Auftritt liefern. „Heimelige Geselligkeit?"

„Nein, nicht wirklich. Aber ganz drumherum kommt man bei uns zu Hause auch nicht. Wenn es sonst nichts gibt, das man feiern kann, wird man erfinderisch. Willst du was trinken? Ich hol uns was."

Wenig später kehrt er mit zwei Plastikbechern Limonade wieder und reicht mir einen.

„Meine Güte, die Leute drehen durch", sagt er. „Der Kerl neben mir hat meine halbe Lebensgeschichte aus mir herausgequetscht."

„Dann weiß er ja jetzt mehr als ich."

„Du kannst gern dein Glück versuchen. Aber darf ich vorher noch mal auf diese Zeichnungen von heute Nachmittag zurückkommen?"

Wir gehen ein Stück weiter und lassen uns auf einer Partybank nieder, von der aus wir einen guten Blick über die Veranstaltungsfläche haben. Im Hintergrund wird Lachen laut. Auf einem kleinen Treppchen stehen mehrere Frauen, die übergroßes Gemüse in die Luft halten. Während ich völlig fasziniert eine Zucchini betrachte, die sicher die Ausmaße eines Männerarmes hat, stupst mich Levi von der Seite an.

„Die Zeichnungen."

„Was willst du wissen?"

„Hast du wirklich nie darüber nachgedacht, dass du damit Geld verdienen könntest?"

„Doch, natürlich. Aber es ist nicht so einfach, wie man denkt. Man braucht verdammt viel Glück und viel Talent. Ich …“

„Du hast es gar nicht versucht.“

„Nein, ja, doch. Es war nicht mehr nötig.“

Er wirft mir einen lockeren Seitenblick zu. „Die Dinge zu tun, für die man brennt, ist immer nötig.“

„Sprichst du aus Erfahrung?“

In dem Moment klingelt mein Handy. Ich schaue darauf, aber stecke es dann wieder in die Tasche zurück.

Levi sagt nichts dazu.

Mein Blick huscht eine Sekunde lang über sein Gesicht und dann zurück zur Bühne, auf der sich jetzt eine neue Band positioniert. Ich schaue mich an einem dickbäuchigen Cowboy mit Countrygitarre fest.

„Um deine Frage zu beantworten“, wirft Levi ein, der scheinbar nicht gewillt ist, das Gespräch hier im Sande verlaufen zu lassen. „Ich bin zwar das jüngste Kind meiner Eltern, trotzdem war meine Schwester schon immer ihr ganzer Stolz. Ihr Sonnenschein. Hab die Hälfte meines Lebens damit verbracht, ihr die Show zu stehlen. Geschafft habe ich es nie. Weil es nie etwas gab, in dem ich wirklich gut war. Ich war immer mittelmäßig. Ich bin ein mittelmäßiger Viehzüchter, ein mittelmäßiger Sohn, ein absolut mittelmäßiger Rodeo-Cowboy. Ich habe mir immer gewünscht, etwas zu haben, in dem ich hervorsteche. Du hast das, Charlotte.“

„Du reitest Rodeos?“

„Nur noch sporadisch. Ich hatte letztes Jahr einen Unfall und seitdem mehr im Sand gesessen, als dass ich oben geblieben bin.“

„Was ist passiert?“

„Der Bulle ist auf meinem Bein gelandet. War ein bisschen ungemütlich." Er grinst und schüttelt sich leicht. „Jedenfalls kann ich froh sein, dass es nur ein Bruch war und nichts Schlimmeres. Danach war für mich Feierabend. Ich habe es noch ein paar Mal versucht, aber es hat nie für ganz oben gereicht."

„Ich finde, dass das Tierquälerei ist. Sowas sollte es gar nicht mehr geben."

Er seufzt. Lange und getragen. „Dann darf ich auch keine Rinder züchten oder meinem Hund eine Leine anlegen."

„Das ist doch was anderes, Levi. Beim Rodeo gehts nur um das Vergnügen von ein paar Idioten, die einen Schwanzvergleich brauchen."

„Brauche ich nicht, glaub mir."

„Du verstehst den Punkt nicht." Es regt mich auf, dass er bei der Diskussion nicht mitzieht. Ich bin in der Stimmung für Streit. Der unbeantwortete Anruf von Sebastian eben kreist in meinem Kopf und das Unbehagen muss irgendwo hin. „Du drehst dir das so hin, wie es für dich bequem ist", sage ich noch, weil Levi nichts antwortet.

„Ich verdrehe da gar nichts. Aber für was züchte ich denn meine Rinder? Damit irgendwelche Snobs in einem überteuerten Restaurant das Fleisch von ihren Knochen nagen können. Ist im Grunde nichts anderes."

„Aber die hatten ein gutes Leben. Beim Rodeo ..."

„Tot sind sie am Ende alle. Meinst du ehrlich, dass ein paar Monate auf 'ner grünen Weide rechtfertigen, dass du nachher ein Steak auf dem Teller hast?"

Ich starre ihn an. Es ärgert mich maßlos, dass er auch noch die besseren Argumente hat.

„Warum machst du es dann, wenn du das alles weißt, Mr. Oberschlau?“

„Weil wir aus manchen Fesseln eben nicht ausbrechen können. Egal, wie gut wir Bescheid wissen.“

„Du bist doch der, der gesagt hat, dass einen nichts fesseln kann, wenn man sich keine Fesseln anlegen lässt.“

„Diese Fessel habe ich mir aber selbst angelegt. Ich bin gern Rodeo geritten, ich esse gerne Steaks. Und trotzdem liebe ich die Tiere. Das ist ein Paradox, aus dem du nie herauskommst, wenn du dich nicht für eine Seite entscheiden kannst.“

„Aber das … das …“ Ich breche ab und lege eine Hand an meine Augen. Ich spüre das verräterische Brennen darin und blinzele die Tränen weg.

„Charlotte, was ist los? Hier geht’s doch nicht um Kühe oder Rodeos.“

„Ich finde das ätzend.“

„Ist dein gutes Recht. Aber jeder kann eben nur sein eigenes Leben ändern. Wenn dir das alles nicht passt, dann musst du dafür sorgen, dass *du* dich änderst. Alle anderen wirst du nicht bekehren können. Dein Leben, deine Entscheidung.“

Er stößt mit seinem Becher leicht an meinen, als Zeichen, dass die Diskussion damit beendet ist.

Mit einem demonstrativen Schnauben schaue ich weg.

„Was willst du hören? Es ist die Wahrheit. Eine andere wirst du von mir nicht bekommen.“

Wir hören noch einer weiteren Musikgruppe zu und halten die ganze Zeit Ausschau nach Mr. McNamara.

Als eine junge Rockband gerade dabei ist, alte Aerosmith-Klassiker zu covern, stößt er zu uns.

„Meine Güte, endlich finde ich Sie beide." Er schüttelt unsere Hände und setzt sich dann ebenfalls auf die Partybank.

„Ist ja wirklich ein großes Fest, was?", sagt Levi und lässt den Blick umherschweifen.

„Ja, toll, nicht? Wir nennen es zwar immer noch *Scheunenfest*, aber es findet schon lange nicht mehr drinnen statt. Ist zu groß geworden über die Jahre. Mittlerweile kommen die Leute für das Festivalwochenende von überall her. Und Sie beide haben Glück, dass Sie heute da sind, denn heute ist die Dance-Night. Da können wir nachher eine heiße Sohle aufs Parkett legen, was meinen Sie?" Mr. McNamara wirkt regelrecht aufgekratzt.

„Was ist denn nun mit dem Päckchen? Nicht, dass wir das wieder vergessen", werfe ich ein und er holt im selben Atemzug ein Paket aus dem Beutel, den er mit sich herumschleppt. Es ist in braunes Packpapier eingewickelt und hat etwa die Größe eines Din-A4-Blattes.

„Wissen Sie, was drin ist?"

„Ich denke, es ist ein ..." Doch bevor Mr. McNamara den Satz zu Ende bringen kann, schneidet ihm der Ansager auf der Bühne das Wort ab.

KAPITEL 14

LEVI

„Wir danken den Fantastix Six und kommen jetzt zu unserem Höhepunkt des Abends." Die blecherne Stimme aus den Lautsprechern überschlägt sich fast. Ich möchte wetten, dass *der Höhepunkt des Abends* irgendeine peinliche Scheiße ist.

„Und was ist es? Richtig! Die Zusammenführung unserer Tanzpaare. Ich bitte zunächst alle unsere unverheirateten Männer nach vorne. Kommt, Jungs, alle ohne Ring am Finger kommen vor die Bühne. Und wer weiß? Hier wurden schon die größten Liebesgeschichten geschrieben. Na, was ist? Traut euch, traut euch!"

Um mich herum erheben sich tatsächlich erstaunlich viele Typen. Was für ein Blödsinn. Aber ich habe die Rechnung ohne Charlotte gemacht. Keine Ahnung, ob sie noch wütend über diese dämliche Rodeo-Debatte ist oder ob sie mir allgemein eins reinwürgen will, aber sie zieht eine Augenbraue hoch und nickt in Richtung Bühne.

„Sicher nicht."

„Oh, kneifst du, Levi? Wo ist denn deine große Klappe jetzt?"

„Ich habe keine große Klappe. Ich habe nur keinen Bock auf so einen Scheiß."

Mr. McNamara fährt zusammen. „Mr. Henderson, das können Sie so nicht sagen. Das hier ist eine Tradition."

„Genau, Levi. Das ist eine Tradition. Hast du denn keinen Funken Anstand im Körper?" Charlotte grinst herausfordernd.

„Ich gehe, wenn du gehst."

Sie hebt bloß ihre linke Hand. Der Ring funkelt im Schein der Bühnenbeleuchtung. „Du musst uns leider beide vertreten."

Unter einem lauten Seufzen stehe ich auf und gehe tatsächlich nach vorne. Direkt auf diese Bühne zu. Da stehen mindestens dreißig arme Kerle, die alle aussehen, als wüssten sie nicht so recht, wie ihnen geschieht.

„So, so, so, Männer. Sind alle da? Ja? Dann jetzt die Mädels. Kommt schon, kommt schon."

Ungefähr die gleiche Menge an kichernden und hochroten jungen Frauen erscheint vor der Bühne. Alle stellen sich in einer Reihe auf. Sie zupfen an ihren Kleidern und an ihren Haaren, ich lasse den Blick trotzdem über ihre Köpfe hinweg zu Charlotte gleiten. Sie sitzt mit Mr. McNamara am Tisch und prostet mir in der Luft zu. *Na warte, du selbstgerechte Schlange.*

„So meine Lieben. Und jetzt?", fragt der Ansager von der Bühne durch das Mikrofon.

„Damenwahl!", rufen alle Zuschauer im Chor zurück. Schneller, als ich schauen kann, stürzt eine dunkelhaarige junge Frau auf mich zu und schnappt nach meiner Hand.

„Oops", höre ich mich sagen. „Das war jetzt überraschend."

Sie zwinkert mir zu und schiebt sich die Haare über die Schulter. Sie hat wirklich sehr schöne Haare.

„Ja, so schnell geht's. Du bist nicht von hier, oder? Hab dich noch nie gesehen."

Ihre Hand liegt in meiner und ihre langen Fingernä-
gel graben sich in meinen Handrücken. Für einen Moment stelle ich mir vor, wie sie die über meinen Rücken
zieht und ein wohliger Schauer rieselt über meine
Haut. *Tja, Charlotte. Alles ist möglich heute Nacht. Ich
hoffe, du hast dem Ansager gut zugehört.*

Ich lege eine Hand auf den Rücken der namenlosen
Frau. Ihre Haut ist warm und weich. Und was soll ich
sagen? Ich mag warme und weiche Haut. Sehr. Ihr
Kleid hat einen Rückenausschnitt und einen Frontaus-
schnitt und im Allgemeinen können wir alle froh sein,
dass sie überhaupt etwas trägt.

„Ich bin Levi“, hauche ich ihr ins Ohr. Auf ihrer Schulter breitet sich eine Gänsehaut aus.

„Grazia.“

„Wie passend.“

Sie kichert. „Danke.“

„Und jetzt – Aufstellung zum Tanzen.“ Die Ansage
lässt mich den Blick von Grazias ebenfalls freiliegender
Schulter reißen. Wir stellen uns in Tanzposition. Ein
klassischer Foxtrott. Ich hatte seit der Hochzeit gehofft,
niemals wieder in meinem Leben tanzen zu müssen.
Grazia blinzelt mir zu und leckt sich über die Lippen.
Ich ziehe dämlich offensiv eine Augenbraue hoch, sie
kichert wieder. Scheint ihr Ding zu sein.

Während wir die nächsten Minuten tanzend verbringen, strömen immer mehr von den anderen Veranstal-
tungsgästen auf die Tanzfläche. Nach ein paar Liedern
sind alle auf den Beinen. Mr. McNamara schiebt sich
mit seiner Partnerin an uns vorbei und schaut dabei,
als ginge es um sein Leben. Wann immer ich kann,
werfe ich einen Blick auf Charlotte. Aber ihr

selbstsicheres Idiotengrinsen ist längst einem unendlich wehmütigen gewichen. Ihre Augen schauen so traurig über die Tanzpaare hinweg, dass ich mich zum nächsten Liedwechsel bei Grazia entschuldige. Ziemlich dämlich von mir, denn sie wäre eine sichere Bank für eine schöne Nacht gewesen. Und ich muss sagen, schlecht hat sich's nicht angefühlt. Ich vermute sehr stark, Grazia ist eine, mit der sich nichts schlecht anfühlt.

Aber nein, statt jetzt weiter die Hände über diesen seidigen Rücken gleiten zu lassen, gehe ich von der Tanzfläche und halte auf Charlotte zu. Sie schaut zur Seite und tut so, als würde sie mich nicht kommen sehen. Sie ist eine schlechte Schauspielerin.

Das Lied im Hintergrund wechselt auf eine Ballade, die Sonne ist längst untergegangen. Eine merkwürdige Stimmung erfasst den Platz und mich gleich mit.

Ich komme vor dem Tisch an, an dem Charlotte noch immer auf der Bierbank sitzt.

„Ich möchte nach Hause", sagt sie schlicht und starrt in die Ferne. Welches Zuhause sie meint, lässt sie offen.

„Und ich möchte mit dir tanzen. Du schuldest mir was für die Aktion eben."

Ihr Kopf schießt herum, ihre Wangen haben einen zarten Rosaton angenommen.

„Ich schulde dir nichts."

„Du schuldest mir einiges."

Wenn sie die Kraft dazu hätte, würde sie wohl noch ewig diskutieren, doch sie tut es nicht. Stattdessen steht sie auf und lässt zu, dass ich nach ihrer Hand greife.

„Nur ein Tanz."

„Nur ein Tanz", antwortet sie. Es heißt so viel wie: *Nur ein Tanz, das bedeutet nichts. Ein Tanz ist schnell vorbei. Einen Tanz lang austesten, wie es sein könnte.*

In dem Moment, in dem ich mit Charlotte auf dieser improvisierten Rasentanzfläche stehe und meine Arme in Tanzposition bringe, passiert irgendetwas in mir. Irgendein chemischer Prozess, der mein komplettes Denken umkrempelt. Ich sehe nur noch ihre Augen und ihr Gesicht. Diesen Mund mit den vollen Lippen. Oh, verfluchte Scheiße.

Ihre Hand in meiner, die andere an meinem Schulterblatt. Sie sind zart und klein, trotzdem fühlt es sich an, als würden sie Zentner wiegen.

In ihrem Blick sehe ich all die Dinge, die auch mir durch den Kopf gehen.

„Das ist nur ein Tanz. Das bedeutet nichts", flüstert sie und ich nicke leicht.

„Das bedeutet gar nichts. Leute tanzen ständig."

„Ständig", echot sie und legt die Stirn an meine Schulter. Ich kann ihren warmen Atem an meinem Hals spüren und frage mich zum hundertsten Mal an diesem Tag, was zum Henker ich hier eigentlich tue.

Aus einem Tanz werden zwei, dann drei, dann hören wir gar nicht mehr auf. Nur noch das schummrige Licht von hunderten Lichterketten erhellt den Festplatz. Nach und nach leert sich die Tanzfläche, ich habe absolut keine Ahnung, wie spät es ist. Charlotte und ich gehen nicht. Jeder von uns scheint auf den ersten Schritt zu warten. Dass einer von uns die unsichtbare Grenze übertritt, die da zwischen uns ist, seitdem wir hier sind.

Doch Worte und Gedanken sind etwas anderes als Taten. Ich kann tausendmal denken, dass es mir egal wäre, wenn sie ihren Mann bescheißt, es wirklich zu tun ist eine andere Nummer. Was für ein abgebrühter Idiot müsste ich sein, damit es mir egal ist, dass sie in ein paar Tagen wieder nach Hause fährt und dort in ihr altes Leben zurückkehrt? Ins Bett von diesem Pfosten Clairmont. Der Gedanke daran, dass er oft genug mit ihr geschlafen haben muss, damit es für zwei Kinder gereicht hat, ist frustrierend. Wie nah muss man sich gekommen sein, dass man daran denkt, Kinder miteinander zu machen? Wie emotional tief muss das sein? Wie sehr muss man sich lieben, dass man heiratet? Und es ist der pure Neid, der aus mir spricht. Weil ich es nicht nachfühlen kann. Ich habe niemals so für jemanden empfunden.

„Woran denkst du?", murmelt Charlotte, deren Kopf jetzt völlig an meine Brust gesunken ist.

„Daran, dass dein Mann ein scheißglücklicher Bastard ist."

Sie schaut zu mir hoch, in ihren Augen liegt der totale Unglaube.

„Es ist die Wahrheit und wir wissen es beide."

Was machen wir uns hier vor?

Seit Tagen schleichen wir umeinander herum, obwohl wir ihren Hintergrund kennen. Der Ring an ihrem Finger erinnert uns zu jeder Tages- und Nachtzeit daran. Also wozu sich selbst in die Tasche lügen?

Wenn wir dieses Spiel hier weiter auf die Spitze treiben, wird sie vermutlich ihren Mann betrügen. Ihre ganze Familie. Und die spannendste Frage ist ja nicht mal, ob und wann es passieren wird. Die Frage ist

vielmehr, ob sie langfristig in dem Wissen leben kann,
dass sie schon vorher andauernd darüber nachgedacht
hat.

KAPITEL 15

CHARLOTTE

Als ich das Auto auf Vinewood Hill parke, sind meine Hände fest um das Lenkrad verkrampft.

Dieses Scheunenfest hat mich völlig aus der Bahn geworfen. Wie konnte das so schnell zwischen uns eskalieren? In meinem Kopf geht es drunter und drüber. Levis Geruch hat sich dermaßen in meiner Nase festgesetzt, dass ich ihn auch jetzt im Auto noch überdeutlich wahrnehme.

„Bleiben wir jetzt wieder sitzen?", fragt er leise und schaltet das Radio aus.

„Ich sollte reingehen."

„Du solltest vieles, Charlotte. Und du solltest vieles nicht."

Seine raue Stimme lässt das Prickeln in meinem Bauch explodieren. Es ist einer dieser Alles-oder-Nichts-Momente. Eine Sekunde kann jetzt über den Höhenflug oder den totalen Absturz entscheiden.

Mein Kopf schreit, dass ich aussteigen soll. Dass ich mich morgen in mein Auto setzen und dann nach Hause zu meinem Mann fahren sollte. Dorthin, wo ich hingehöre.

Mein Herz schreit, dass ich nirgendwo mehr hingehöre. Die Entscheidung trifft am Ende mein Körper.

Denn einen Herzschlag später setzt mein komplettes Denken aus und ich sitze auf Levis Schoß – meine Hände um sein Gesicht gelegt.

„Wenn du jetzt nicht aussteigst, küsse ich dich", wiederhole ich seine Worte von gestern.

„Gott, dann tu's doch endlich." Er lässt den Kopf an die Rückenlehne sacken, die Lippen leicht geöffnet. Als meine Daumen an seinen Wangen entlangstreichen, schließt er die Augen. In meinem Bauch ballt sich so eine abartige Lust zusammen, dass ich mich frage, ob das hier noch ich bin.

Wann habe ich das letzte Mal so etwas gespürt? Habe ich das überhaupt schon mal gespürt? Es ist wie ein Flächenbrand, der sich über meine komplette Haut ausbreitet. Und weil ich Levi noch immer bloß anstarre, kommt er mir zuvor. Seine Lippen finden meine. Im selben Moment packt er meinen Hinterkopf und presst mich fester an sich. Ein tiefes Stöhnen erfüllt das Innere des Wagens. Es ist meins. Ich habe mich noch niemals diese Geräusche machen hören. Levis Hände gleiten über meine Schultern bis zu meiner Taille. Er ist nicht sanft oder zimperlich. Er hält mich fest wie jemand, der völlig ausgehungert ist.

Und damit ist er nicht der Einzige. In mir pocht und kribbelt es. Es ist wie ein Rausch.

Plötzlich ist mir alles egal.

Die Grenze ist gesprengt.

Plötzlich ist alles, was ich will, mit ihm in dieses Haus gehen und das wahr werden zu lassen, was in meinem Kopf ist.

„Ich will dich", keucht er in unseren Kuss. „So sehr."

Ich antworte nicht, sondern schiebe meine Zunge zu seiner. Die Berührung ist elektrisierend. Er murmelt meinen Namen.

Ich beginne meine Hüften auf seinen kreisen zu lassen und fühle ihn hart durch den Stoff der Jeans.

„Lass uns ins Bett gehen, Charlotte." Seine geflüsterten Worte lassen auch den letzten Rest Zurückhaltung in mir schmelzen. Trotzdem schreit mein Kopf permanent, dass ich mich nicht wie eine Idiotin verhalten soll. Dass ich aufhören muss, solange es noch geht. Dass ich wahnsinnig geworden bin.

Ich höre nicht darauf.

Einmal im Leben höre ich nicht auf meinen Kopf.

Ich will nur diese eine Nacht. Ich will nur eine winzige Erinnerung für den grauen Alltag. Ein einziges Abenteuer. Ich will nur einmal wissen, wie ein anderer Mann mich lieben würde. Ich will einmal im Leben die Leidenschaft spüren, die ich niemals erlebt habe.

„Dann komm", flüstere ich zwischen zwei Küssen und lasse mein Herz diesen Kampf hier gewinnen.

***

Während wir im Haus unsere Schuhe ausziehen, herrscht eine merkwürdige Stimmung. Levi steht schräg hinter mir, am liebsten würde ich mich sofort wieder umdrehen und ihn weiter küssen. Meine Hände in seinem Haar vergraben. Der Gedanke daran zieht in meinem Bauch. Ich will ihn. Mein Körper will ihn, mein Herz will ihn. Meinem Kopf hört keiner mehr zu.

Mein Atem geht angestrengt, als er hinter mich tritt, die Hände um meine Taille nach vorne gleiten lässt und an der Schleife zieht, die mein Kleid zusammenhält. Es geht zu Boden und wenn ich nicht aufpasse, werde ich gleich folgen. Meine Knie sind wie Butter.

Doch ich werde festgehalten. Levis Arme schlingen sich um meinen nackten Bauch. Er küsst meinen Nacken und streicht mit der Nase die Haut nach. „Du riechst so gut."

Seine Hand gleitet von meiner Taille abwärts und als er meine Hüfte erreicht, dreht er mich um. Fährt weiter über meine Oberschenkel und hebt mich mit einem Ruck hoch. Während er mit mir in seinen Armen auf die Treppe zuhält, spüre ich diese abartige Gürtelschnalle durch den dünnen Stoff meiner Unterwäsche. Ich höre das Knarren der Treppenstufen wie durch einen Filter. Es klingt ganz weit weg.

Oben angekommen geht er in Richtung meines Zimmers. Die Tür öffnet sich, die Tür schließt sich, ich lande auf dem Bett.

Ohne mich aus seinem Blick zu entlassen, öffnet er die Jeans und steigt heraus. Das Hemd und das weiße T-Shirt folgen. Mit jeder Sekunde mehr habe ich das Gefühl, ein Déjà-vu zu erleben. Genauso stand er schon einmal hier. Mit dem Unterschied, dass er da nicht vorhatte, zu bleiben.

Ich stütze mich auf die Ellenbogen auf und ziehe mit einer Hand die Bettdecke über meinen Bauch.

„Das ist unfair. Nimm die weg." Mehr sagt er nicht.

„Warum?"

„Ungleiche Chancen." Ohne den Blick von mir zu lösen, kommt er auf das Bett zu. Meine Gedanken fahren Karussell. Wenn seine Hände noch einmal meine Haut berühren, ist es vorbei.

Noch kann ich umdrehen.

Noch komme ich erhobenen Hauptes aus der Sache raus.

Ein Kuss. Das kann ich vor mir selbst rechtfertigen.

Einen Kuss kann man auf die Umstände schieben. Sex nicht.

Er stützt sich mit einem Knie auf die Bettkante und schiebt sacht die Decke beiseite.

„Die hier brauchst du nicht." Sein Daumen streichelt über die Rundung meiner Brüste in dem schwarzen BH, ich schließe unter seinen sanften Fingerspitzen die Augen. Es ist erschreckend, was eine so kleine Berührung auslösen kann.

Er beugt sich über mich und fährt mit der Hand um meinen Rücken herum. Dann schnippt er den Verschluss auf. Eine Gänsehaut folgt. Ich müsste jetzt laut Nein sagen, ihn wegschieben. Aber stattdessen lasse ich mich auf die Matratze sinken und schlinge die Arme um seinen Nacken. Er verliert das Gleichgewicht und sackt auf mich hinab. Er ist warm und schwer und hart. Wild und ungestüm. Und das ist wohl auch alles, was ihn ausmacht. Die Freiheit, das zu tun, was er will. Seine Rücksichtslosigkeit.

„Willst du mich, Charlotte?"

Ich kann ihm nicht antworten. Ich will ihn, so sehr, aber ich kann es nicht aussprechen.

Mit den Lippen streicht er bis zu meinem Ohr. „Das hier wird niemals jemand erfahren. Das ist eine Sache zwischen dir und mir. Es geht keinen was an. Heute Nacht gibt es keine Fesseln."

Bevor er weitersprechen kann, presse ich meine Lippen wieder auf seine. Doch gerade, als meine Hände unter den Bund seiner Shorts fahren, steht er auf.

Mein Blick folgt ihm. „Was ist los? Wo willst du hin?“

„Warte kurz.“

Er verlässt den Raum und kommt vielleicht zwanzig Sekunden später wieder. Mit Kondomen. Wir brauchen Kondome. Weil wir fremde Menschen sind. Verdammt aber auch. Der Gedanke daran lässt mich wieder in der Realität ankommen.

Was mache ich hier eigentlich?

Er steht vor dem Bett und will die Shorts abstreifen, als ich mich aufsetze. Der BH rutscht von meinen Schultern, sein Blick brennt sich in meine freiliegende Haut. Ich kann bis hier herüber sehen, dass er schluckt.

„Levi …“

„Ich meinte das ernst. Das hier wird niemals jemand erfahren. Dein kleines Geheimnis wird für immer sicher bei mir sein. Wovor hast du noch Angst?“

Ich lache hart auf. Hat er das gerade ernsthaft gefragt? In mir ist nur noch Chaos. Die Kräfte, die an mir reißen, werden immer stärker und die Richtungen immer gegensätzlicher.

Das hier ist kein kleiner Spaß, das hier ist eine Grundsatzentscheidung.

Will ich so sein?

Levi setzt sich neben mich auf das Bett und lässt seine Fingerspitzen über meinen Rücken tanzen. Die Berührung ist süß wie purer Zucker.

„Was, wenn es mir gefällt?“

Ich habe das noch nie ausgesprochen, aber es ist die Wahrheit. Was, wenn ich danach niemals wieder zurückkann? Was, wenn ich es danach niemals wieder schaffe, nicht daran zu denken?

Statt einer Antwort beugt er sich hinab und küsst meine Schulter.

„Soll ich dir ein Geheimnis verraten, Charlotte? Du bist schon längst fremdgegangen.“

Mein Blick fährt zu ihm herum.

„Ich bin mir sicher, du hast das hier schon hundertmal in deinem Kopf durchgespielt.“

Seine Lippen fahren weiter. Über meine Schulter, meine Schlüsselbeine. Dann drückt er mich auf die Matratze.

Ohne ein weiteres Wort küsst er mich wieder. In der gleichen fließenden Bewegung schiebt er mein Höschen von meiner Hüfte und eine Hand zwischen meine Beine.

„Du willst das. Mehr, als ich dachte.“

„Du bist ein berechnender Bastard.“ Ich keuche es, weil seine Hand sich so gut anfühlt, wie sie kreist und massiert.

„Ich weiß.“

Er richtet sich auf, um seine Shorts auszuziehen. Dann setzt er sich wieder hin. Wie in Zeitlupe. Ich dachte eigentlich, dass wir übereinander herfallen würden, sobald der Bann gebrochen ist, aber das scheint nicht Levis Plan zu sein. Er lächelt mich an und rutscht dann neben mich ans Kopfende. Seine Muskeln bewegen sich unter der Haut, nur die Tiffanylampe, die einsam auf dem Nachttisch steht, wirft ein zartrosa Licht auf seinen Körper.

Er ist wirklich ein schöner Mann. Und warum auch immer, aber trotz der Tatsache, dass wir uns kaum kennen und hier nackt nebeneinanderliegen, ist es nicht komisch. Alles könnte passieren. Er könnte jetzt gleich einen unpassenden Witz reißen oder über mich herfallen. Die Spannungen sind nicht mehr zu deuten. Ich muss jetzt endlich den Absprung schaffen.

„Gehst du rüber, wenn ich dich darum bitte?", frage ich, doch er lacht nur erstickt.

„Willst du denn, dass ich gehe?"

„Es wäre richtig."

„Was ist schon richtig?"

„Küsst du mich noch ein allerletztes Mal?" Ein einziges Mal noch. Dann stehe ich auf. Oder schmeiße ihn raus. Nur noch einmal, um sich das Gefühl genau zu merken. Um später noch von dem Kribbeln im Bauch zehren zu können, das ich jetzt gerade so überdeutlich spüre.

Er lächelt und beugt sich über mich. „Wo denn? Ich könnte dich hier küssen." Ein Kuss landet auf meiner Wange. „Oder hier." Dekolletee. Dann küsst er sich weiter über meine Brüste und meinen Bauch. Bis über meine Oberschenkel. O Gott.

Als er zwischen meinen Beinen ankommt, schaut er hoch. „Ich könnte es auch einfach abkürzen und dich endlich hier küssen." Er senkt seine Lippen. Es ist so intensiv, dass ich die Finger ins Bettlaken kralle. Meine Wade gleitet wie von selbst über seine Schulter, wir stöhnen beide auf.

„So bin ich gar nicht", sage ich. Es ist wie ein Kräftemessen. Die Dinge, die ich von mir gebe, haben keinerlei Bezug mehr zu den Dingen, die ich fühle.

„Doch. Das hier bist du, Charlotte. Akzeptier's endlich."

Meine Hände schießen vom Laken in seine Haare. Bei der nächsten Berührung seiner Zunge drücke ich den Rücken durch.

„Du musst jetzt gehen", stöhne ich heiser und ziehe ihn gleichzeitig noch näher. Sein Atem prallt von meiner feuchten Haut ab.

„Siehst du, wie ich schon weg bin?"

„Verdammt, mach weiter."

Er macht weiter. Immer, immer weiter. Seine Finger greifen um meine Hüfte und irgendetwas in mir setzt aus. Diese Hände auf meiner Haut zu sehen, lässt meinen Kopf eskalieren. Ich will ihn. Jetzt. Keine Ahnung, was morgen wird. Es ist mir egal und obwohl ich mich dafür hassen sollte, kann ich es nicht mehr. Ich habe das Gefühl, dass ich mir das schuldig bin. Dass jede Frau einmal im Leben diese Leidenschaft verdient hat.

Ich bin der schrecklichste Mensch auf dieser Erde.

Und das Schlimmste?

Ich genieße es trotzdem.

Meine Augen gleiten zu, ich bin in einem Delirium aus Lust und Atemlosigkeit gefangen. Nicht einmal das Knistern aus Richtung Nachtschrank schreckt mich auf. Ich habe meinen Frieden damit geschlossen, als Levi sich über meinen Körper geküsst hat. Heute Nacht gehört das hier mir. Ab morgen früh werde ich ihn aus meinen Gedanken verbannen. Er hat in meinem Leben nichts verloren und das hier hat in meinen Gedanken nichts verloren. Aber heute Nacht will ich alles fühlen, was er mir zu geben hat. Nur ein einziges Mal.

Ich öffne die Augen und sehe ihn, wie er da auf dem Bett kniet. Er sieht aus wie ein junger Gott. Ja, das ist ein

Klischee. Ja, das sind furchtbare Gedanken. Aber sie sind allesamt wahr.

Als er sich über mich beugen will, bin ich schneller. Ich richte mich auf und drücke ihn in die Matratze.

„Was wird denn das für ein Manöver?" Er grinst weiterhin. Dieses schiefe Grinsen, bei dem sämtliche Denkprozesse in meinem Hirn lahmgelegt werden.

Ich bleibe ihm die Antwort schuldig. Plötzlich ist nichts mehr schnell genug. Ihm scheint es ähnlich zu gehen, denn sein Gesichtsausdruck verändert sich. Aus Herausforderung ist pure Lust geworden. Er zerrt mich auf sich und ich gebe nach. Lasse zu, dass er meine Hüfte auf seine dirigiert, und werfe den Kopf in den Nacken, als er in mir ist. Ab diesem Moment ist es, als würden wir beide alle Zügel fahren lassen. Die ganze Zeit über hält er meinen Blick, als könnte er nicht einmal jetzt die Kontrolle abgeben. Aber ich bin auch nicht bereit nachzugeben. Wir zerren aneinander, halten uns fest. Ziehen uns an und stoßen uns ab.

Ich stütze die Hände auf seine Brust. Auf die glatte Haut, die sich so fremd anfühlt, höre sein Stöhnen und lasse einfach los.

***

„Das bedeutet gar nichts, oder?" Meine reumütige Stimme ist kaum hörbar.

„Alles bedeutet etwas."

Ich vergrabe mein Gesicht an seiner Haut und fühle mich dabei viel zu geborgen und aufgefangen. Ich sollte schon längst aufgestanden sein, so wie es mein Plan war. Nur ein einziges Mal Sex. Nur eine kleine Eskalation. Ohne Gefühle.

Aber ich kann nicht. Der Rausch ist längst verflogen und immer noch liegen wir hier Arm in Arm. Levis Hand ruht an meiner Hüfte. Er streichelt auf und ab.

„Vor mir brauchst du dich nicht rechtfertigen. Es ist okay. Ich würde es wieder genauso machen."

Ich auch.

Aber diese zwei Worte kann ich um nichts in der Welt jemals aussprechen. Statt einer Antwort drücke ich einen Kuss auf seine Brust und könnte mich im nächsten Moment selbst dafür hinrichten. *Einmal. Keine Gedanken mehr daran, keine Wiederholung.* Klappt ja super. Doch es ist wie ein Automatismus. Er riecht so gut und er fühlt sich so gut an. Er ist so ... Levi.

Ich lasse die Hand von seinem Bauch über seine Hüfte gleiten und schiebe die Decke ein Stück beiseite.

„Über eins müssen wir allerdings noch mal reden."

Er lacht. Vermutlich weiß er, was jetzt kommt.

„Was zur Hölle ist das?" Ich tippe auf den Schriftzug an seinem Hüftknochen.

Macho steht da in dicken Lettern und sieht unendlich lächerlich aus.

Jetzt lacht er richtig. „Weißt du, wie oft ich dieses Gespräch schon hatte?" Im nächsten Moment merkt er, was er da sagt, und das Lachen bricht ab. „Okay, das klang jetzt falsch. Es ist egal, wie oft man etwas tut, wenn man am Ende beim richtigen Ergebnis ankommt." Er küsst meinen Scheitel und für den Moment erlaube ich mir den wahnwitzigen Gedanken, dass ich das für ihn sein könnte. Das Ende eines langen Weges.

Es wäre unmöglich.

„Also, was ist das?“

„Das ist mein Zeichen dafür, dass ich mich selbst am meisten liebe.“

„Du bist ein Spinner.“

„Ich weiß.“

„Nein, im Ernst. Erzähl mir die Geschichte.“ Mein Zeigefinger kreist immer wieder um die Hautstelle. Solange, bis er seufzt.

„Das war eine Wettschuld. War mein erstes Rodeo. Mein bester Kumpel Chris hat gewettet, dass ich nicht oben bleibe. Ich habe gesagt, dass ich das locker schaffe. Er hat gewonnen. Der Einsatz war ein Tattoo, das der andere bestimmt. Der Gaul heißt Macho.“

„Heißt oder hieß?“

„Heißt. Das Vieh ist sowas wie ein Lokalheld. Glaub mir, der hat schon für so viele Knochenbrüche gesorgt. Jetzt steht er im örtlichen Countrypark und die Kinder füttern ihn rund. Der ist ein verdammter Champion.“

„Aber-“

„Nein, ich will jetzt mit dir keine Grundsatzdiskussion führen. Macho und ich haben Frieden geschlossen. Ich bin nach dieser glorreichen Erfahrung aufs Bullriding umgestiegen. Mehr sage ich dazu nicht mehr.“ Wieder küsst er meinen Scheitel. Dann meine Schläfe.

„Wir sollten damit aufhören.“ Es klingt lächerlich aus meinem Mund.

„Sollten wir.“

Ich hebe mein Gesicht ein Stück an und schaue ihm in die Augen. Er küsst meinen Mundwinkel. Dann den anderen. Und dann liegen seine Lippen wieder auf meinen.

Viel weicher und zarter als beim letzten Mal.
„Das ist nicht richtig“, flüstert er.
„Ich weiß.“
Ich weiß, Levi.

KAPITEL 16

Am nächsten Morgen sind die Dinge immer klarer. Der Schleier der Nacht verzieht sich und man merkt, was für eine Scheiße man da gebaut hat.

Diesmal bleibt das Gefühl aus. Sonst bin ich immer einer von denen, die sich so schnell es geht aus dem Staub machen. Ich will nicht kuscheln und ich will auch kein Frühstück, bei dem man sich nichts zu sagen hat.

Diese Nacht war anders. Weil es kein *Danach* gab. Es gab nur ein *immer wieder*. Und jetzt liegt Charlotte in meinem Arm und presst ihren nackten Rücken an meinen Bauch. Sie fühlt sich so gut an, es gehört verboten.

Und weil ich Angst habe, was passiert, wenn sie aufwacht, bleibe ich liegen. Lasse meine Finger mit ihren verschränkt und genieße einfach den Moment, solange ich kann.

Charlotte rekelt sich genüsslich und zieht meinen Arm fester um ihre Taille. Ihr Nacken berührt mein Gesicht und ich kann gar nicht anders, als sie dort zu küssen. Schon wieder.

Als sich auch ihr Hintern gegen mich drückt, löse ich meine Finger aus ihren und lasse sie über ihre Seite bis zu ihrer Hüfte gleiten.

„Hi", säusele ich in ihr Ohr. Sie lacht. Ganz leise und erstickt. Ja, so ist das jetzt zwischen uns. Keine Ahnung, warum ich sie zuerst für einen gefühlskalten Eisblock gehalten habe, aber das ist sie nicht. Sie ist warm und weich und ... unten klopft es an der Tür. Bessy bellt.

„Ach, verdammt. Wenn das jetzt wieder Buck ist."

„Warum Buck?" Charlotte dreht sich auf den Rücken. Sie sieht in der Morgensonne umwerfend aus. Nackt. In diesem Bett. Sie muss heute Nacht noch einmal aufgestanden sein, denn ihr Gesicht ist jetzt ungeschminkt. Es macht sie noch tausendmal schöner.

„Er wollte mir heute den Elektrotacker vorbeibringen. Auf dem Heuboden über den Boxen sind die Bretter morsch."

„Hm, klingt gut. Erzähl mir mehr davon." Sie drückt sich erneut gegen mich.

„Kein gutes Zeichen, wenn dich der Elektrotacker und die morschen Holzbretter anmachen." Ich küsse ihren Hals und sie lässt mich.

Immer wieder.

Unten klopft es.

Immer wieder.

„Ich geh eben runter und lass Bessy raus. Wehe, du hast dich bewegt, bis ich wieder da bin."

Mit einem Satz bin ich vom Bett und greife nach meiner Shorts. Und weil ich nicht will, dass Buck gleich in Ohnmacht fällt, ziehe ich noch die Jeans darüber.

Barfuß steige ich die Treppe hinab. Bessy bellt sich mittlerweile die Seele aus dem Leib. Sie ist völlig aus dem Häuschen.

„Hey, Sweetie, Ruhe jetzt. Buck kennst du doch!“, rufe ich, biege um die Ecke und sehe durch die Glaselemente in der Tür, dass es nicht Buck ist.

Das sind mehrere Menschen.

Für einen Moment bin ich verwirrt, doch dann kommt mir die siedend heiße Erkenntnis, wer da steht.

Charlottes Mann.

Mitsamt ihren Kindern.

Sie stehen sehr real direkt hier vor dieser Haustür.

Fuck!

Aber umdrehen kann ich jetzt nicht mehr, denn sie haben mich gesehen. Was bleibt einem da?

Durchatmen, kein Arschloch sein, die Tür öffnen.

Also mache ich das. Dass ich dabei kein Shirt trage, meine Jeans nicht mal zugeknöpft ist und ich sowas von zerstört aussehen muss, verdränge ich.

Mit einem lässigen „Hey“ begrüße ich die drei Menschen, die mich anstarren, als wäre ich der Axtmörder von nebenan.

„Guten Morgen, Mr. Henderson.“ Sebastian Clairmont regt sich keinen Millimeter. Er starrt mich an und ich starre ihn an.

„Wo ist Mommy?“, fragt eine piepsige Stimme, die von einer Etage darunter kommt.

Sebastian schiebt sich mitsamt seinen Kindern in den Flur. Dann richtet er sich wieder an mich. „Gute Frage. Ist Charlotte doch ins Motel umgezogen?“ Da schwingt ein ganz klarer Unterton mit. Er findet es nicht gut, wenn halbnackte Männer dort herumlaufen, wo seine Frau ist.

„Ähm nein, sie ist oben. Denke ich. Keine Ahnung, was sie so macht. Vermutlich schlafen?" *Weil ich ihr heute Nacht den Verstand herausgevögelt habe.*

Er schaut auf seine Uhr. „Es ist halb elf."

Fuck.

„Tja, wie gesagt."

Und immer, wenn man denkt, es geht nicht schlimmer, dann ... geht es schlimmer.

„Levi? Wer ist das?", ruft Charlotte von oben.

„Ähm, guten Morgen auch, Charlotte. Du hast Besuch. Von deiner Familie."

„Mommy!", ruft es wieder. Gefolgt von einem Poltern aus dem Obergeschoss. Ist sie jetzt vor Schreck aus dem Bett gefallen?

Sebastian Clairmont runzelt die Stirn und schaut in Richtung Treppe. Er macht allerdings keine Anstalten, zu ihr hochzugehen. Und wir alle können froh darüber sein. Keine Ahnung, was passieren würde, wenn er seine Frau inmitten meiner restlichen Kleidung in einem zerwühlten Bett vorfinden würde.

„Hey, Baby!", ruft Charlotte. Es ist gedämpft durch die Entfernung. „Seid ihr alle da? Wie schön. Mommy macht sich nur eben fertig."

Ich ziehe mich an klang ihr wohl zu auffällig. Dabei ist es eine ganz normale Wortfolge. Nur, dass man darüber nie nachdenkt. Außer man hat Angst, ertappt zu werden.

„Haben Sie vielleicht ein Glas Wasser? Die Fahrt war lang."

Ich fahre zu Sebastian Clairmont herum und schaue vermutlich ziemlich dämlich.

„Was?"

„Gibt es in diesem Horrorhaus Wasser?“

„Klar. Kommt mit.“

Ich manövriere die drei in unsere Küche. Ja, *unsere* Küche.

Die ganze Zeit wollte ich nur von hier weg und Charlotte loswerden, jetzt führe ich mich auf wie ein bockiges Kind, dem man den Lutscher wegnimmt. Und ich kann nichts dagegen tun.

Charlottes Sohn – wie auch immer er heißt – und ihre Tochter Chloe setzen sich auf die Holzstühle.

„Frühstück?“

Der Junge nickt eifrig wohingegen mich das Mädchen nur anstarrt, als wäre ich ihr schlimmster Alptraum. Ihre Augen fahren über meinen Oberkörper und zu meiner Hüfte. Verdammt.

„War ’ne Wettschuld“, sage ich schnell.

Mr. Clairmont runzelt die Stirn. Ich drehe mich leicht, damit er den Schriftzug lesen kann.

„Jugendsünde, was?“

„Kann man so sagen.“

Er glaubt mir nicht. Er findet mich ätzend. Aber da braucht er sich nichts vormachen – das beruht auf Gegenseitigkeit.

Ich nehme ein Glas aus dem Schrank und fülle es mit Wasser.

„Was ist jetzt mit Frühstück?“, frage ich noch mal.

Das Mädchen schüttelt den Kopf. Dem Jungen mache ich ein Sandwich mit extra viel Mayonnaise.

Sebastian Clairmont setzt sich unterdessen zu seinen Kindern an den Tisch. „Und, Mr. Henderson? Wie geht’s voran?“

„Sie können Levi sagen. Wäre ein bisschen übertrieben, die ganze Zeit diese förmliche Nummer durchzuziehen, oder?"

Er starrt mich an, als würde er mir am liebsten den Hals umdrehen. „Sebastian", sagt er gepresst.

„Wie war denn die Fahrt so?", frage ich weiter. Es juckt mich einen Scheiß, wie die Fahrt war. Aber vermutlich ist es schlauer, die Aufmerksamkeit dieser drei Menschen noch einen Moment hier in der Küche zu halten. Keine Ahnung, wie viel von dem Chaos in ihrem Zimmer Charlotte bereits beseitigt hat.

„Die Fahrt war voll lang! Und dann mussten wir superfrüh ins Auto. Daddy war richtig sauer." Der Junge macht große Augen und nickt dabei. Sein Vater wirkt, als hätte der Grad an Wut über die Dauer der Fahrt nicht abgenommen.

„Lucian. Das braucht man nicht aussprechen." Das ist alles, was er dazu sagt.

Im Haushalt der Clairmonts spricht man viele Sachen nicht aus. *Ihr Kinder seid nervig. Ich hasse mein Leben. Ich schlafe mit dem nackten Typen.*

Und weil ich dieses Gespräch nicht mehr ertragen kann und finde, dass Charlotte jetzt wirklich genug Vorsprung hatte, stelle ich noch schnell einen Kaffee an und verabschiede mich nach oben. Ich sollte duschen und mir was anziehen. Dringend.

Auf der Treppe begegne ich Charlotte. Sie bleibt direkt vor mir stehen und nimmt mir die Chance, an ihr vorbeizuziehen.

„Es tut mir leid", flüstert sie. In ihren Augen ist so viel mehr, dass ich es kaum aushalten kann. Denn endlich kann ich diesen komischen Blick deuten, mit dem sie schon seit unserer Ankunft hier herumläuft.

Sie ist unglücklich.

Es bricht mir das Herz, sie so zu sehen.

„Ist okay."

„Wir reden noch, ja?"

„Geh runter. Deine Familie wartet."

Mit einem resignierten Nicken lässt sie mich passieren. Ich gehe die letzten Stufen hoch und bleibe auf dem Treppenabsatz stehen. Sie tut es mir gleich, nur dass sie am Fuß der Treppe steht. Sie blinzelt hektisch und reißt dann den Blick von mir los. Als ich die fröhlichen Stimmen in der Küche höre, verschwinde ich in mein Zimmer. Das alles geht mich nichts an. Absolut gar nichts.

***

Doch den Tag über wird es nicht besser. Ich kann die Gespräche zwischen Charlotte und Sebastian kaum ertragen. Sie triefen vor Vorwürfen und Anschuldigungen. Natürlich nur unterschwellig, aber wenn man über zehn ist, hört man sie heraus. Also beschließe ich, den Vormittag im Stall zu verbringen. Sollen sie doch alle machen, was sie wollen.

Als ich Emma auf die Wiese bringe, bleibe ich ein paar Minuten bei ihr stehen, um die Fliegen aus ihrem Gesicht zu verjagen. Dann miste ich aus und mache mich wieder an den Brettern auf dem Heuboden zu schaffen – ohne den Elektrotacker.

Zur Mittagszeit hole ich Emma wieder rein und gehe selbst über den Hof in Richtung Haupthaus zurück.

Draußen auf der Veranda ist niemand. Drinnen ist dafür richtig was los. Sebastian sitzt mit einem Laptop am Küchentisch und hält sein Handy ans Ohr.

„Ja, ja … So machen wir das. Dann macht die Papiere fertig … nein. Nicht Montag. Ich brauche das bis heute Abend. Richte Lindy meinen Dank aus. Und Senator Roswell. Ja, Vitamin B, Baby." Er lacht ein künstliches Lachen und legt auf. Er hat mich noch nicht bemerkt, sodass ich ihn für einen Moment unter die Lupe nehmen kann. Alles an ihm wirkt teuer. Der Feinstrickpullover und die Stoffhosen. Seine dunklen Haare sind von grauen Strähnen durchzogen und nach hinten gekämmt. Keine Ahnung, wie alt der Typ ist. Er passt leider perfekt zu Charlotte. Optisch zumindest. Charakterlich? Keine Ahnung. Er ist ein Arschloch. So viel weiß ich. Von ihr dachte ich das bis vor ein paar Tagen auch noch.

Ich reiße mich von dem Gedanken los. Sebastian tippt jetzt wie wild auf der Tastatur herum.

„Schwer am Arbeiten?", frage ich, nur um irgendwas zu sagen, und er schaut auf. Auf meine verschwitzte, dreckige Gestalt und mein staubiges Gesicht. Aber, verflucht noch mal, so ein verdammter Holzboden arbeitet sich eben nicht von alleine auf.

„Da haben wir wohl was gemeinsam."

Ich muss ein Schnauben unterdrücken. Er und ich, wir haben absolut gar nichts gemeinsam.

„Was machst du?" Ich deute auf seinen Laptop. Er wird gleich sagen: *Ich bin Banker.*

„Ich bin Anwalt."

Knapp daneben ist auch vorbei.

„Wow. Großartig."

„Ja, ist es. Ein wirklicher Traumjob. Aber nur die dicken Fische.“ Wieder das gleiche künstliche Lachen.

Dämlicher Idiot.

Ich gehe an ihm vorbei und wasche mir Hände und Gesicht an der Küchenspüle. Danach trockne ich meine Haut im Küchenhandtuch. Sebastian verzieht das Gesicht.

Tja, deine Frau steht drauf.

O Gott, ich muss diese Gedanken sein lassen. Das ist sowas von nicht cool. Als wäre ich ein keifender Terrier, der nicht weiß, wann Schluss ist.

Ich bin ein erwachsener Mann, ich sollte damit umgehen wie einer. Vermutlich liegt es an der Gesamtsituation.

„Was machst du denn so, Levi?“

„Was?“

„Was machst du beruflich?“ Er mustert mich und ich mustere ihn.

„Meine Familie züchtet Rinder.“

„Nein, ich will wissen, was *du* machst.“

„Ich züchte Rinder.“

„Beeindruckend.“

„Nicht wirklich.“

„Du bist hinter dem Geld her, oder? Ich meine, das ist eine ganz schöne Summe für einen wie dich. Ich habe Charlotte gleich gesagt, dass wir uns den Zauber hätten sparen können, wenn ich dich einfach ausgezahlt hätte.“

„Hast du aber nicht.“

„Weil meine Frau es nicht zugelassen hat.“ Er grinst süffisant und erdreistet sich dann auch noch zu zwinkern. Er hat hundertpro was zu kompensieren. „Sie musste ja unbedingt ihren Kopf durchsetzen und hierherfahren, in dieses Millionengrab. So ein Schwachsinn.“

„Eigentlich ist es ganz schön hier.“

„Na, das freut mich doch. Ist für dich wie ein Heimspiel, oder? Wundert mich, dass Charlotte hiergeblieben ist. Das ist eigentlich nicht gerade ihr Stil.“ Er
macht eine ausschweifende Geste durch den Raum.
Über die abgewohnten Möbel und die freiliegende
Steinwand auf der Türseite.

Du bist auch nicht ihr Stil, du Pfosten.

Er lächelt weiterhin völlig unbewegt. „Wobei der richtige Investor aus dieser Bruchbude vielleicht noch einiges herausholen könnte. Eignet sich womöglich für ein
Wellnessresort, wenn man ein bisschen Geld in die
Hand nimmt. Groß genug wäre es.“

Und als hätte Charlotte geahnt, dass die Stimmung
sich langsam dem Siedepunkt nähert, werden Schritte
auf der Treppe laut. Keine Sekunde später erscheint sie
mit den Kindern in der Küche. Sie lacht und wuschelt
ihrem Sohn durch die Haare. Um mein Herz schlingt
sich eine eiskalte Fessel.

Als sie uns sieht, stockt sie. Ihr Blick huscht zwischen
ihrem Mann und mir hin und her. Er bleibt schließlich
auf mir heften.

„Hi“, flüstere ich und kann nicht verhindern, dass es
angefasst klingt.

Sie sagt nichts, sondern schaut schnell weg.

„Ist jetzt Mittagessen angesagt?“ Sebastian steht auf
und Lucian – der Sohn – springt begeistert an Charlottes Hand auf und ab.

„Au ja, Mommy. Mittag, Mittag. Daddy hat gesagt, wir gehen Burger essen."

„Wann denn das?", erwidert Charlotte. Chloe ist die ganze Zeit wie ein stummer Fisch. Entweder schaut sie auf ihr Handy oder sie starrt umher.

„Ich dachte, das wäre schön. Wir haben uns schließlich die ganze Woche nicht gesehen. Ich dachte, wir könnten einen kleinen Ausflug in den Ort machen." Sebastian lächelt jetzt auch seine Frau an. Es ist ekelhaft, daneben zu stehen und sich diese Scheiße anzuhören.

„Wenn du meinst."

Sebastian klappt den Laptop zu. „Na dann los. Alle Clairmonts ins Auto."

Mit einem knappen Nicken in meine Richtung streckt er die Hand nach seinem Sohn aus. „Komm Kumpel, wir holen deine Schuhe." Damit verschwindet er in den Flur. Chloe folgt.

Charlotte nicht. Sie steht mir gegenüber, man kann in ihrem Gesicht sehen, dass sie mit sich ringt.

„Levi, kommst du mit?"

„Nein, ich ... ich mach mir ein Toast."

„Du kannst nicht immer nur von Toast leben. Das ist ungesund."

„Ich kann vieles, Charlotte."

***

Ich mache mir nach einer kurzen Dusche tatsächlich ein Toast und beschließe, es ganz anarchisch auf dem Sofa zu essen.

Die nackten Füße auf dem Couchtisch und den Teller auf der Brust balancierend schaue ich ein Footballspiel im Fernsehen an. Klischeehafter gehts wohl kaum.

Bessy liegt an meiner Seite, die Schnauze auf meinem Oberschenkel, und schaut in regelmäßigen Abständen zu mir hoch. Selbst ihr fällt auf, dass etwas nicht stimmt.

Wenn wir nur endlich dieses verdammte Erbschaftsrätsel lösen könnten. Dann könnte ich nach Hause zurückkehren, wieder den ganzen Tag die Dinge tun, die ich so tue, Charlotte vermissen ...

Ich bin jemand, der sich schnell an Menschen gewöhnt. Seit einunddreißig Jahren bin ich von der gleichen Handvoll Leute umgeben. Mein Dunstkreis ist klein und jetzt gehört Charlotte dazu. Sie fehlt mir. Selbst jetzt.

Nach dem Essen streife ich ziellos durchs Haus, wobei ich ihr Schlafzimmer meide. Als ich vorhin nach der Dusche in mein Zimmer gekommen bin, lagen meine Sachen von gestern Abend gefaltet auf meinem Bett. Charlotte hat alle Betten bezogen und für ihre Kinder ein weiteres Zimmer hergerichtet. Sie hat unsere Spuren verwischt. Alles, was Rückschlüsse erlaubt, entfernt. Es kränkt mich auf eine Art und Weise, die mich selbst anwidert. Was soll sie auch machen? Sie kann kaum sagen: *Sebastian, Honey, falls du dich fragst, was hier so nach Männerparfüm riecht, das liegt nur daran, dass Levi hier geschlafen hat. Mit mir.*

Wohl eher nicht.

Als ich nach einem erfolglosen Rundgang die Suche nach meiner Selbstachtung aufgebe und wieder im Wohnzimmer ankomme, fällt mein Blick auf die

Kunstmappe, die an der Seite des Wandschranks im Wohnbereich lehnt.

Ich nehme sie und setze mich damit auf die Veranda. Das Tagebuch nehme ich auch mit. Ich werde jetzt darin lesen und dann werde ich dieses Rätsel lüften. Abmachung hin oder her. Es war auch nicht abgemacht, dass dieser Schmierlappen hier auftaucht.

„Bessy, komm!", rufe ich in Richtung Sofa, mein Hund springt auf. Sie folgt mir wie ein Schatten nach draußen und legt sich dort auf den Korbsessel, die Schnauze auf den Vorderpfoten.

„Du bist eben die einzige Frau in meinem Leben. Ist wohl besser so, was, Sweetie?"

Sie zieht ihre Hundeaugenbrauen hoch und sieht damit sehr mitleidig aus.

Zuerst nehme ich mir ein weiteres Mal die Zeichnungen vor. Charlottes liegen obenauf. Die lege ich beiseite, vielleicht will sie die ja später mitnehmen. Schade, dass sie denkt, damit keinen Erfolg haben zu können. Ich finde sie wirklich schön.

Die anderen sehen deutlich vergilbter aus. Ich drehe sie hin und her. Auf der Rückseite der einen ist ein winziges Zeichen. Ich hebe sie näher an meine Augen und tatsächlich: Das sind zwei Buchstaben. HH. Initialen?

Dann lege ich alles wieder beiseite.

Als wäre ich ein Detektiv. So ein Blödsinn. Trotzdem schlage ich das Tagebuch auf und lese ein paar Seiten. Aber mehr, als dass sich Charlottes Großmutter wieder über die amourösen Vergnügungen mit ihrem Liebhaber auslässt, gibt es nicht zu finden.

Frustriert klappe ich das Buch wieder zu. Bessy fiepst. Und weil in die Ferne starren und sich selbst bemitleiden auf Dauer ziemlich peinlich ist, mache ich, was die meisten Männer in meinem Fall so tun würden: Ich rufe meine Mom an.

„Hey, Baby! Du hast dich die ganze Woche nicht gemeldet“, sagt sie zur Begrüßung. Der Vorwurf ist klar herauszuhören.

„Hi, Mom. Ich hatte zu tun.“

„Aha. Bist du jetzt offizieller Sherlock, oder was?“

„Quatsch. Die haben Vieh hier.“ Ein Pferd. Immerhin.

„Fein. Und sonst? Ist was passiert, dass du ausgerechnet jetzt anrufst? Wann kommst du heim? Wir vermissen dich alle.“

„Ich weiß nicht, wann ich zurück bin. Denke, lange dauert es nicht mehr. Wie läuft's bei euch? Was macht der kleine Stammhalter?“

„Deine Schwester hat eine ernstzunehmende Krise, Levi. Ihr geht es gar nicht gut. Ich kümmere mich viel um den Kleinen.“

„Was ist mit der Ratte?“

„Levi!“

„Na, was? Zieht er den Schwanz ein?“

„Sei nicht immer so großspurig. Es ist für beide nicht leicht. Ein Baby ist viel Verantwortung. Das kannst du gar nicht nachvollziehen.“

„Ich arbeite dran.“

Sie lacht. „Bitte nicht. Ich bin mir nicht sicher, ob ich das erleben will.“

Autsch. Das war ein Schlag unter die Gürtellinie.

„Gibt's sonst nichts Neues?“

„Was ist los, Baby? Seit wann führen wir solche Telefonate?“

Seit ich völlig den Verstand verloren habe.

„Wir kommen hier nicht weiter und irgendwo muss es eine Verbindung geben. Weißt du zufällig irgendwas über merkwürdige Familiengeheimnisse? Haben wir mal in North Carolina gelebt? Habe ich irgendwelche Verwandten, von denen ich nichts weiß?"

Sie überlegt. „Nicht, dass ich wüsste. Ich kann Dad mal fragen oder Onkel Jake, aber der wird sich im Zweifel vielleicht nicht erinnern."

„Wie geht's ihm?"

Mom zögert. Kein gutes Zeichen.

„Mom?"

„Es geht so. Aber er lässt sich nichts anmerken, du kennst ihn doch."

„Klar."

„Bei jedem Besuch sagt er, dass er nach Hause will. Aber das geht eben nicht. Er erzählt meistens irgendwelche alten Geschichten, aber ich kann da nicht folgen. Solange es ihm guttut."

Der Ton, in dem Mom über Onkel Jake spricht, gefällt mir gar nicht. Aber es ist wohl etwas, dem wir früher oder später ins Auge sehen müssen. Er ist ein alter Mann.

Mom und ich sprechen noch ein paar Minuten über belangloses Zeug. In dem Moment, in dem ich auflege, fährt das Auto der Clairmonts auf den Hof.

Charlotte stößt die Tür auf und lacht dabei über irgendetwas. Und das ist für mich das Zeichen, schleunigst zu verschwinden. Das muss ich mir heute nicht auch noch geben. Leider bin ich zu langsam. Mit der Zeichenmappe und dem Tagebuch in der Hand will ich gerade die Verandatür öffnen, da steht Charlotte schon neben mir.

„Was machst du da?", zischt sie.

„Diese Farce hier beenden." Mein Blick schweift über ihre Schulter auf ihren Mann, der gerade Lucian aus dem Kindersitz hebt.

„Wir wollten das zusammen lesen." Es klingt anklagend.

„Wir wollten so vieles. Und es hat uns nur Probleme gemacht. Außerdem steht eh nur Bullshit drin."

„Das sagt man nicht", belehrt mich eine quietschige Kinderstimme aus dem Hintergrund. Lucian kommt die Stufen zur Veranda hochgesprungen. Sebastian lacht bloß leise darüber, dass ein vierjähriges Kind es schafft, mich vorzuführen.

„Bullshit."

„Levi."

„Mom, der Mann sagt Schimpfwörter."

Charlotte funkelt mich an. Wir starren uns regelrecht nieder. Aber sie ist nicht wütend. Das ist Lust. Verdammte Axt.

KAPITEL 17

CHARLOTTE

Kann ein Tag eigentlich noch schlimmer werden?

Was frage ich? Natürlich kann er.

Nachdem ich Lucian ins Bett gebracht habe – und ja, ich habe das gemacht, denn Sebastian ist nicht müde geworden zu betonen, dass er das schon die ganze Woche hat machen müssen – sitzen Levi und ebendieser Sebastian auf der Veranda. Sie trinken beide ein Bier und ich möchte auf der Stelle im nächsten Erdloch versinken. Sebastian erzählt irgendwelche alten Geschichten über ihn und mich und Levi sieht aus, als würde er gleich einen Mord begehen.

„Ah, Charlotte. Da bist du ja endlich."

Ich hasse diese Stimme bei meinem Mann. Es ist die, die er auch bei sämtlichen Dinnern mit Kollegen bekommt oder wenn er sich vor unseren Freunden als toller Typ präsentieren will.

Ich setze mich ihm gegenüber auf das Korbsofa. Direkt neben Bessy, die ihre Schnauze auf meinem Schoß ablegt. Ich streichele ihren Kopf. Levis Blick spüre ich überdeutlich auf meinen Händen.

Ist es verwerflich, dass ich mir in diesem Moment wünsche, mit ihm alleine zu sein? Wir könnten in dem

Tagebuch lesen oder einfach schweigen. Die letzten Tage waren so friedlich. So gemütlich und einfach.

„Ist ein hübscher Hund, den du da hast“, bemerkt Sebastian. Bessy richtet die Ohren auf.

„Ja, sie ist die Beste.“ Levi schaut auf den Hund, was Bessy dazu veranlasst, aufzuspringen und sich neben seinen Füßen zusammenzurollen. Sein Gesichtsausdruck wird unendlich zufrieden, als er sich hinabbeugt und ihr goldenes Fell streichelt.

„Ja, du bist wirklich ein gutes Mädchen, hm?“, murmelt er. Es klingt, als würde er still ergänzen: *nicht so wie Charlotte.* Der Platz neben mir fühlt sich seltsam leer an.

„Und was habt ihr hier den ganzen Tag so getrieben? Die Stunden ziehen sich, wenn man nichts zu tun hat.“

„Wir waren mit dem Tagebuch beschäftigt“, rechtfertige ich mich, doch es kommt gar nicht an.

„Charlotte hat viel gezeichnet.“

Sebastian stöhnt. „Oh, schon wieder? Ich dachte, das Hirngespinst wäre Geschichte, Schatz. Was denn diesmal?“

In dem Moment fällt mir auf, wie glasig seine Augen aussehen. Das hier ist definitiv nicht das erste Bier an diesem Abend.

Bevor ich antworten kann, tut Levi es für mich.

„Eine Tiergeschichte. Sie hat Talent.“

„Talent hin oder her, das ist eine brotlose Kunst. Gut, dass du damals das Studium nicht zu Ende gemacht hast, Charlotte. Wäre verschwendete Zeit gewesen. Und rausgeschmissenes Geld.“

In meinem Bauch ballt sich die Wut zusammen. Wenn Levi jetzt nicht da säße, wäre diese Konstellation heute explosiv. Aber vor ihm werde ich mir nicht die Blöße geben. Also schlucke ich und stehe auf.

„Ich hole mir was zu trinken. Möchte noch jemand etwas?"

„Ja, bring uns doch noch eins mit, Schatz." Sebastian nimmt Levi die Flasche ab und reicht mir dann zusätzlich noch seine eigene.

Drinnen stütze ich meine Handballen auf die Arbeitsplatte und atme durch. Ein paar Mal hintereinander, bis sich mein rasender Herzschlag beruhigt. Was für ein Abend.

Die Tür klappt auf und ich weiß schon, wer es ist, ohne hinzusehen.

„Kannst du nicht ein einziges Mal deine Stiefel ausziehen?", witzele ich matt. Sein leises Lachen kribbelt ganz rau in meinem Nacken. Dann steht er hinter mir. Die Küche ist von draußen nicht einsehbar, also sacke ich mit dem Rücken gegen Levis Brust.

„Warum lässt du zu, dass er so mit dir redet?"

Ich wünschte, dass er seine Lippen auf meinen Hals drücken würde. Einen winzigen Moment nur, doch er tut es nicht.

Ich habe keine Antwort auf seine Frage. Jedenfalls keine zufriedenstellende.

„Der Kerl ist ein Bastard", ergänzt er noch. Ich schließe bloß die Augen, überhöre den Kommentar und bade in dem Gefühl, das Levis Nähe in mir auslöst. Ich brauche es gar nicht länger leugnen. Levi würde jetzt wohl sagen: *Ich bin am Arsch.* Vermutlich ist das sogar die treffendste Formulierung.

„Levi."

„Ich weiß.“ Er tritt beiseite und haucht im letzten Moment doch noch einen Kuss auf meine Schulter. „Ich geh pennen. Viel Spaß mit deinem Lover.“

„Sag sowas nicht, das ...“

„Was? Warum nicht? Es ist die Wahrheit.“

„Ich wünschte, es wäre anders.“ Und ich wünschte noch mehr, dass mir das nicht rausgerutscht wäre.

KAPITEL 18

CHARLOTTE

Später stehe ich das erste Mal seit Tagen wieder neben dem Mann im Bad, mit dem ich mein Leben teile. Während er seine Zähne putzt, schaut er mir über den Spiegel in die Augen. Ich schaffe es kaum, seinen Blick zu halten.

Dann spült er seinen Mund aus und stützt sich auf das Waschbecken, während ich zum wiederholten Mal auf der gleichen Haarsträhne herumbürste.

„Was ist mit dir?", fragt er schließlich.

„Nichts. Ich bin nur ein bisschen angespannt."

„Wegen Levi?"

Ich schnappe nach Luft. Laut. Leider. „Was? Nein!"

„Er ist merkwürdig. Da kannst du nicht widersprechen."

„Wie kommst du da drauf? Du kennst ihn doch gar nicht."

„Aber du oder was? Der Kerl redet kaum und wenn, dann erzählt er komische Dinge über sich. Er reitet Rodeos. Was ist das bitte für ein Zeitvertreib?"

„Er züchtet Rinder."

„Noch schlimmer." Sebastian stellt seine Zahnbürste weg, dreht sich zur Seite und knöpft sein Hemd auf. Er legt es auf die Kommode im Bad und zieht sich auch das

Muskelshirt über den Kopf. Ich betrachte seinen glatten Rücken und die helle Haut und fühle nicht das, was ich müsste.

Soll ich dir ein Geheimnis verraten, Charlotte? Du bist schon längst fremdgegangen.

Der Nachhall von Levis Stimme lässt die gesamten vierzehn Ehejahre über mir zusammenbrechen wie ein Kartenhaus.

Weil er mit jedem Wort recht hatte.

Nachdem Sebastian das Bad verlassen hat, kann ich mich kaum mehr im Spiegel ansehen. Was ist nur aus mir geworden? Was ist aus dieser Ehe geworden, aus dieser Beziehung?

Seit wann ist jedes Gespräch mit meinem Mann eine Belastung, jeder Gedanke an ihn einer zu viel?

Und der Ursprung dieser Empfindung hat nichts mit Levi zu tun. Die Nacht mit ihm war nur der Kollateralschaden von etwas, das schon viel länger in mir schwelt.

Und da ist noch eine Wahrheit: Ich bin wütend auf Sebastian, weil er mit den Kindern hergekommen ist.

Dass er mich um diese Zeit betrügt, die nur mir gehören sollte.

Ich habe in den letzten Tagen so sehr genossen, dass ich mich nur um mich selbst kümmern musste. Um meine Belange und meine Gefühle. Nur für mich allein. Und jetzt ist er hergekommen und macht mir das kaputt.

Tränen der Bitterkeit und des Selbsthasses laufen meine Wangen hinab.

Was für eine Mutter vermisst ihre Kinder nicht?

Was für eine Frau vermisst ihren Mann nicht?

Ich hebe den Kopf und schaue meinem Spiegelbild genau in die Augen. Ich kann den Anblick meines eigenen Gesichts kaum ertragen.

Damit Sebastian nicht nach mir suchen kommt, trockne ich meine Tränen, wasche mir das Gesicht und gehe dann ins dunkle Schlafzimmer.

„Ich habe das Licht ausgemacht. Ich vermute, dass du heute Nacht keine Motten im Zimmer haben möchtest." Sebastian klingt ruhig und sachlich wie immer. Bilder von letzter Nacht blitzen vor meinem inneren Auge auf. Levi, wie er dagestanden hat, im Schein der Nachttischlampe. Wie sich seine Arme um meine Taille angefühlt haben, wie sein tiefes Stöhnen auf meiner Haut geprickelt hat.

Ich lupfe die Decke etwas und schiebe die Beine darunter. Obwohl ich mich auf die Seite wegdrehe, schließen sich sofort Sebastians Arme um meinen Bauch.

„Ich zahl den Fratzke morgen aus, ja? Und dann kommst du nach Hause."

„Was?"

„Du kommst doch morgen mit, oder? Die Kinder vermissen dich schon so. Und ich auch. Wir brauchen dich zu Hause. Was willst du denn noch hier?"

„Ich ..." *Fühle mich frei hier? Will nicht weg? Genieße die Zeit ohne euch?*

„Du?"

„Ich kann nicht. Das ist nicht beendet."

„Wie lange willst du das noch herauszögern, Schatz?" Unter der Bettdecke rafft er mein Nachthemd, sodass er die Hand darunter schieben kann. Ich unterdrücke den Impuls, seine Finger beiseitezuschieben.

Er streichelt meinen Bauch und wandert zu meinen Brüsten.

„Ich kläre das morgen. Dem geht's doch nur ums Geld. Ehrt dich, dass du da dranbleibst, aber du hast eben auch ein Leben. Du kannst hier nicht ewig herumhängen."

„Es waren fünf Tage. Fünf Tage in vierzehn Jahren."

„Schlimm genug, dass du das überhaupt brauchst. Was soll ich denn sagen?"

Er dreht mich auf den Rücken und küsst mich.

„Sebastian, ich bin müde."

„Wir haben uns die ganze Woche nicht gesehen. Zeit, vielleicht ein bisschen nett zueinander zu sein?"

Sein Tonfall erzeugt genau das Gegenteil in mir. Abwehr. Es macht mich nicht an, es klingt abstoßend.

„Ich möchte nicht."

Er küsst weiter. Meinen Hals und meine Schlüsselbeine.

„Ach, komm. Wenigstens ein bisschen. Für mich?"

Ich schiebe ihn an den Schultern fort. „Ich habe gesagt, dass ich nicht möchte."

„Warum?" Er zieht sich zurück, aber sein Ton trieft vor lauter Vorwurf.

„Weil ich jetzt keine Lust habe, mit dir zu schlafen."

Er starrt mich noch einen Moment im Dämmerlicht an, dann steht er auf, nimmt die Decke und geht wortlos aus dem Raum.

Und ich bin mir sicher, dass ich damit das Ende meiner Ehe besiegelt habe.

***

Am nächsten Tag ist die Stimmung gedrückt. Sebastian sitzt vor seinem Laptop und arbeitet stoisch an irgendwelchen Fällen. Als Lucian ihn das vierte Mal fragt, was er da macht, schnauzt er ihn so dermaßen an, dass ich mir meinen Sohn schnappe und in die Scheune gehe. Vielleicht freut er sich, wenn er ein bisschen Zeit mit Emma verbringen kann.

„Wow, Mommy, hier gibt's ein echtes Pferd", sagt er, als wir vor Emmas Box stehen, die mittlerweile die gesamte Stallseite einnimmt. Levi ist fleißig gewesen.

„Ja, das ist Emma." Erst, als wir direkt neben ihr stehen, hebt sie den Kopf.

Lucian mustert sie eingehend. „Das ist aber ein hässliches Pferd."

Es sticht in meinem Herzen, dass er so redet.

„Sowas sagt man nicht!", entkommt es mir reflexhaft.

Mein Sohn grinst. „Das ist ein kack-hässliches Pferd."

„Lucian, muss das sein?"

„Hey, Kleiner! Was erzählst du denn für eine Scheiße über mein Pferd?" Die laute Stimme kommt aus Richtung der Dachluke und obwohl der Ton rau ist, hört man, dass Levi nicht ernsthaft ärgerlich ist.

Er klettert zu uns runter. Lucian, dem wohl doch plötzlich der Mut fehlt, drückt sein Gesicht augenblicklich an meine Beine. Levi und ich wechseln einen Blick.

Zu schroff?, fragt er wortlos.

Ich schüttele den Kopf.

„Es beleidigt sie, wenn du sie hässlich nennst", führt er dann weiter aus, indem er sich erneut an Lucian wendet. „Weißt du, warum sie so aussieht?"

Mein Sohn macht keine Regung. Ich bin mir sicher, dass er trotzdem zuhört.

„Weil sie 'ne alte Lady ist. Sie hat ihr Leben lang solche kleinen Scheißer wie dich rumgetragen und nie hat einer es ihr gedankt." Lucian schielt das Pferd an, während Levi ungerührt weitermacht. „Außerdem braucht sie mal ein bisschen Pflege. Soll ich dir zeigen, wie man sie putzt?"

Lucians Blick wandert zwischen Emma und mir hin und her.

„Du kannst ruhig mithelfen, Luce. Levi ist auch ein richtig echter Cowboy."

Besagter Cowboy verdreht die Augen.

Lucian nicht. Der strahlt jetzt.

„Echt? Kannst du reiten? Richtig im Galopp?"

„Na klar."

„Boah!"

Ich tausche noch einen weiteren Blick mit Levi, der mir zu verstehen gibt, dass er die Lage im Griff hat, dann mache ich mich auf den Weg zurück ins Haus.

Sebastian sitzt weiterhin vor seinem Laptop und ignoriert mich gekonnt. Trotzdem spüre ich die angespannte Stimmung, die zwischen uns hängt, mit jeder Sekunde mehr. Ich trete neben ihn und lege eine Hand auf seine Schulter. „Können wir reden?"

Er schaut hoch. Mit einem ähnlichen Blick wie Lucian vorhin.

„Worüber?"

„Gestern Abend?", schlage ich vor. Er schnaubt nur.

„Wo ist Lucian?", fragt er stattdessen.

„Draußen bei Levi. Sie putzen das Pferd."

„Ist ja ein richtiger Held dieser Levi, was?"

„Was soll das, Sebastian?"

Er funkelt mich an. Mit einem solch kalten Blick, dass es mir das Blut in den Adern gefrieren lässt.

„Sag du es mir. Kaum bist du ein paar Tage weg, schon erkenne ich dich nicht wieder. Das hier, das bist nicht du, Charlotte."

Er schüttelt meine Hand ab und wendet sich wieder seiner Arbeit zu. „Du kommst heute Nachmittag mit nach Raleigh. Wir packen, wenn ich mit diesem Fall fertig bin. Das ist mein letztes Wort."

Ich stehe hier, starre meinen Mann an und fühle nichts als Wut. Auf diese Selbstsicherheit, mit der er über mich bestimmt.

Wann in meinem Leben habe ich eigentlich so dermaßen die Kontrolle an Sebastian abgegeben, dass er glaubt, solche Forderungen würden ihm zustehen?

„Nein."

„Wie *nein*?"

„Nein, Sebastian. Ich komme nicht mit euch nach Hause. Ich muss hier noch einige Dinge regeln. Egal, was mit dem Erbe ist, aber wir müssen sehen, dass sich jemand um Emma kümmert und dass hier alles seinen Gang geht. Ich komme Montag nach."

Darauf sagt er nichts mehr. Einen Moment lang betrachtet er noch mein Gesicht, dann nickt er knapp, klappt seinen Laptop zu und steht auf. Einen Atemzug später höre ich die ersten Treppenstufen knarren.

KAPITEL 19

August 1954

ELEONORA

Seit Mitch befunden hat, dass Jacob für die Arbeit an den Weinstöcken nicht tauglich ist, setzt er ihn dauerhaft auf dem Hof ein. Er und ein paar der anderen sollen nun Instandsetzungsarbeiten bewerkstelligen, die über den Winter liegengeblieben sind. Und bei Gott, ich bin so froh darum. Es gibt mir die Möglichkeit, zwischendrin einen Blick auf ihn zu erhaschen. Manchmal entspinnt es sich zu einem kleinen Blickwechsel. Ein Augenkontakt für den Bruchteil eines Herzschlages.

Er sieht im Sonnenlicht ganz anders aus als nachts. Tagsüber, wenn er in seinen staubbedeckten Arbeitskleidern steckt, unterscheidet ihn nur wenig von den anderen Arbeitern. Doch sobald die Uhr Mitternacht schlägt und das Silberlicht des Mondes Vinewood Hill in unser Schattenland verwandelt, wird er zum König über diese Zwischenwelt, die wir uns gemeinsam erschaffen haben. Und ich zu seiner Königin.

Ich glaube, wir genießen unsere Ausflüge beide gleichermaßen. Wir erzählen uns dann immer von den Ereignissen der letzten Tage, die wir ohne einander verbringen mussten. Dabei lassen wir nichts aus. Jacob berichtet mir von seiner Erschöpfung bei der Arbeit ebenso wie ich ihm von den Wutausbrüchen meines Mannes berichte.

In seinem Roman ist aus dem dunklen König längst ein schwarzes Monster geworden, das der Prinzessin auflauert. Als ich ihn gefragt habe, welches Ende er für die Geschichte vorsieht, hat er sein jungenhaftes Grinsen hervorgeholt und sich ausgeschwiegen. Jedenfalls so lange, bis ich ihn mit einem Kuss um die Wahrheit bringen konnte. Ich küsse Jacob so gern. Weil es sich anfühlt, als wären wir einander dadurch noch näher.

„Vielleicht wird die Prinzessin ja am Ende von einem linkischen Kobold gerettet", hatte er geflüstert.

„Von einem Kobold?"

„Ja. Und dann bekommen beide ihr glückliches Ende zusammen. Eine kleine Illusion muss man sich erhalten. Selbst, wenn es nur in der Vorstellung ist."

In der Realität empfängt Jacob Briefe von zu Hause und ich verbringe die Tage zwischen Wäsche und Essensvorräten. Von schillernden Heldenfiguren und goldenen Königreichen sind wir weit entfernt.

Gestern hat Jacob mir erzählt, dass seine Verlobte Olivia ihm geschrieben hat. Seiner Mutter geht es nicht gut, sie hat Fieber und ist schwach. Jacob ist in großer Sorge deswegen.

Ich bete täglich dafür, dass es ihr bald besser geht. Ich könnte es nicht ertragen, sollte er vorzeitig den Heimweg antreten müssen. Es macht mich zu einer schlechten Frau und einer noch schlechteren Freundin, dass ich solche egoistischen Gedanken hege. Aber sie sind wahr. Es erscheint mir nach all den Wochen unmöglich, ohne Jacob zu überleben. Die Aussicht auf unsere

Treffen hält mich hoch. Und egal, wie schlapp und ausgelaugt ich mich tagsüber fühle, nachts ist alles einfach. Nachts, in Jacobs Armen, ist das Leben leicht. Weil mein Herz mit ihm schwerelos ist.

Ich bemerke, dass ich seit einer Ewigkeit dieselbe Stelle an der Küchenfliese schrubbe, der Schwamm in meiner Hand ist schon ganz kalt geworden.

Mit wenig Elan tauche ich ihn erneut in den Eimer mit Wischwasser und strecke mich, um auch die oberste Reihe des Fliesenspiegels zu bearbeiten, als ein scharfer Schmerz durch meinen Leib fährt. Mit einem unterdrückten Keuchen sinke ich zusammen.

„Mommy!" Henry springt auf.

„Nichts, mein Liebling. Alles gut", presse ich hervor und stütze mich an der Arbeitsplatte ab. Ich muss gegen das Stechen anatmen, so intensiv ist es.

„Mommy!", sagt Henry wieder und klammert sich an mein Bein. Doch es ist nicht seine Umarmung, die sich so warm anfühlt. Warm und viel zu nass. Eine plötzliche Panik erfasst mich. Eine Panik, die in schreckliche Gewissheit übergeht, als ich fühle, wie etwas an meinem Bein hinabrinnt.

Nein, denke ich. *Bitte nicht.*

Es ist ein Stoßgebet und gleichzeitig die einzige Hoffnung, an die ich mich klammern kann. Dass es ein Irrtum ist, dass meine Blase Probleme macht, doch der Blick auf den Boden macht es deutlich. Rote Tropfen sickern langsam in die blankgescheuerten Holzdielen ein.

Henry schaut nur in mein Gesicht. Mein ganzer Leib krampft sich zusammen, doch ich erlaube mir keine

Tränen. Nicht, solange er es sieht. Die Angst vor dem, was mir bevorsteht, lässt meine Hände zittern.

„Wo ist Daddy?", fragt er.

Ich schüttele den Kopf. „Gehst du bitte raus in den Hof?"

„Mommy, ich will nicht raus."

„Henry. Geh bitte raus in den Hof. Ich komme nach." Meine Stimme versagt, während Henry sich von meinem Bein löst.

Ich schaue hinter ihm her, wie er mit hängenden Schultern den Weg durch die Haustür antritt und sinke auf den Boden, als er außer Sichtweite ist. Meine Beine tragen mich nicht mehr. Vor lauter Schock, dass dies hier schon wieder passiert.

Herr Jesus Christus im Himmel erbarme dich.

Alles krampft, alles schmerzt. Was, wenn Mitch mich so sieht? Wenn er das erfährt?

Keuchend hocke ich da, bete in Gedanken für das Seelenheil dieses Kindes, für mein eigenes und dafür, dass Mitch Erbarmen mit mir haben wird, wenn er es herausfindet. Aber eine Antwort auf meine Gebete bleibt auch dieses Mal aus.

Mit letzter Kraft schleppe ich mich die Treppe hoch, ins Badezimmer.

Ich brauche Handtücher. Und frische Kleidung. Ich muss den Küchenboden wischen. Ich muss Ordnung machen, bevor Mitch nach Hause kommt. Und dann muss ich mich zurückziehen, um ...

„Was macht 'n der Kleine da?", dringt eine Stimme vom Hof zu mir nach oben. Das Fenster steht halb offen. Ich unterdrücke einen Schmerzlaut, als ich mich am Waschbecken abstützen muss.

„Weiß nicht.“ Jacob. Das ist Jacob.

„Sonst ist er doch immer bei Mrs. Hawkins drinnen.“

„Hallo, Henry, spielst du?“

Jacob, oh bitte. Komm her. Oder nein, bleib lieber weg.

Wenn er mich so sieht, wird er mich hassen, wie Mitch mich hasst. Ich unterdrücke das Schluchzen und wühle auf Knien nach einem frischen Waschlappen.

„Wo ist denn deine Mommy?“, fragt Jacob jetzt.

„Drinnen.“

„Und warum bist du nicht bei ihr? Es ist viel zu heiß für dich hier in der Sonne.“

„He, was ist hier los?“ Das ist eine andere Stimme, die ich nur entfernt kenne.

„Der Junge kann nicht in der prallen Sonne sitzen, Bobby. Ich bring ihn eben rein. Komm Henry, wir gehen rein. Ich bring dich zu deiner Ma.“

„Nein, Mister. Ich darf nicht. Mommy sagt, ich soll draußen spielen gehen. Sie wischt da Blut weg.“

Und das ist der Satz, der mein Herz explodieren lässt. Mein armer Henry. Kalter Schweiß rinnt mir den Rücken hinab. Die Schmerzen nehmen mir die Sicht, den Atem und jeden klaren Gedanken. Ich habe das schon so oft durchgestanden. Ein paar Stunden und es ist vorbei. Ich schaffe das. Das alles.

Mit dem Rücken lehne ich mich an die geflieste Wand und stütze den Kopf an die kühle Glätte.

„Na komm, wir gehen rein, Henry.“

„Mann, Jacob. Ist nicht unsere Sache. Ich will keine Prügel vom Boss kassieren, weil ich seinen Kleinen dumm angemacht hab.“

„Nein, Bobby, da stimmt was nicht.“

„Meine Mommy sagt, ich soll weggehen.“

„Bobby, pass auf den Jungen auf. Ich geh mal nachsehen.“

Bobby schnaubt. „Bist du von allen guten Geistern verlassen? Willst du Mrs. Hawkins jetzt das Händchen halten? Das geht uns nichts an.“

Einen Moment später klappt unten die Haustür auf.

„Hallo, Miss?“ Jacobs Stimme dringt leise durch die Flure.

Die Badezimmertür ist nur angelehnt. Als die Schritte sich nähern, wird mein hektischer Atem immer lauter.

„Ich bin hier.“ Mehr als ein Krächzen ist es nicht.

Jacob schiebt vorsichtig die Tür auf und als er mich sieht, schnappt er nach Luft. Ich wünschte, er hätte mich niemals in dieser Verfassung sehen müssen. Es gehört sich nicht. Es ist eine Frauensache. Trotzdem bin ich unendlich dankbar, dass er da ist.

„Leo!“, keucht er und stürzt zu mir auf den Boden.

Ich hebe den Blick und versuche, die nackten Oberschenkel mit dem Saum meines Kleides zu bedecken.

„Meine Güte, Prinzessin, was ist passiert?“, fragt Jacob und überschaut hektisch all die Blutflecken, die Schlieren über den Boden ziehen.

Ich wünschte, ich könnte ihm antworten, doch ich werde von einem weiteren Krampf geschüttelt und schließe die Augen. Plötzlich spüre ich seine Hand auf meinem Bauch. Es fühlt sich trotz der furchtbaren Umstände tröstlich an.

„Alles ist gut, alles ist gut“, höre ich mich immer nur sagen, weil mir die richtigen Worte fehlen. Jacob beißt fest die Zähne zusammen. In seinen Augen schimmern Tränen. Ihn so zu sehen, wegen mir, lässt auch meinen letzten Verstand schwinden.

„Leo", haucht er wieder, schiebt mich ein Stück nach vorne und setzt sich ohne Umschweife hinter mich. Ich lasse sofort den Rücken gegen seine Brust sinken und meinen Hinterkopf an seine Schulter. Er hält meinen kraftlosen Körper fest, weil das alles ist, was er tun kann. Auf meiner Stirn perlen Schweißtropfen, ich habe jegliches Zeitgefühl verloren. Nur Gott allein weiß, wie lange wir hier wirklich sitzen. Welle für Welle zieht der Schmerz durch meinen Körper.

„Brauchst du etwas? Kann ich dir helfen? Sollen wir nach deinem Mann schicken?"

„Bitte nicht. Nicht Mitch. Bitte nicht."

„Ist gut, keiner ruft ihn. Ist alles gut."

Unten höre ich die Tür. „Jacob?" Es ist Bobbys Stimme.

„Ich bin oben. Mrs. Hawkins gehts nicht gut", ruft er zurück.

„Verdammt noch eins, komm da runter, Mann."

„Sie braucht Hilfe."

„Soll ich den Arzt rufen?", brüllt Bobby von unten.

Ich schüttele den Kopf. „Nein, das ... er kann da auch nichts tun. Das geht von allein."

„Nein! Sie will keinen Arzt. Nimm den Jungen mit raus, ich komme gleich."

Bei Jacobs Worten laufen erneut Tränen an meiner Wange hinab. Er hält mich noch fester und streicht ein paar verschwitzte Strähnen aus meiner Stirn.

„Ich weiß gar nicht, warum ich weine", flüstere ich erstickt. „Ich habe das schon so oft erlebt. Viel zu oft. Ich schaffe nicht einmal das. Nicht einmal ein gesundes Kind kann ich mehr bekommen."

„Es ist alles gut, Leo." Er legt die Wange an meine Schläfe und küsst mich. Immer wieder.

„Warum bist du hergekommen, Jacob? Das solltest du nicht sehen. Das ist nichts für ...“ Mein eigenes Stöhnen schneidet mir das Wort ab.

„Sh. Ich bin hier, das reicht. Ich bleibe bei dir. Ich lasse dich nicht allein, hörst du?“

Er verschränkt seine Finger mit meinen. Sie krampfen sich darum, als würde er niemals wieder loslassen wollen.

Die ganze Zeit über rührt er sich kein Stück. Er sitzt bei mir, summt beruhigende Melodien an meinem Ohr und hält mich. Er leidet mit mir und weint mit mir.

Seine Hand streichelt dabei nach wie vor über meinen sanft gewölbten Leib, der mich noch einige Zeit an mein eigenes Versagen erinnern wird.

Ich versuche, den Gedanken zu verdrängen.

„Kannst du mir ein Handtuch geben, Jacob? Ich habe noch alte im Schrank“, flüstere ich matt und versuche mit fahrigen Bewegungen, die Lappen unter meinem Rock zu entfernen. Jacob zischt auf.

„Lass mich das machen“, sagt er.

„Ich muss die auswaschen, bevor Mitch mich findet.“

Jacob hält mich zurück, als ich aufstehen will und kommt selbst auf die Knie, um wenigstens den Boden notdürftig zu reinigen.

„Es tut mir so leid. So leid, Jacob“, sage ich und folge seinen Bewegungen mit erschöpftem Blick.

„Dir braucht gar nichts leidzutun. Du kannst doch nichts dafür.“

„Ich habe die schweren Kisten geschleppt. Und die Fliesen geschrubbt. Ich hatte schon tagelang Schmerzen. Es ist meine Schuld. Ich hätte das wissen müssen.“

Er hält mit dem Lappen in der Hand inne und mustert mich.

Ich kann kaum aufrecht sitzen.

„Leo, es ist nicht deine Schuld. Du musst dich ausruhen. Soll ich dich ins Bett bringen?“

Ich nicke und versuche erneut, auf die Füße zu kommen. Aus der Erfahrung weiß ich, dass mir der schlimmste Teil noch bevorsteht. Denn in dieser Schwangerschaftswoche ist es nicht damit getan, das Ende der Blutung abzuwarten. Und ich bin mir nicht sicher, ob Jacob das sehen sollte. Egal, wie sehr ich ihn liebe.

„Du kannst schon wieder hinausgehen. Ab jetzt schaffe ich es allein“, sage ich daher.

„Himmel, Prinzessin. Auf gar keinen Fall. Willst du dich waschen? Ich helfe dir, dann bringe ich dich ins Bett. Du musst dich ausruhen. Ich räume hier auf, mach dir darum nur keine Sorgen.“

„Wie konnte der Herrgott mir nur so einen Engel wie dich schicken, Jacob?“

Er legt die Arme um meine Taille und stützt mich.

„Soll ich dir warmes Wasser machen? Oder ein neues Kleid holen?“

Mein Nicken geht in einem erneuten Schwall Tränen unter. Ich schäme mich so, dass ich es auch jetzt nicht schaffe, mich zusammenzureißen.

„Wein ruhig. Es ist gut, zu weinen. Tränen heilen.“

Meine Beine geben nach, im letzten Moment schaffe ich es mit Mühe, die Arme um seinen Hals zu schlingen. Mein ganzer Körper fühlt sich wund und geschunden an.

„Sh. Wir bekommen das wieder in Ordnung, ich helfe dir.“

Er ist gerade dabei, die Knöpfe an meinem Kleid zu öffnen, als unten eine Tür zugeschlagen wird und schwere Stiefel die Treppe hinaufkommen.

Nein!

„Eleonora!“, donnert die Stimme von Mitch durchs Haus. Augenblicklich erfasst ein Zittern meinen Körper. Mir wird eiskalt.

„Nein, nicht“, wimmere ich und will Jacob in Panik von mir schieben, aber der hält mich weiter fest.

„Du kannst kaum stehen, Leo.“

„Bitte, Jacob, ich …“

Die Tür wird aufgestoßen, Mitch steht im Türrahmen. Groß, dunkel und bedrohlich. „Was geht hier vor?“

„Mitch“, keuche ich.

Doch er antwortet gar nicht. Er starrt gar nicht einmal mich an, sondern Jacob, der mich nach wie vor im Arm hält.

„Sir, ich habe Ihren Jungen im Hof gesehen. Er sagte, dass es seiner Mutter schlecht geht. Da habe ich nachgesehen.“

Mitch kommt ein paar Schritte auf uns zu und reißt Jacob am Kragen von mir weg. Ich gehe sofort zu Boden und muss sitzen bleiben, weil mir die Kraft zum Aufstehen fehlt.

Mitchs Gesicht ist von Jacobs vielleicht zehn Zentimeter entfernt. Ich wimmere auf.

„Und da glaubst du, dass es dir das Recht gibt, fremden Frauen nachzusteigen?“, zischt mein Mann. Ich kann die Angst in Jacobs Miene sehen.

„Wir wollten nach Ihnen schicken lassen. Ich hatte Sorge, dass sie das Bewusstsein verliert", lügt er, dabei schwankt seine Stimme so sehr, dass man ihn kaum versteht.

„Ach, Sorge hattest du?"

„Mitch, bitte. Es ist nur meine Schuld", sage ich abgeschlagen.

„Halt die Klappe, du unnützes Weib!" Er fährt herum und brüllt es so laut in mein Gesicht, sodass Jacob und ich gleichermaßen zusammenzucken.

„Mr. Hawkins. Es ging ihr schlecht. Ich habe ..." Doch weiter kommt Jacob nicht, weil Mitchs flache Hand ihn im Gesicht trifft. Sein Kopf fliegt zur Seite. Sofort rötet sich seine Haut.

„Hau ab, Bengel. Nächstes Mal ist es nicht die flache Hand. Misch dich nicht in Weiberkram ein, der dich nichts angeht."

„Sir", setzt Jacob erneut an, doch ich versuche ihm zu verstehen zu geben, dass er aufhören soll. Dass er gehen soll. Stumm flehe ich ihn an.

Er schickt dich sonst nach Hause. Bitte sag nichts mehr. Wenn du weg bist, bin ich alleine. Bitte, Jacob, geh.

„Wird's bald?"

Jacob wirft mir einen letzten Blick zu, dann wendet er sich zur Tür.

„Schneller!", brüllt Mitch und tritt hart gegen das Türblatt, sodass es ins Schloss fliegt, sobald Jacob hindurchgetreten ist.

Dann dreht er sich um. „Und jetzt zu dir", zischt er.

Seine Stimme wird dumpf und immer dumpfer, immer verzerrter, bis mir schließlich schwarz vor Augen wird.

Ein harter Aufprall, dann ist es vorbei.

KAPITEL 20

LEVI

Am Sonntagnachmittag verabschieden wir uns vom Rest der Familie Clairmont. Vielmehr, die Familie Clairmont verabschiedet sich von uns.

Charlottes Mann schüttelt meine Hand. Sein Blick sieht dabei aus, als hätte er schon einen ganz besonderen Platz in der Hölle für mich reservieren lassen. Dabei habe ich ihm keinerlei Anlass dazu gegeben. Jedenfalls keinen, von dem er weiß.

Ich bin mir nicht sicher, was zwischen ihm und Charlotte passiert ist, aber die Tatsache, dass sie ihn aus dem Schlafzimmer geschmissen hat, befriedigt mich enorm. In meiner Vorstellung hatte ich mir schon ausgemalt, wie ich nachts das Bett knarren höre und live mitbekomme, was zwischen den beiden so abgeht. Anscheinend nicht viel.

Als ich heute Morgen vom Füttern ins Haus zurückgekehrt bin und die Kaffeemaschine angeschmissen habe, ist er vom Sofa hochgeschreckt und mit seinem peinlichen Karo-Schlafanzug ins Obergeschoss verschwunden. Und ja, auf der einen Seite tut er mir schon irgendwie leid. Auf der anderen Seite – er behandelt Charlotte wirklich unterirdisch. Keine Ahnung, was der Mann für ein Egoproblem hat.

Aber jetzt ist all das Geschichte, denn die Clairmonts verlassen in dieser Minute Vinewood Hill.

Ich kann förmlich spüren, wie Charlottes Anspannung abfällt, als der Wagen zwischen den Baumreihen verschwindet.

„Das war überraschend", sagt sie und winkt dabei mit einem aufgesetzten Lächeln.

„Gott sei Dank hatte ich eine Hose an."

Einen Moment schaut sie noch dem Auto nach, doch dann bricht es aus ihr hervor. Sie lacht. Ziemlich laut.

Mein Herz macht einen Satz.

Es fühlt sich für einen Moment so an, als wären wir geheime Komplizen. Irgendwie sind wir das auch. Wir teilen mehr Geheimnisse, als gut für uns ist.

„Hey, was ist daran so witzig? Nächstes Mal kannst du gern die sein, die zur Tür geht."

Sie fasst sich an die Stirn. „Meine Güte, das ist doch alles Irrsinn, oder?"

„Ziemlich."

Einen Moment schweigen wir.

„Ich habe Sebastian versprochen, dass ich morgen nachkomme."

Der Satz löst eine Beklemmung in mir aus, die ich niemals erwartet hätte. Ich schlucke schwer gegen das Brennen in meiner Brust an. „Okay, dann ... wenn du ... wenn das hier der letzte Abend ist, den wir haben, dann sollten wir endlich den Rest von diesem verdammten Tagebuch lesen und alles weitere regeln. Und wir müssen McNamara anrufen."

„Warum das?"

„Wenn wir diese Verbindung heute nicht finden, dann können wir ohne die Kohle wieder heimfahren.

Vielleicht können wir ihn auch bequatschen, dass er eine Ausnahme macht."

„Wir werden das aber rausfinden", sagt sie. Und dann noch einmal. „Wir werden das heute herausfinden, Levi."

„Charlotte. Wir sind seit einer knappen Woche hier und haben nicht mal einen Anhaltspunkt."

Sie dreht sich in meine Richtung. „Wir haben uns auch nicht wirklich damit beschäftigt, wenn wir ehrlich sind."

„Dann sollten wir das wohl besser ändern, was?"

Ihr Blick findet meinen. Warum fühlt sich das nur so verflucht gut an?

Am liebsten würde ich sie küssen. Sie küssen und in meine Arme nehmen und mit ihr die Treppen hochgehen, bis in ihr Schlafzimmer und dann ... wäre das die dämlichste Entscheidung, die ich jetzt treffen könnte. Das, was zwischen uns passiert ist, war eine einmalige Sache. Das ist selbst mir klar. Trotzdem kann ich nicht aufhören, daran zurückzudenken.

„Levi?"

„Hm?"

„Ich räume jetzt drinnen auf und ziehe die Betten ab. Dann rufe ich Mr. McNamara an. Treffen wir uns heute Abend auf der Veranda?"

„Ich mache noch die restlichen Bohlen fertig." Es ist keine Antwort auf ihre Frage, trotzdem nickt sie.

Die nächsten Stunden über versinke ich mit dem Hammer in der Hand und einem Haufen Nägeln in der Tasche in meinen Gedanken. Ich weiß nicht, wann ich mich zuletzt so gefühlt habe. Eigentlich noch nie. Ich kann das gar nicht wirklich einordnen. Bilder von dem

Scheunenfest kommen mir in den Kopf. Wie wir getanzt haben. Charlotte im Supermarkt, wie sie panisch die Rechnung studiert. Charlotte im Restaurant. Charlotte auf der Veranda, wie sie an ihren Skizzen arbeitet.

Schluss jetzt!

Das ist Schwachsinn. Das ist nur in meinem Kopf, weil die Nacht so schön war. Das ist nur eine körperliche Reaktion. Ich will keine Frau wie Charlotte.

Ich will gar keine Frau.

Ich will meine Ruhe.

Nachdem ich fertig bin, hole ich Emma zur Nacht in den Stall und weiche ihr eine Portion Zusatzfutter ein. Es gefällt mir gar nicht, wie apathisch und schlapp sie heute ist. Ihre Schritte sind noch langsamer als sonst und ihre Atmung geht flach. Ich habe schon genug alte Tiere gesehen, um zu wissen, was das bedeutet.

Aber davon muss Charlotte nichts erfahren. Wenn sie morgen früh fährt, rufe ich den Tierarzt an. Vielleicht ist es für Emma langsam an der Zeit.

Mit einem tiefen Durchpusten trete ich aus dem Stall und halte auf die Veranda zu. Charlotte sitzt mit ihrem Tablet auf dem Schoß dort. Bessy liegt ihr zu Füßen. Dafür, dass die beiden so einen schwierigen Start hatten, können sie sich jetzt ziemlich gut leiden.

Als ich den Fuß auf die erste Stufe setze, springt Bessy auf und kommt auf mich zu. Charlotte legt hektisch ihr Tablet weg.

„Na, was machst du? Du wirkst so ertappt, als würdest du dir …"

„Sag's jetzt nicht, Levi Henderson!" Ein leichtes Grinsen stiehlt sich auf ihre Züge. Sie atmet durch. „Ich habe nur an meinen Zeichnungen gefeilt. Vielleicht arbeite ich das noch etwas aus, wenn ich wieder zu Hause bin.“

„Das solltest du. Sie sind wunderbar. Mach da unbedingt etwas draus. Und wenn du mal was veröffentlichst, will ich eine persönliche Widmung.“

„Bekommst du.“

Die Stimmung zwischen uns kippt ins Bodenlose. Weil uns beiden in diesem Moment klar wird, dass wir uns nach morgen vermutlich nicht mehr wiedersehen werden.

„Ich gehe mal duschen. Nehmen wir dann das Tagebuch in Angriff?“

„Ich mach uns Sandwiches.“

„Charlotte, wir können nicht von Toast leben“, mache ich sie nach, doch für mehr als ein trauriges Lächeln reicht es nicht.

***

Die Hänge rund um Vinewood Hill kommen mir heute grüner vor als letzte Woche. Sie haben im letzten Abendlicht des Tages einen metallischen Jadeton, der sich mit dem dunklen Smaragdgrün des Waldes misst. Ein wogendes Meer – so weit das Auge reicht. In der Stille zirpen ein paar Grillen. Das tiefe Rauschen der Natur fährt meinen Puls herunter.

„Vielleicht bleibe ich noch hier und nehme mir mal die Gästehäuser vor.“

Charlotte legt ihr Sandwich auf den Teller. „Willst du nicht nach Hause?“

„Weiß nicht. Zieht mich nicht unbedingt dorthin. Eigentlich ganz gut, sein eigener Herr zu sein. Zu Hause wird meine Mom wieder eskalieren und mein Dad wird mich den ganzen Tag anschnauzen. Das Baby wird weinen und Steve wird mir auf den Sack gehen. Hier …“ Ich lasse den Satz in der Luft hängen. Unbestimmt wie alles zwischen uns. Charlotte schaut von meinem Gesicht weg in die Ferne.

„Außerdem will ich bleiben, bis alles mit Emma geklärt ist“, schiebe ich noch hinterher. „Ich will sie nicht allein lassen. Hat sie nicht verdient.“

„Keiner hat das.“

„Was wird mit dir? Ab morgen wieder Mommy-Treffen und Kinderkekse?“

„Und Ballettproben und Elternabende.“ In ihren Augen stehen plötzlich Tränen. Sie blinzelt sie fort.

„Was ist los?“

„Nichts. Alles gut.“

„Charlotte …“

„Was denn?“ Es fühlt sich schrecklich hilflos an. Der Klang ihrer Worte und das Gefühl in meiner Brust.

Ich setze mich ein bisschen aufrechter hin und will ihre Hand nehmen, doch sie schüttelt nur den Kopf.

„Lass uns wenigstens darüber reden“, bitte ich.

Sie lacht erstickt. „Als würde es das besser machen. Es ändert nichts.“

„Man muss etwas tun, damit sich etwas ändert.“

„Wow! Mr. Oberschlau gibt wieder seine Lebensweisheiten zum Besten.“

„Sei doch nicht so zickig.“

„Ich bin nicht zickig. Das ist eine bescheuerte Unterstellung. Warum sagen Männer das immer? Das ist dreist und abwertend.“

„Was bist du dann?“

„Genervt und wütend.“

„Sag mir, warum.“

„Nein. Das geht dich nichts an. Wir haben genug Mist gebaut.“

„Bereust du es?“

Sie schaut an mir vorbei. Eine Antwort bekomme ich nicht, aber ich kenne sie auch so. Sie braucht es gar nicht aussprechen, denn mir geht es ähnlich.

„Ich meinte das ernst. Das hier geht nur dich und mich etwas an. Niemand wird das je-“

„Halt die Klappe.“

Bessy fiept und erhebt sich. Sie umrundet den Tisch und legt sich neben mich. Charlottes Blick geht ihr hinterher. Eine einsame Träne löst sich aus ihrem Augenwinkel. Niemand von uns kommentiert es weiter. Ich wünschte, sie müsste sich nicht so fühlen. Ich wünschte, *ich* müsste mich nicht so fühlen.

„Lesen wir jetzt wenigstens noch den Rest vom Tagebuch?“, frage ich vorsichtig. Charlotte starrt noch immer in die Luft. Dann nickt sie, greift nach dem Büchlein und beginnt mit zittriger Stimme zu lesen.

„September 1954. Liebes Tagebuch, die Ereignisse haben sich zugespitzt. Ich habe so lange nicht berichtet, was sich alles so zugetragen hat, doch ich hoffe, du siehst es mir nach. Es hat Mitch wirklich wütend gemacht, dass ich auch dieses Kind verloren habe. Er hat wochenlang getobt und mich nicht hinausgelassen. Es waren die schlimmsten Wochen meines Lebens. Ich vermisse meinen Prinzen so. Seinen Zuspruch. Er hätte sicher eine aufmunternde Geschichte für mich auf Lager. Und so grauenhaft es sich auch anhört, aber ich bin froh, dass er bei mir war, als es geschehen ist. Er hat

sich nicht über mich beklagt oder mich beschimpft. Er hat mich nur geküsst und gehalten und mit mir mitgeweint. Um ein Kind, dass nicht einmal seines war. Er ist der wunderbarste Mensch, den ich jemals kennenlernen durfte. Ich danke Gott jeden Tag für seine Existenz. "Charlottes Stimme bricht ab, sie blättert um.

„War das schon alles?"

„Ein letzter Eintrag ist da noch."

„Willst du den noch lesen, oder ..."

Sie hebt den Blick, schaut über mich hinweg. Raus auf die Felder. „Ich habe ein bisschen Angst, was drinsteht, wenn ich ehrlich bin. Denn wenn wir nicht irgendeinen Hinweis übersehen haben, dann muss es dieser letzte Eintrag sein, der endlich Licht ins Dunkel bringt."

„Meinst du nicht, das ist was Gutes?"

Sie seufzt schwer. „Schon. Ich habe nur keine Ahnung, ob ich heute noch in der Lage bin, weitere Überraschungen zu verkraften."

KAPITEL 21

September 1954

ELEONORA

Es gibt Menschen, die das Schicksal einem gibt und es gibt Menschen, die es einem nimmt.

Ich starre zum Küchenfenster hinaus und hänge diesem Gedanken so lange nach, dass ich mir sicher bin, jede Facette daran durchdacht zu haben. Als ich merke, dass das Abwaschwasser kalt wird, rufe ich mich zur Besinnung. Alles Grübeln nützt doch nichts. Ich bin selbst schuld an meiner Lage. Hätte ich mich nicht in Jacob verliebt, wäre mir dieses Kind vielleicht geblieben. Gott straft solche Sünden.

Doch ich bereue keine Sekunde, dass ich ihn liebe. Und das macht mich wohl zu der schlechtesten Mutter und Ehefrau unter der Sonne. Ich sollte nicht so denken und doch tue ich es. Ich bin eine Gefangene meines eigenen Lebens, das ist mir in den Wochen klargeworden, die ich hier in der Einöde des Hauses verbracht habe. Mitch wollte mich die ersten Wochen nach der Fehlgeburt nicht vor die Tür lassen. Doch nicht aus Sorge um mich, sondern damit mein Gesicht wieder zu seiner normalen Farbe kommen kann. Ich bin froh, dass Jacob mich nicht in diesem Zustand gesehen hat.

Es hätte ihm das Herz zerrissen. Und trotz all der Grausamkeit, die darin liegt, es freut mich, dass es jemanden gibt, dem ich derart wichtig bin.

Leider wacht Mitch seit diesem Vorfall wie ein Schießhund über mich. Er behält mich genau im Blick und ich nehme mich zurück, wo ich nur kann. Es macht mir eine solche Angst, dass er hinter meine Bekanntschaft mit Jacob kommen könnte. Nicht wegen mir, sondern wegen Jacob. Ich bin mir nicht sicher, was Mitch ihm antun würde, wenn sein Zorn groß genug wäre. Deshalb haben wir uns seit dem Vorfall im Bad nicht wieder getroffen. Es ist zu riskant. Jedes Mal, wenn ich seinen Blick auf mir spüre, schaue ich besonders sorgfältig beiseite. Ich habe Angst, schwach zu werden, wenn ich erst in seine Augen sehe.

Dabei vermisse ich ihn schrecklich. Am schlimmsten ist es in den Nächten, wenn ich auf meiner schmalen Pritsche in der Kammer schlafe. Mitch hat mich nicht wieder in sein Schlafzimmer zurückgeholt und ich bin mir auch nicht sicher, ob er es jemals wieder tun wird. Also verbringe ich die Nächte allein. Manchmal stelle ich mir vor, dass Jacob bei mir wäre. Ich stelle mir vor, wie er sich in meinem kleinen Reich umsehen würde. Wie er sagen würde, dass man mit etwas Liebe ein gemütliches Schlafzimmer daraus machen könnte. Und dann würde er lächeln und sich neben mich ins Bett legen. Er würde mich die ganze Nacht halten und mich seinem Herzschlag lauschen lassen. Ich stelle es mir himmlisch vor, in seinen Armen einzuschlafen.

Und auch wenn Neid eine der Todsünden ist, so empfinde ich ihn doch. Mit jedem Tag mehr. Immer dann, wenn mir wieder ins Gedächtnis kommt, dass es da eine Frau gibt, die all das bekommen wird, was ich mir so sehnlichst wünsche. Auf der anderen Seite kann Jacobs Verlobte Olivia rein gar nichts für all diese Verstrickungen.

Meine Hände waschen Teller um Teller, die eintönige Arbeit kam mir niemals mehr gelegen als heute, wo ich mich ohnehin kaum konzentrieren kann.

Mit einem Seitenblick mustere ich Henry, der brav am Küchentisch sitzt und die Buchstaben übt. Immer wieder schleichen sich kleine Kritzeleien dazwischen. Er liebt das Zeichnen und Malen. Ich lasse ihn neuerdings und verstecke die Bilder einfach, sodass Mitch sie nicht sieht. Ich bin es leid, meinem Sohn etwas zu verbieten, das ihm solche Freude macht. Weil ich jetzt weiß, zu was es die Menschen beflügeln kann, wenn sie ihre Fantasien und ihre Kreativität nicht verbergen müssen. Mit einem Lächeln wandern meine Gedanken erneut zu Jacob zurück. Ich stelle mir vor, was er mal für ein Vater sein wird.

Sicher nicht so ein strenger wie Mitch. Doch selbst der ist ein bisschen weicher geworden, seit wir auch dieses Kind verloren haben. Zumindest mit Henry.

Vermutlich ist ihm klargeworden, dass Henry sein einziges Kind bleiben wird. Neuerdings nimmt er ihn ab und an mit nach draußen. Dann erklärt er ihm den Weinbau oder lässt ihn auf seinem Pferd reiten. Ich liebe es, wie sehr Henry dabei strahlt und mit welchem Stolz Mitch ihn anschaut.

„Entschuldigen Sie, Miss? Könnte ich wohl einen Verband bekommen?" Die bekannte Stimme lässt mich prompt den Teller ins Spülbecken versenken. Das Wasser federt den Aufprall mit einem dumpfen Geräusch ab, während ich schon herumfahre und den Mann in meiner Küche anstarre, als hätte ich einen Geist gesehen.

„Jacob?“

„Ja, Miss. Ich habe mir die Hand verletzt.“

Mechanisch wandert mein Blick an ihm hinab, während seiner auf meinem Gesicht ruht. Er hat die linke Hand in ein dickes Tuch gewickelt, das vor Dreck und Blut starrt.

„Was ist denn geschehen?“ Ich trete auf ihn zu und nehme seine Hand in meine.

„Nichts Schlimmes. Nur ein Schnitt mit dem Messer. Ich habe die Heubänder durchtrennt und bin abgerutscht.“ Mein Blick fliegt hoch in sein Gesicht und als ich das Funkeln in seinen Augen sehe, weiß ich, dass das kein Unfall war.

„Du Narr“, flüstere ich gepresst und werfe einen Seitenblick auf Henry. Doch er ist abgelenkt und bekommt nichts mit.

„Ich muss dich sprechen.“ Jacobs Flüstern ist kaum hörbar.

„Aber doch nicht so.“

„Eleonora? Wer ist das?“ Mitchs Stimme kommt laut und herrisch aus dem Arbeitszimmer.

„Ähm ... nur ... einer der Arbeiter. Er hat sich in die Hand geschnitten. Ich verbinde es eben.“

„Himmel, diese untätigen Taugenichtse.“

„Ich schicke ihn gleich wieder hinaus. Es ist nichts Schlimmes.“ Damit wende ich mich an Jacob. „Ich verbinde dir jetzt die Hand und dann musst du zusehen, dass du schnell hinauskommst.“

Er nickt und folgt mir zum Arzneischrank neben dem Fenster.

„Leo, es ist etwas geschehen. Ich wollte es dir schon die ganze Woche sagen, aber wir kamen nicht dazu, uns zu sehen."

Sein Flüstern ist so nah, dass es mir eine Gänsehaut macht. Und das nicht nur wegen seiner Nähe, sondern auch wegen seiner Worte.

„Was ist passiert?"

„Nicht hier. Heute Nacht. Unter dem Baum."

„Jacob, du …"

„Es ist wichtig."

Seine Dringlichkeit ängstigt mich. Und das Flackern in seinem Blick auch. *Bitte, guter Gott, nimm ihn mir nicht weg. Lass nicht zu, dass er schon geht.*

Dabei sind seine Wochen hier ohnehin gezählt. Wenn die Weinlese vorbei ist, gehen die Saisonarbeiter heim. Der Gedanke daran lässt mich kaum mehr Luft bekommen.

Wie soll ich ohne ihn leben? Ohne seine Blicke, ohne unseren Austausch, ohne seine Küsse?

Er schluckt und schließt die Augen, als ich einen Verband aus dem Schränkchen nehme. Ich behandele die Wunde mit Jod und wickele das Tuch darum.

„Geht es dir sonst gut?", fragt er leise.

„Es ist alles in Ordnung."

„Gott sei Dank. Ich habe mir solche Sorgen um dich gemacht, …" *Prinzessin.*

Er bricht gerade noch rechtzeitig ab.

Ich nicke nur und bleibe still. Mitch hat gute Ohren.

„So, die Wunde ist verbunden." Das ist das Erste, was ich lauter sage.

„Danke, Miss." Jacob antwortet ebenso laut und geht dann rückwärts von mir fort.

Heute Nacht?, fragt sein Blick.

Ich nicke.

Er dreht sich um, wenig später höre ich die Haustür.

Obwohl es mir widerstrebt, gehe ich in Mitchs Arbeitszimmer. Ich bin solch eine berechnende Person geworden, dass es mich schaudert.

„Eleonora, was gibt es denn?", fragt er mit einem entnervten Blick, als ich eintrete.

„Ich möchte nur wissen, ob du etwas wünschst. Ich könnte dir einen Kaffee kochen." Ich verabscheue diesen unterwürfigen Tonfall, doch ich weiß, dass Mitch das liebt.

„Nein, danke. Ich muss gleich hinaus. Wer war das eben?"

„Ich kann sie alle nicht gut unterscheiden. Ich sehe sie dazu nicht oft genug."

Er beugt sich auf seinem Stuhl zurück und wirft einen Blick durch das Fenster. „Wie schlecht ist dein Gedächtnis, Eleonora? Das war Jacob, dieser unfähige Bursche, der dir ins Badezimmer nachgestiegen ist."

„Ich erinnere mich nicht mehr an das Gesicht."

„Solche wie den gibt's auf der Welt auch zu viele. Hat diesen Sommer endlich das Arbeiten gelernt."

Ich nicke zustimmend. In meinem Kopf sehe ich nur Jacobs Lächeln.

Bis später, Prinzessin Leo.

***

Den ganzen Abend sitze ich über einer Stickarbeit, die ich seit Wochen beenden will. Doch so richtig konzentrieren kann ich mich nicht. Was kann so wichtig sein, dass Jacob sich in die Hand schneidet, um ein Treffen auszumachen?

Als es Mitternacht schlägt, schiebe ich die Füße aus dem Bett und streife das Nachthemd ab. Die Luft, die durch das geöffnete Fenster hineinströmt, ist warm. Ich bleibe einen Moment so im Windhauch stehen. Mein Kleid vom Vortag ist schnell wieder übergezogen und meine Schuhe nehme ich in die Hand, damit ich kein Geräusch verursache. Auch die Haustür schließe ich ganz vorsichtig und husche über den Hof.

Jacob wartet schon unter unserem Baum. Seine Silhouette hebt sich zart im Mondschein ab. Es könnte jeder sein, doch ich erkenne ihn sofort. Es ist die Art, wie er dort sitzt. Die Knie angezogen und die Arme darum geschlungen. Er schaut in meine Richtung, sein Gesicht liegt im Schatten. Ich würde alles geben, wenn ich den Ausdruck darauf erkennen könnte.

Mit einer merkwürdigen Sicherheit weiß ich, dass dies unser letztes Treffen sein wird. Ich kann es nicht einmal greifen, die Gewissheit ist einfach da.

Manchmal weiß das Herz mehr als der Verstand.

Vielleicht war es sein Blick vorhin im Haus, vielleicht sein Ton. Oder vielleicht auch irgendetwas dazwischen.

Der Gedanke ist unerträglich.

Bei ihm angekommen, lasse ich mich ins Gras fallen. Beinahe sofort schlingt er die Arme um meine Taille. Seine Wange liegt an meiner und ich streiche seine Haare zurück.

„Jacob.“

„Meine Prinzessin. Endlich habe ich dich wieder.“

„Ich habe dich so vermisst. Ich denke jeden Tag an dich. Nur an dich, Jacob.“

Er schluckt und nickt leicht, sodass seine kratzige Wange über meine glatte fährt. Ich bin krank vor Sehnsucht nach ihm. Jetzt, da ich ihn wieder so nah bei mir spüre, fällt es mir erst richtig auf. All die Wochen war ich wie in einer Trance und jetzt ist der Mensch da, der sie auflösen kann. Er tut es durch einen tiefen Kuss. Seine Hände legen sich um mein Gesicht, Schauer jagen über meine Haut.

„Leo“, haucht er und rückt ein Stück ab. „Ich muss dir etwas sagen, bevor ich noch den Verstand darüber verliere.“

„Du kannst mir alles sagen, das weißt du doch.“ Und es ist wahr. Er ist der einzige Mensch, mit dem ich über alles sprechen kann. Er kennt all die Abgründe, die in mir sind, und ich kenne seine.

„Ich bekam vor einigen Tagen einen Brief von Olivia. Sie schrieb, dass ...“

Ich rutsche näher. Bald auf seinen Schoß und ehe ich mich versehe, zieht er mich wahrhaftig darauf. Seine Stirn sinkt auf meine Schulter. Doch selbst eine derartige Nähe fühlt sich mit ihm niemals falsch oder unangenehm an. Ich wünschte, ich könnte ihn noch viel näher bei mir haben.

„Was für Neuigkeiten gibt es?“

„In dem Brief geht es um meine Ma. Es geht ihr nicht gut. Ihr Fieber ist zurückgekehrt und der Arzt sagt, er kann jetzt nichts mehr tun.“ Er vergräbt das Gesicht an meiner Halsbeuge, ich spüre die nassen Spuren, die sich über meine Haut ziehen. Jacob ist ein Mann, der keine Angst vor Verletzlichkeit hat. Ich liebe ihn dafür nur umso mehr.

„Ich muss heim, Prinzessin."

Es lässt meine Lunge eng werden, dass meine Vorahnung damit zur Gewissheit wird. Und weil mir die richtigen Worte fehlen, hebe ich bloß sein Gesicht an meine Lippen und küsse ihn. Wieder und immer wieder. Ich kann kaum davon ablassen.

„Meine Prinzessin. Wie soll das nur werden?"

„Sh ..."

Wir sehen uns einen Moment in die Augen, in seinen ist so viel Zerrissenheit. Pflichtgefühl und Liebe, Trauer und Wut. „Komm mit mir, Leo. Wir gehen zusammen."

Mein Herz macht einen Satz. Einen so gewaltigen, dass es sich anfühlt, als könnte es niemals in seinem normalen Takt weiterschlagen. „Wir können zusammen gehen. Ich kann den Gedanken nicht ertragen, dass du bei diesem Monster bleiben musst. Du hast ein gutes Leben verdient, Leo. Eins, in dem du geliebt wirst."

„Es geht nicht. Was ist mit Henry? Ich kann ihn nicht von hier fortreißen."

„Wir nehmen ihn mit. Er könnte bei uns aufwachsen. Was soll aus ihm werden mit einem solchen Vater?"

„Du bist verlobt. Das können wir Olivia nicht antun."

„Sie hätte sicher Verständnis."

„Keine Frau hätte Verständnis für so etwas."

Er schließt die Augen. „Meine Prinzessin. Das warst du vom ersten Augenblick an. Ich habe mich sofort in dich verliebt, weißt du das eigentlich?"

„Wirklich?"

Sein Schmunzeln an meinem Gesicht lässt mich leise kichern.

„Mm-hm. Als du da in der Tür gestanden hast mit deinen Handtüchern, da war es um mich geschehen. Weil du die wundervollste Person bist, die ich kenne. Du strahlst so sehr. Wenn ich dich betrachte, dann überschattet dein Anblick alles, was mein Leben sonst ausmacht."

„Jacob."

„Haben wir noch diese Nacht zusammen?" Er hält mein Gesicht vorsichtig in seinen Händen und die Art, wie er mich küsst, verändert sich.

Trotzdem ich Angst habe, nicke ich. Wie könnte ich es ihm abschlagen? Wie könnte ich jetzt gehen? Ich bin mir sicher, egal was er tut, er könnte mich gar nicht verletzen. Mit nichts auf dieser Welt. Dafür liebe ich ihn zu sehr.

Ich lasse die Fingerspitzen in seinen Hemdkragen wandern, seine Augenbrauen fahren zusammen.

„Ich liebe dich so", haucht er und küsst mich erneut. „So unendlich, dass die Weite des Universums nicht genug Platz hat dafür."

Mit zittrigen Fingern öffnet er den Verschluss meines Kleides. Es fällt um meine Hüften und sorgt dafür, dass die laue Nachtluft direkt auf meine bloße Haut trifft.

Das hier ist ganz anders als das, was ich bisher kenne. Seine Hände sind sanft und weich. Liebkosen mich auf eine Art, die mir fremd ist und doch gleichzeitig so vertraut.

Sein Hemd landet im Gras, während ich über seinen Oberkörper streichle. Über die Schultern, seine Brust. Ich habe noch keinen Mann so berührt und ich würde es nur bei ihm tun. Das hier gehört uns beiden. Diesen Teil von mir schenke ich ihm.

Und dieses Kribbeln, das da in mir ist, das schenkt er mir. Ein letztes Geschenk, eine letzte Nacht in unserer Schattenwelt. Nur er und ich.

Ich bleibe auf seinem Schoß sitzen, seine Arme sind fest um meine Taille geschlungen. Ich stelle mich auf den reißenden Schmerz ein, den ich jedes Mal spüre, doch diesmal gibt es keinen. Es gibt nur ein sehnsuchtsvolles Ziehen und das Gefühl von unendlicher Nähe. Ich keuche vor lauter Überraschung auf.

Jacob lacht heiser. „Alles in Ordnung?"

„Es tut nicht weh."

„Wie schrecklich wäre das auch? Niemand darf dir wehtun. Du hast nur Liebe verdient. Vergiss das nie."

***

Ich bleibe viel zu lange hier draußen auf dieser Wiese. Arm in Arm mit dem Mann, dem mein Herz gehört. Wir haben es uns heute Nacht bewiesen. Unzählige Male. Als hätten wir einen Vorrat an Erinnerungen schaffen müssen, der für ein Leben reicht.

„Vielleicht komme ich nächstes Jahr wieder", flüstert er und reibt seine Nasenspitze an meinem Hals.

„Nächstes Jahr um diese Zeit wirst du zu tun haben. Dein Leben beginnt jetzt erst richtig."

Dabei wünsche ich mir nichts sehnlicher, als dich wiederzusehen. Doch das kann ich ihm nicht sagen. Es würde ihn belasten und ich will nicht, dass ihn etwas belastet. Er soll ein gutes Leben haben. Ein rechtschaffenes und einfaches.

„Ich reise bei Sonnenaufgang ab.“

Der Satz hallt wider, während ich die Tränen fortblinzele.

„Weiß Mitch es schon?“

„Ja, ich habe gestern Abend mit ihm gesprochen. Er war nicht glücklich darum, aber es ist dringend. Ich wünschte nur, dass es anders wäre.“

„Ich auch.“

„Denkst du, dass es so etwas wie Reinkarnation gibt?“, fragt er leise.

„Ich weiß nicht. Der Reverend sagt, dass die Seele und der Körper eins sind.“

„Ach, der weiß auch nicht alles. Ich glaube daran, Prinzessin. Vielleicht können wir in diesem Leben nicht zusammen sein, aber dafür im nächsten. Meinst du, wir finden uns wieder?“

„Ich hoffe es.“

„Es muss so sein. Ich bin mir sicher, dass uns mehr verbindet als diese paar Monate, Leo.“

„Liebe.“

„Was?“

„Liebe verbindet uns. Ich habe niemals jemanden geliebt wie dich, Jacob, und werde es auch niemals mehr.“

***

Als ich im Morgengrauen ins Haus komme, ist noch alles dunkel. In meiner Brust tobt ein Sturm, der sich nicht legen will. Es zerreißt mich zu wissen, dass dies heute Nacht die letzten Blicke und Berührungen waren, die ich von Jacob jemals bekommen werde. Er hat mir seine Adresse auf einen Zettel geschrieben, sodass ich ihm Briefe schicken kann. Ich weiß nicht, ob ich es tun werde. Ich weiß nicht, ob ich es kann. Im Moment ist alles in mir zu aufgewühlt, um einen klaren Gedanken zu fassen.

Aber mit einem hatte Jacob unrecht. Unsere erste Begegnung geschah nicht in seinem Zimmer. Das erste Mal gespürt habe ich ihn, als er da auf dem Wagen saß. Bei seiner Ankunft, als er mich mit seiner Stimme und seinen Worten verzaubert hat.

Und dort, wo es angefangen hat, da endet es auch.

Jetzt steigt Jacob erneut auf den Wagen. Sobald er sitzt, springt der Motor an. Ich wünschte, ich dürfte hinauslaufen und ihm winken. Ihm zurufen, wie sehr ich ihn liebe. Nichts davon wäre angemessen. Deshalb stehe ich nur am Wohnzimmerfenster und sehe meinem Herzen dabei zu, wie es wegfährt. Es hat sich heute Nacht aus meiner Brust gestohlen und ist in Jacobs Reisetasche gesprungen.

Ungesehene Tränen laufen meine Wangen hinab. Ich weiß nicht, ob ich es jemals wieder schaffen werde, Luft zu holen.

Es ist ein Fehler gewesen, nicht mitzugehen.

Es ist der größte Fehler meines Lebens.

„Mommy?" Henry steht unvermittelt vor mir und drückt sein Gesicht in meinen Rock. „Warum weinst du, Mommy?"

„Ich habe nur etwas im Auge, mein Liebling."

Doch mit jedem Wort weine ich mehr und mehr, bis meine Stimme ganz erstickt klingt. Mit Blick auf den Wald, in dem das Auto verschwunden ist, treffe ich eine Entscheidung. „Ich weine, weil ich traurig bin,

Henry. Weinen ist etwas Gutes. Es macht uns menschlich."

„Mommy, das ist nicht recht. Vater sagt, man soll-"

„Nein, Henry. Die eigenen Gefühle sind immer recht.
Dein Vater weiß das nicht und es tut mir leid für ihn,
aber wir beide sollten uns das behalten. Nur für uns."

Er nickt.

Er, mein Sohn, mein einziger Grund, aus dem ich mir
mein eigenes Glück verbiete.

KAPITEL 22

November 1954

*Meine liebste Cousine Eleonora, Meine Leo,
erinnerst du dich noch an deine liebgewonnene Cousine Francis? Ich wünschte, ich hätte dir schon früher schreiben können, doch ich fand nicht die richtigen Worte. Wir beide wissen schließlich nur zu gut, dass es manchmal seine Zeit dauert, eine Tarnung zu perfektionieren. Ich denke, auf diese Weise hier wird es gehen. Wusstest du, dass Francis tatsächlich mein Zweitname ist? Jetzt lächelst du, nicht? Ich kann es fast schon vor mir sehen. Ich wünschte, ich wäre noch bei dir. Zu viele Tage sind vergangen, seit wir uns zuletzt gesehen haben. Doch so sehr ich deine Gesellschaft vermisse, ich muss mich wieder in meinem Alltag hier in Raleigh zurechtfinden. Das Wiedersehen mit meinem kleinen Bruder Gabe habe ich sehr genossen. Er ist über den Sommer ein ganzes Stück gewachsen und erinnert mich ein bisschen an deinen Henry. Ohnehin erinnert mich ständig alles an dich. Wenn mir Missgeschicke passieren, dann ertappe ich mich bei dem Gedanken daran, dass ich sie mir einpräge, damit ich dir später davon erzählen kann. Bis mir jedes Mal aufs Neue einfällt, dass wir uns so bald nicht wiedersehen werden. Meiner Ma geht es weiterhin nicht gut. Ihr Zustand*

verschlimmert sich von Tag zu Tag. Ich habe noch keine Arbeit gefunden und Olivia verbringt viel Zeit bei uns zu Hause. Sie pflegt Ma und hilft, wo sie nur kann. Ich bin ihr so dankbar für all die Opfer, die sie bringt. Unsere Väter stecken unterdessen ständig die Köpfe zusammen, als hätten sie tausend Geheimnisse miteinander. Ich verbringe meine Tage damit, endlich die Geschichte auf der Schreibmaschine abzutippen, die ich während des Sommers in meinen Notizen immer weiter ausgefeilt habe. Ich sehe sie jetzt ganz genau vor mir. Ma liebt das Geräusch der Anschläge, also kann ich gleichzeitig Zeit mit ihr verbringen und an meinem Werk arbeiten. Olivia bringt Gabe Schreiben und Lesen bei. Immer, wenn ich sie dabei beobachte, dann sehe ich dich vor mir, wie du mit Henry übst. Olivia ist furchtbar aufgeregt wegen der Eheschließung. Sie hat sich ein Kleid genäht, aber niemand darf es sehen. Sie meint, dass das Unglück bringt. Ich habe Ma gefragt, wie sie das sieht. Sie sagte nur, dass Unglück Glückssache sei. Und damit hat sie womöglich recht. Wie auch immer es hier weitergehen mag, ich bin mir sicher, dass unsere gemeinsame Geschichte keine Glücksache war. Das war Schicksal. Und nun möchte ich dich fragen, ob du ebenfalls aus deinem Leben berichten magst. Wie ist es dir in den letzten Wochen ergangen? Wie macht sich Henry? Ich brenne auf ein paar Worte von dir.

Deine Cousine Francis

***

Meine liebste Leo,

wie schade, dass du nicht die Zeit gefunden hast, auf meinen Brief zu antworten. Ich denke oft an dich und an die Entwicklungen, die das Schicksal genommen hat. Was macht dein kleiner Henry? Schreibt er schon? Hier haben sich die Entwicklungen zugespitzt. Meine Ma hat vermutlich kaum noch mehr als ein paar Tage zu leben. Der Gedanke nimmt mir die Luft. Olivia kümmert sich mit mir zusammen um Mas Wohlergehen. In zwei Wochen soll die Hochzeit stattfinden. Olivia ist aufgeregt. Ich bin eher wie betäubt angesichts der großen Veränderungen, die uns allen bevorstehen. Gestern habe ich meine Manuskriptfassung beendet. Sie hat noch keinen Titel, vielleicht fällt dir ja einer ein, meine liebe Leo. Du hast die kreativsten Ideen, deshalb bin ich mir sicher, dass dir auch bei diesem Problem eine Lösung kommen wird. Schreib mir doch deine Vorschläge. Oder ergänze sie gleich selbst. Ich habe einen Platz dafür auf der ersten Seite vorgesehen, denn ich habe mir überlegt, dass diese Geschichte dir gehören soll. Ich schicke sie dir anbei, dass du sie lesen und im Herzen behalten kannst. Vielleicht findest du dich ja selbst darin wieder, denn wie du weißt, ist es eine sehr persönliche Erzählung geworden. Und obwohl deine Worte dazu unmissverständlich waren, muss ich diese Chance nutzen, um dich ein letztes Mal an mein Angebot zu erinnern. Es steht nach wie vor. Egal wohin, Leo. Ich wäre dabei. Bitte, schreib mir einen Brief oder wenigstens eine Notiz. Ich kann nicht leben, ohne wenigstens noch einmal versucht zu haben, deine Meinung zu ändern. Mein Herz ist bei dir.

Deine Francis

***

März 1955

Meine liebe Francis,
ich schreibe dir erst jetzt, denn ich gehe davon aus, dass die Hochzeit stattgefunden hat. Ich hoffe von ganzem Herzen, dass du mir nicht gram bist. Wie oft habe ich deinen Brief gelesen und mir gewünscht, dass es anders wäre. Wie oft habe ich einen Brief begonnen und wollte auf dein Angebot eingehen. Doch jedes Mal wieder hat mich der Mut verlassen. Ich wollte, ich könnte dir eine andere Geschichte auftischen, doch ich war schlichtweg zu feige, diesen Schritt zu gehen. Nun kann ich es offen sagen, denn du bist längst verheiratet. Dieses Wissen beruhigt mich so sehr, wie es mich ebenso traurig macht. Voller Freude habe ich dein Manuskript gelesen. Ich kann gar nicht anders, als dir dafür zu danken. Es trägt mich durch die Tage und schenkt mir Träume in den Nächten. Es ist die schönste Geschichte, die ich jemals in meinem Leben gelesen habe. Besonders gefällt mir die Stelle, an der der Kobold mit einer List das Monster austrickst, um bei der Prinzessin sein zu können. Die Widmung hat mich zu Tränen gerührt, mein Herz. Denn das bist du und das wirst du für alle Zeit sein. In jedem Universum, das es für uns geben wird. Das Wissen, dass du immer irgendwo dort

draußen bist, macht mein Herz leicht. Und da ist noch etwas, das mich glücklich macht. Ich erwarte ein Kind. Es ist ein wahres Kind der Liebe und ich könnte nicht glücklicher sein. Ich schreibe dir dies erst jetzt, weil ich solche Angst hatte, dass das Schicksal es nicht gut mit uns meint. Doch dieses Mal sieht es aus, als würde das Wunder wahr werden. Immer, wenn ich die zarten Bewegungen spüre, ist mein Herz voller Liebe. Ich habe es Mitch zunächst nicht gesagt, weil ich mein Geheimnis so lange es ging für mich behalten wollte. Doch nun ließ es sich nicht weiter verbergen. Doch sei unbesorgt, nur zwei Menschen auf der Welt kennen die Wahrheit. Es erfüllt mich mit Stolz, dass diese beiden Menschen etwas so Wundervolles fertiggebracht haben. Bitte berichte mir davon, wie die Hochzeit gewesen ist und wie es Olivia und Gabe geht. Ich bete jeden Sonntag im Gottesdienst für deine Ma. Ich schicke dir anstatt von Grüßen alles, was du dir an dieser Stelle zu lesen wünschst.

Deine Leo

***

März 1955

Meine liebste Leo,
was für unglaubliche Neuigkeiten. Ich habe deinen Brief mit Sicherheit zehnmal hintereinander gelesen und noch immer zittern meine Hände vor Aufregung. Wie gern würde ich dich in die Arme schließen, um gebührend mit dir zu feiern. Bitte schreibe mir, wie es dir geht und wie du dich fühlst. Ist dir wieder so furchtbar

übel? Ich hoffe es nicht, denn dir soll es nicht schlecht gehen. Es ist unglaublich, dass du schon Bewegungen wahrnehmen kannst. Ich würde mein Herz geben, wenn ich das einmal selbst spüren könnte, aber ich verstehe deine Beweggründe. Hätte ich vorher davon gewusst, ich weiß nicht, was ich getan hätte. Denkst du, es wird ein Mädchen? Oder ein Junge? Ich würde dich so gern besuchen, aber ich fürchte, dass das nicht mehr möglich sein wird. Denn auch bei uns gibt es Neuigkeiten. Mein Vater hat sich gemeinsam mit Olivias Vater einer Gruppe Männer angeschlossen, die als Viehzüchter ihr Glück machen wollen. Ich habe dir noch gar nicht davon berichtet, dass Ma verstorben ist. Wir waren alle sehr in Trauer. Eigentlich wollten Olivia und ich hier in Raleigh bleiben, doch das wird nicht möglich sein. Die Fronten mit meinem Vater sind seit Mas Tod verhärtet. Er ist nicht gut zu Gabe und auch nicht zu Olivia und mir. Er wird Gabe mitnehmen und Olivia denkt, dass wir ihn nicht allein ziehen lassen sollten. Also werden wir nun alle gemeinsam nach Texas gehen. Das ist so weit fort, dass es sich in meinem Kopf wie eine Reise zum Mond anfühlt. In ein paar Wochen geht es los. Über die Hochzeit mag ich mit dir nicht reden. Ich weiß, wir wollten ehrlich miteinander sein, aber dies ist ein Thema, das ich zunächst in meinem Kopf ordnen muss. Wirst du mir auch nach Texas weiterhin Briefe schreiben? Bitte sag, dass das kein Hindernis ist. Anbei sende ich dir unsere neue Adresse. Für immer

Deine Francis

***

August 1955

Meine liebe Francis,

ich wollte dir viel früher schreiben, doch die letzten Monate haben mich ans Bett gefesselt. Die Ereignisse haben sich überschlagen. Ich hatte immer wieder Blutungen und irgendwann hat Mitch den Doktor aus dem Ort geholt. Er hat mir Bettruhe verordnet. So konnte ich meine Briefe nicht aufgeben. Ich hoffe, du kannst mir verzeihen. Wie ist es in Texas? Hast du dich schon eingewöhnt? Arbeitest du auch dort? Erstellst du gerade einen neuen Roman? Dein Manuskript lese ich immer wieder. Wenn ich es beendet habe, fange ich direkt wieder von vorn an. Ich stelle mir dann deine Stimme vor, wie sie es mir vorliest. Und neuerdings kann ich es ebenfalls jemandem vorlesen, denn ich habe eine Tochter bekommen. Sie hat hellblondes Haar und wenn ich sie ansehe, dann macht mein Herz vor Freude einen großen Satz. Ich habe sie Clara genannt. Das bedeutet die Liebe, denn das ist, aus was sie erschaffen ist. Ich hoffe, das ist im Sinne ihres Vaters. Sobald Mitch mich eine Fotografie machen lässt, werde ich dir einen Abzug zusenden. Sie ist ein wundervolles Kind. Ganz pflegeleicht und sehr niedlich. Henry vergöttert sie und ich tue es auch. Mitch hat keine Meinung dazu. Seit sie auf der Welt ist, wendet er sich immer mehr von mir ab. Die Hebamme fand es eine ungewöhnliche Laune der Natur, dass meine Clara blond ist, wo doch Mitch und ich dunkles Haar haben. Er hat es gehört und ich bin mir nicht sicher, welche Schlüsse er zieht. Doch das soll niemanden von uns weiter kümmern. Ich bin untröstlich, dass so viele Meilen uns trennen. Doch ich will nicht zu sentimental werden, das bin ich ohnehin schon die ganze Zeit. Vermutlich liegt es am Wochenbett. Ich wünschte, wir könnten uns bald wiedersehen. Auf bald im Schattenland.

Deine Leo

KAPITEL 23

CHARLOTTE

„Liebes Tagebuch, die Briefe mit meinem Prinzen halten mich hoch. Sie und das Kind, das ich bekommen habe. Durch die Geburt und das Wochenbett bin ich lange nicht dazu gekommen, meine Gedanken hier niederzuschreiben. Ich war zu sehr damit beschäftigt, mich um die kleine Clara zu kümmern. Sie ist ihrem Vater wie aus dem Gesicht geschnitten. Immer, wenn ich sie ansehe, wird mein Herz ganz schwer. Vor Freude, aber auch vor lauter Sehnsucht nach ihm. Ich danke dem Herrgott jede Sekunde des Tages dafür, dass er mir mit Clara einen Teil meines Herzens zurückgebracht hat. So werde ich ihren Vater und unseren Sommer immer bei mir haben. Ich werde seinem Kind beim Aufwachsen zusehen. Das ist mehr, als ich jemals zu hoffen gewagt hätte.“ Mit jedem Satz ist meine Stimme leiser geworden. Meine Gedanken sind dafür umso lauter.

Grandpa Mitch ist nicht Moms Vater.

Mit einem Schlag setzt sich das Puzzle in meinem Kopf zusammen.

Warum er Henry meiner Mom vorgezogen hat.

Warum er meine Adoption missbilligt hat.

„Fremdes Blut“, hat er immer geschimpft.

Ich dachte, dass es sich nur auf mich bezieht. Dabei meinte er ebenso Mom, die ihn zum zweiten Mal enttäuscht hat, als sie mich bei sich aufgenommen hat.

Ein fremdes Kind hat ein fremdes Kind großgezogen.

Und warum auch immer, aber diese Erkenntnis macht mein Herz frei. Frei und gleichzeitig auch so schwer, denn es tut mir unendlich leid, dass Granny niemals den Mann an ihrer Seite haben durfte, den sie über alles geliebt hat. Der Gedanke, ein Leben lang Sehnsucht nach jemandem zu empfinden, schnürt mir die Luft ab. Da sind plötzlich so viele Dinge, die ich ihr gern noch gesagt hätte.

Ich sehe dich.

Ich fühle deinen Schmerz.

Es tut mir unendlich leid, dass das Leben so zu dir war.

Ich wische mir über die tränennassen Wangen und schaue verstohlen zu Levi hinüber. Sein Blick ist in die Ferne gerichtet. Auf einen Punkt, weit am Horizont hinter den Hügeln. Im Schein der Verandalampe wirkt seine Haut fast orange.

„Was meinst du, wer der Mann war?", fragt er. Ohne mich anzusehen. Der Name von Moms richtigem Vater taucht in keinem der Tagebucheinträge auf. Bis zum Schluss nicht.

„Ich habe absolut keine Ahnung. Sie hat nie darüber gesprochen. Jedenfalls nicht mit mir." Am Ende bricht meine Stimme und neue Tränen laufen über meine Wangen. Der Schmerz um das, was meine Großmutter erlebt hat, fühlt sich sehr real an.

Er *ist* real.

Die Parallelen sind eindeutig.

Nur dass ich, anders als sie, eine Wahl habe – die ich niemals nutzen kann, wenn ich nicht alles zerstören will, was mein Leben ausmacht.

„Aber sie muss ja irgendwie mit ihm Kontakt gehalten haben", sinniert Levi. „Sonst gäbe es doch keine Verbindung. Vielleicht übersehen wir etwas ganz Offensichtliches. Ich meine, die beiden sind in den Fünfzigern auseinandergegangen. Ich bin in den Neunzigern geboren. Da liegt eine lange Zeit dazwischen."

„Wie meinst du das?", frage ich nach. Meine Gedanken haben den Anschluss verpasst.

Er seufzt und schaut in mein Gesicht. Seine dunkelblauen Augen bohren sich in meine. Das blonde, störrische Haar ist an der Luft getrocknet. Ich weiß genau, wie es sich anfühlt, die Finger darin zu vergraben.

„Deine Granny hat mich als Erben in ihr Testament eingesetzt. Das heißt, sie muss zumindest von meiner Existenz gewusst haben. Das könnte sie aber nicht, wenn sie ihren dubiosen Märchenprinzen das letzte Mal in den Fünfzigern gesprochen hätte. Da war ich noch nicht mal in Planung."

„Was?"

„Mein Dad ist 1950 geboren. Wäre ein bisschen voreilig, was?"

„Hm. Das schließt also aus, dass *er* dein Dad ist."

„Was? Mein Dad ist ein Schaf. Der würde nie ..." *Seine Verlobte betrügen.*

Ich zucke zusammen. Wegen drei ungesagter Worte.

„Sorry."

„Ist gut. Ich bin selbst schuld. Vielleicht dein Grandpa?"

„Nein, das kann ich mir nicht vorstellen. Der war im Krieg und danach nicht mehr richtig zurechnungsfähig. Das war keiner, in den man sich aus dem Stand verliebt."

Darauf schweigen wir. Levi trinkt einen Schluck und rutscht dann im Sitz nach unten.

„Was ist eigentlich mit diesem Paket von McNamara? Hast du das mal angeschaut? Und was hat er heute noch gesagt? Du wolltest doch mit ihm telefonieren, oder?"

Das Paket. „Verdammt, Levi. Das habe ich in dem ganzen Chaos total vergessen."

Ich springe auf und flitze ins Haus, krame in der Handtasche, die ich beim Musikfestival dabeihatte, und hole das Paket heraus.

Wieder bei Levi angekommen, öffne ich das Packpapier.

Er beugt sich zu mir vor. Plötzlich ist er ganz nah neben mir. Die Härchen auf meinen Armen stellen sich auf.

„Und, was ist drin?"

„Sei doch nicht so ungeduldig." Ich schiebe sein Gesicht zur Seite und schaue auf. Mein tadelnder Blick findet sein Ziel, doch er schmunzelt nur.

Schließlich kommt ein Packen Papier zum Vorschein. Obenauf liegt ein Brief.

„Lass uns den zuerst lesen."

Er nickt und ich hebe das Blatt an. *„Meine liebe Charlotte, mein lieber Levi, wenn ihr diese Zeilen lest, dann seid ihr meinem letzten Wunsch nachgekommen. Ich möchte euch von Herzen dafür danken und hoffe, dass ihr gemeinsam eine aufregende Zeit auf Vinewood Hill* *verbringen werdet ...* "Ich breche ab, weil Levis Lachen über den Hof hallt.

„Verdammt, deine Grandma war eine coole Lady."

„Halt die Klappe, das hat sie sicher nicht auf *diese* Weise gemeint."

„Tja, passiert ist es trotzdem."

„Hör bloß auf. Also: *Vielleicht seid ihr der Lösung meines Geheimnisses bereits näher, als ihr denkt. Es macht Spaß, mir auszumalen, wie ihr rätselt. Ich bin sicher, dass ihr euch gut verstehen werdet. In diesem Paket findet ihr die Antwort auf all eure Fragen, wenn ihr genau lest. Es ist ein Manuskript, das niemals veröffentlicht wurde. Dies ist die einzige Abschrift davon und sie bedeutet mir die Welt. Ihr könnt gar nicht ermessen, wie sehr mein Herz klopft, jetzt, da ich diese Zeilen schreibe. Er wäre so glücklich, wenn er wüsste, dass seine Geschichte endlich gelesen wird. Nur ich kenne den Inhalt. Und er kennt ihn natürlich auch. Ich muss mich entschuldigen, dass die Seiten etwas abgegriffen sind, doch dieses Manuskript war über all die Jahrzehnte mein Rettungsanker. Es hat mich fortgetragen in eine Welt, in der er und ich zusammen sein durften. Vielleicht erkennt ihr mich ja unter den Figuren. Es macht mich stolz, dass es einen Menschen auf dieser Welt gibt, der mich auf eine Weise gesehen hat, auf die ich mich selbst nie sehen konnte. Und mit Fug und Recht darf ich behaupten, dass ich ihn mein Leben lang geliebt habe. Ich wünschte, er wüsste das. Vermutlich hat er mich längst vergessen. Ich werde ihn niemals vergessen.*

Gebt gut acht auf meinen wertvollsten Schatz und falls ihr mit ihm über mich sprecht, dann richtet ihm

Grüße aus und sagt ihm, dass ich im Schattenland auf ihn warte. Ich bin mir sicher, dass wir uns dort wiederfinden. Er hatte Recht, was die Reinkarnation betrifft, ich bin mir sicher. Eure euch liebende Granny Eleonora.“

„Fuck.“ Das ist das einzige, das Levi sagt. Mit einer Stimme, die ich noch niemals aus seinem Mund gehört habe. Ich schaue zu ihm hinüber und sehe Tränen in seinen Augen, die er panisch wegwischt. Ich schlucke ebenfalls gegen den Kloß in meiner Kehle an und nehme die gehefteten Seiten aus dem Packpapier. Es sind nicht viele. Vielleicht hundertfünfzig.

Schattenwelten steht in dicken Lettern darauf. *Für meine Märchenprinzessin – du warst es immer und du wirst es immer sein.*

Ich blinzele ebenso hektisch wie Levi und rutsche auf dem Sofa ein bisschen beiseite. Er versteht den Wink, denn er kommt zu mir herüber und setzt sich neben mich. Nah genug und doch viel zu fern. Sein Arm legt sich wie von selbst um meine Schultern. In meinem Herzen beschleunigt sich der Blutstrom. Es pumpt schwer und schmerzhaft.

Und dann tauchen wir die nächsten Stunden gemeinsam in eine Welt ein, die zauberhafte Fabelwesen zum Leben erwachen lässt. Es gibt eine Prinzessin, einen bösen Monsterkönig und einen Kobold, der eigentlich ein Prinz ist. Es ist ein Märchen und dann doch wieder nicht.

Bevor ich das letzte Kapitel beginnen kann, legt Levi mir eine Hand auf den Arm. „Ich will das Ende nicht wissen.“

Mein Blick fliegt zu ihm hoch.

„Warum?", frage ich erstickt. Das Blau seiner Augen verschwimmt, wird immer tiefer und tiefer, je länger ich hineinschaue.

„Ich will nicht wissen, ob es ein Happy End gibt. Dann kann es in meinem Kopf eins sein."

„Es wird eins geben. Es ist ein Märchen."

„Scheiß auf Märchen."

Damit nimmt er mir das Manuskript aus der Hand, platziert es vorsichtig auf dem Tisch und noch bevor ich der Bewegung richtig folgen kann, liegen seine Hände um mein Gesicht und seine Lippen auf meinen. Ich habe nicht den Hauch einer Chance. Sofort durchströmen mich Dinge, über die ich nicht mehr Herrin bin. Einen Herzschlag später sitze ich auf seinem Schoß. Noch ein Herzschlag, seine Arme um meine Taille. Noch ein Herzschlag, wir kommen auf die Füße und taumeln in Richtung Eingang. Bessy bellt im Hintergrund, doch Levi ignoriert sie. Er öffnet, ohne hinzusehen, die Tür, hat noch so viel Anstand, den Hund mit hineinzulassen und kickt sie dann wieder zu. Die ganze Zeit lösen sich unsere Lippen keine Sekunde. Es fühlt sich viel zu gut an.

„Levi", keuche ich. Sein Griff um meine Mitte wird fester.

„Komm mit mir ins Bett. Nur einmal noch. Ein einziges Mal. Bitte,Charlotte."

Ich weiß, dass er ein Nein akzeptieren würde, aber ich schaffe es nicht, nein zu sagen. Weil ich ihn ebenso will. Weil ich all das hier will. Ich will nicht mehr nur funktionieren. Ich will Liebe und diese brennende Leidenschaft. Ich will heiße Nächte bis an das Ende meines

Lebens. Es ist keine Illusion der Filmindustrie. Das hier existiert.

***

Am nächsten Morgen graut gerade das erste Tageslicht, als ich die Augen aufschlage. Ein schwerer Arm liegt um meine Taille. Es ist Montag. Heute ist der Tag, an dem unser kleiner Ausflug endet.

Ich versuche, mir keine Gedanken darüber zu machen, was die Zukunft bringt. Es gibt für mich so vieles zu durchdenken und zu regeln, dass der Berg sich undurchdringlich anfühlt.

„Hi", murmelt Levi in meinem Nacken. Sofort verstummt das Chaos. Zumindest für den Moment. Warme Lippen streichen über die empfindliche Haut zwischen Ohr und Hals. Das hier fühlt sich viel zu gut an. Wir müssen damit aufhören, hätten es längst tun sollen.

„Ich muss aufstehen", gebe ich zurück. Er knurrt irgendwelche verschlafenen Worte als Antwort. Dann richtet er sich auf einen Ellenbogen auf und schaut mich direkt an. Ohne ein Wort zu sagen. Er nickt nur. Wir sehen uns in die Augen. Prägen uns alles genau ein.

Ob sich Granny auch so gefühlt hat?

Einerseits wünsche ich es ihr. Es ist ein schönes Gefühl. Satt und zufrieden. Andererseits würde sie mir dafür leidtun. Denn so schön es ist, so schmerzhaft ist es auch, wenn man es wieder verliert.

Levi ist schließlich der von uns, der es schafft, sich loszureißen.

Nach einer letzten gemeinsamen Dusche, die wir uns noch erlaubt haben, sitzen wir wenig später am Küchentisch.

„Meinst du, sie haben hier auch gegessen?", frage ich in die Stille hinein.

Levi lacht leise. „Ich denke auch die ganze Zeit über die Geschichte nach."

„Wollen wir sie zu Ende lesen? Es dauert vielleicht noch eine halbe Stunde."

Er schüttelt den Kopf. „Nein, Honey. Ich will nicht wissen, wie es ausgeht. Nimm du sie mit. In meinem Kopf ist das Ende vorgezeichnet. Das reicht mir."

Als wir das Frühstück beendet haben, packe ich meine Taschen. Levi ist draußen im Stall, aber ich glaube, das ist nur ein Vorwand. Er drückt sich um den Abschied und während ich mein Gepäck ins Auto lade, wünschte ich, ich könnte es ihm gleichtun. Einfach die Augen vor der Realität verschließen und hierbleiben.

Ich finde ihn schließlich in Emmas Gesellschaft. Er krault ihre Stirn und betrachtet sie dabei mit einem deutlich besorgten Gesichtsausdruck. Als er mich sieht, versucht er sofort, es zu retten.

„Alles okay hier?"

„Klar. Allen gehts prächtig, nicht Mädels?"

Bessy bellt zustimmend.

„Also dann ... Zeit für mich, zu fahren. Ich habe mit Mr. McNamara abgemacht, dass du so lange hierbleiben kannst, wie du willst. Ich schlage das Erbe aus."

In diesem Moment fällt ihm alles aus dem Gesicht. „Was? Nein!"

„Doch. Ist okay. Ich war nie wegen des Geldes hier. Ich ... bin wegen etwas anderem hergekommen."

„Das kannst du nicht machen.“

„Ich kann vieles, Levi.“

Er lacht witzlos. „Verarsch mich nicht. Das ist eine Stange Geld.“

„Ich weiß. Ich will, dass du es bekommst. Du wolltest auf eigenen Beinen stehen, jetzt bekommst du die Chance.“

„Charlotte.“

„Hören wir uns noch mal? Meinst du, wir könnten so etwas wie Freunde werden?“

Er überlegt. Dann öffnet er die Boxentür und kommt zu mir hinaus. In dem Moment, in dem er seine Arme um mich schließt, gleiten meine Lider zu.

„Ich denke nicht, dass ich mit dir befreundet sein kann. Aber wenn …“

„Ja.“

Wenn … dann rufe ich dich an. Ganz sicher, Levi.

Dann bringt er mich zum Auto. Er hält meine Tür auf und dreht mich für eine letzte Umarmung zu sich um.

Ich schaffe es nicht, loszulassen, sondern schaue nur weiter in sein schönes Gesicht. Betrachte jedes Detail, jede Besonderheit.

„Wenn du jetzt nicht einsteigst, küsse ich dich“, flüstert er. Direkt an meiner Haut. So leise, dass der Wind es davonträgt.

KAPITEL 24

CHARLOTTE

„Mommy! Die Schokopops! Mommy! Mooommy!"

Ich stehe an der Arbeitsplatte und starre in den grauen Himmel.

Während unserer Zeit auf Vinewood Hill schien an jedem Tag die Sonne. Seit ich wieder in Raleigh bin, ist es trüb und drückend. Ich weiß nicht recht, ob das ein Wink des Schicksals ist.

„Warte bitte einen Moment, Lucian, ich hole sie dir gleich."

„Ich will aber jetzt!"

Ich drücke die Handballen fester auf den Marmor und atme. Ich atme einfach nur und existiere. Es ist das einzige Mittel, um Tage wie diesen hier auszuhalten.

„Mommy, ich will, ich will, dumme Mommy, Mommy, Mommy."

Atmen, Charlotte. Atmen.

Ohne, dass ich es verhindern kann, läuft eine Träne meine Wange hinab. Um mein Herz schließt sich eine eiserne Faust. Ich merke mit jedem Tag mehr, dass etwas passieren muss. Dass es so nicht weitergehen kann.

Dass mich Situationen wie diese hier so derart belasten, ist nur ein Symptom. Die Ursachen dafür liegen viel tiefer, das ist mir mittlerweile klar. Es ist die Gesamtheit unserer Lebensumstände.

Ich denke so oft an Grannys Tagebuch. Daran, dass man womöglich eine falsche Entscheidung im Leben trifft und dann für immer mit den Konsequenzen leben muss. Welche auch immer das sein werden.

Den Rest der Zeit denke ich an Levi.

Es ist eine Woche her, dass ich Vinewood Hill verlassen habe. Bisher haben wir nichts voneinander gehört.

Ich denke meistens abends an ihn. Oder morgens. Oder eigentlich auch zwischendrin. Ich frage mich, ob er sich einsam fühlt oder ob er die Ruhe genießt. Ob er auch an mich denkt oder ob er mich schon vergessen hat.

Ich habe absolut keine Ahnung, wie oft ich in den letzten Tagen eine einfache Nachricht schicken wollte. Nur ein *Hi, Levi. Wie geht's? Was machen die Tiere?*

Aber egal, welche Wortkonstellation ich zusammenstelle, sie drückt nicht im Ansatz aus, was ich wirklich schreiben wollte.

Eigentlich hatte ich mich auf eine riesige Diskussion mit Sebastian eingestellt, doch als ich zur Tür hereinkam, war es, als wäre ich niemals fortgewesen. Die Kinder haben sich gefreut und sind dann wieder ihrem normalen Alltag nachgegangen. Sebastian tut erfolgreich so, als hätte es das Wochenende auf Vinewood Hill niemals gegeben. Er redet nicht darüber und er hört nicht zu, wenn ich darüber reden will. Im Auto war ich noch so wild entschlossen, sofort reinen Tisch zu machen, doch mit jedem weiteren Tag schwindet mein Mut.

Das hier ist, was ich immer vom Leben wollte, oder?

Was ist, wenn ich all das durch ein paar dahingesagte Worte zerstöre und dann vor dem Nichts stehe?

Was, wenn ich es irgendwann bereue, Sebastian verlassen zu haben?

Ich bin verwirrt und das macht mir eine Heidenangst.

Die Rastlosigkeit meiner Gedanken schlägt sich mittlerweile auf alle Bereiche meines Lebens nieder. Ich schaffe es morgens kaum aus dem Bett und wenn ich dann einmal aufgestanden bin, ist der Alltag wie Blei in meinen Knochen. Alles ist schwer. Das Kaffeekochen und Broteschmieren. Die erzwungenen Gespräche mit Sebastian, das Erziehen der Kinder. Jede Sekunde davon.

Wenn ich vormittags allein im Haus bin, dann zeichne ich. Das sind die Stunden am Tag, die mir gehören. Ich habe ein paar Skizzen zu dem Manuskript von diesem ominösen Märchenprinzen gemacht, von dem Granny geschrieben hat. Es ist wundervoll, dass es jemanden gab, der ihr so eine großartige Geschichte gewidmet hat. Und genau aus diesem Grund habe ich beschlossen, sie zu illustrieren. Zuerst wollte ich damit wohl mein schlechtes Gewissen bekämpfen. Ich wünschte, ich hätte all das von Granny gewusst, als sie noch gelebt hat. Wie gern hätte ich mit ihr über jedes Detail davon gesprochen. Und wie gern hätte ich Mom gesagt, dass ihr verhasster Vater gar nicht ihr Vater war.

Sie hat niemals die Wahrheit erfahren. Vielleicht hat Granny es ihr vor ihrem Tod auch anvertraut. Ich wünsche es beiden. Es wäre schlimm, mit solch einem Geheimnis von dieser Welt scheiden zu müssen. Es ergibt für mich keinen Sinn, dass Granny nicht wenigstens nach Grandpa Mitchs Tod offen darüber gesprochen hat.

Womöglich ist ihr die Lüge einfach über die Jahre in Fleisch und Blut übergegangen.

Oder sie wollte nicht. Weil es dich nicht interessiert hat. Weil dich nichts von ihrem Leben interessiert hat.

Später fahre ich die Kinder in die Schule und treffe beim anschließenden Besuch im Supermarkt Suzanne, deren Tochter mit Chloe zusammen Ballett tanzt. Sie hält mit dem Einkaufswagen auf mich zu, schon von Weitem kann ich ihren wertenden Blick sehen. Ich mache mir seit meiner Zeit auf Vinewood Hill keine Mühe mehr, mich morgens zu schminken oder mir meine besten Sachen anzuziehen. Für wen? Ich mag mich auch im Jogginganzug. Sebastian nicht. Er hasst das und meint, dass ich mich gehen lasse.

Vielleicht hat er recht. Na und?

Ich habe eine Krise.

„Meine Güte, Charlotte, bist du krank?", fragt Suzanne. Kaum, dass sie mit ihrem Einkaufswagen neben meinem angehalten hat.

Ich lächele nur milde. „Hallo, Suzanne. Nein, bin ich nicht. Warum fragst du?"

Ich muss an Levi und seine offenen Sprüche denken und schmunzele einen Moment über Suzannes schockiertes Gesicht.

„Du liebe Zeit, Sebastian erzählte schon, dass es dir nicht so gut geht, aber das?"

„Wie bitte?"

Sie legt beiläufig ein paar Köpfe Salat in ihren Wagen.

„Na, er hat gesagt, dass dir diese Woche in der Ferne zugesetzt hat. Er hat gestern mit Michael telefoniert und für unser Essen heute zugesagt. Ihr kommt doch, oder?"

Wenn es nach mir ginge, nein. Sebastian hat es mir gestern Abend gesagt und freundlicherweise auch gleich die Babysitterin angerufen – ohne es mit mir abzusprechen.

„Aber sicher kommen wir."

„Na dann."

Wir stehen uns gegenüber und starren uns an. Ich überlege, was ich sie fragen könnte, aber bei keiner Frage, die mir durch den Kopf geht, sehe ich noch irgendeine Relevanz.

Wie geht es den Kindern? Was macht dein Mann? Was kochst du heute? Warum ist mein Leben so?

Sie lächelt künstlich. „Na ja, ich muss jetzt auch weiter. Ich muss für die Kinder vorkochen. Heute ist mein Meal-Prep-Day. Ich freu mich schon so auf euch. Und dann musst du mir bei einem Martini alles über deine Woche auf dieser Farm erzählen. Ich bin so gespannt, o mein Gott."

Damit schiebt sie weiter.

Ich bleibe noch einen Moment stehen und schaue ihr nach.

Was zum Teufel ist eigentlich mit meinem Leben passiert?

***

Als ich mich abends umziehe und schminke, kommt es mir vor, als wäre das Gesicht im Spiegel ein fremdes.

Seit wann sehe ich so aus? Wo ist die strahlende Charlotte hin, die mit der Zeichenmappe in der Uni saß? Die all ihre Leidenschaft mit einem einfachen Bleistift aufs Papier bringen konnte. Wo ist die Charlotte, die Spaß daran hatte, ihren Kindern vorzulesen, sich wegzuträumen, Geschichten aus reiner Fantasie entstehen zu lassen?

Alles, was ich jetzt sehe, ist die abgekämpfte Fratze einer erschöpften Mutter. Eine Person, die sich viel zu lange damit zufriedengegeben hat, bloß noch die Frau ihres Mannes zu sein.

Sebastian kommt in unsere Ankleide, wühlt in den Schubladen und fördert eine kleine Schachtel zutage. Dann nimmt er die Manschettenknöpfe heraus und schließt sie mit geübten Griffen. Es ist ein vertrauter Anblick, wie konzentriert er dabei schaut und wie er danach seine Brille zurechtrückt. Früher habe ich diese Eigenheiten mit liebevoller Zuneigung beobachtet, heute berührt mich nichts mehr an diesem Bild.

Womöglich ist das normal.

Womöglich wird es irgendwann zwangsläufig so.

Vielleicht sind Liebe und Verlangen in jeder Beziehung nur von kurzer Dauer.

Ich habe Angst, Sebastian zu verlassen und dann am Ende in der nächsten Beziehung erneut an dem gleichen Punkt zu stranden. Vermutlich bin ich nur deshalb noch hier. Der Gedanke beschämt mich. Mehr als alles andere.

„Na, ziehst du dich schon an?", fragt er leise und tritt hinter mich. Er gibt mir einen Kuss auf den Nacken. Ich weiß, wie sehr er sich auf diesen Abend heute freut. Früher waren diese kleinen Auszeiten unser Lichtblick. Heute fühlt es sich an wie ein weiterer Punkt auf der niemals endenden To-do-Liste meines Lebens.

Ich drehe den Kopf weg.

„Ach, hat Miss Empfindlich heute sogar schon vor dem Essen Kopfschmerzen, oder was?" Im Spiegel treffen sich unsere Blicke.

„Ich dachte nur, wir müssen jetzt los."

Die Wahrheit ist: Ich will seine Berührungen nicht. Ich empfinde nichts mehr dabei und das macht mich traurig und wütend zugleich.

Ich bin wütend auf mich selbst.

Ich bin wütend, weil ich mir jetzt, nach dieser Woche mit Levi, nicht mehr einreden kann, dass es normal ist, beim Sex mit dem eigenen Mann nichts zu spüren.

Ich habe mir immer gesagt, dass es an mir liegt. Dass ich zu angespannt oder zu unkonzentriert bin. Aber ich weiß jetzt, dass es nichts mit mir zu tun hat. Ich kann all das fühlen. Ich kann Leidenschaft spüren und dieses Kribbeln, nach dem ich mich immer gesehnt habe.

Aber ich kann es mit Sebastian nicht.

Und diese Erkenntnis macht mich wahnsinnig.

Ich schaue immer noch in den Spiegel, als ich merke, dass mein Mann schon längst das Zimmer verlassen hat.

***

„Und eine Flasche Wein hätten wir gern. Haben Sie Pinot?", fragt Michael den Kellner. Dann wendet er sich an uns. „Ihr trinkt doch auch Wein, oder?"

„Ja, zwei Mal bitte."

Ich will keinen Wein, aber das sage ich nicht. Unter dem Tisch greift Sebastians Hand nach meiner. Ich lasse ihn, denn jetzt ist nicht der richtige Moment, um diese Sache weiter eskalieren zu lassen. Aber wann wäre der schon?

Und so tanzen wir seit Tagen umeinander herum, niemand wagt den ersten Schlag – so kommt es mir jedenfalls vor. Weil es ungemütlich wird, wenn er erst ausgeführt ist.

Bevor ich auch nur ein Wort sagen kann, klingelt mein Handy. Verstohlen schaue ich aufs Display. Es ist Levi. Mein Herz setzt einen Schlag aus.

„Charlotte, wer ist das schon wieder?", zischt Sebastian.

„Ähm, die Babysitterin. Bin gleich zurück."

Ich stehe hastig auf und höre sein „O Gott, bestimmt müssen wir gleich wieder los, weil sie diesen kleinen Satan nicht ins Bett bekommt."

Weiter höre ich nichts, denn ich verlasse mit fliegenden Schritten das noble Restaurant und bleibe im Licht der Schaufenster auf dem Bürgersteig stehen.

„Levi", hauche ich, und das nicht nur, weil ich außer Puste bin. Wie kann ein Name auf einem Display das mit mir machen, verdammte Scheiße? Ja, ich weiß, das sagt man nicht.

„Hey, Charlotte. Störe ich?"

„Nein, nein. Ich bin gerade essen."

„Ich kann später anrufen."

„Nein. Bitte. Es ist gut jetzt. Was gibt's?"

Sein Schlucken ist hörbar. „Ich wollte dir nur Bescheid geben, dass Emma … der Tierarzt war eben da und … er hat sie eingeschläfert. Es ging ihr nicht gut."

„Was?"

„Die Hitze hat ihr zugesetzt und sie bekam seit gestern schlecht Luft. Ich war bei ihr bis zuletzt. Es ging schnell. Sie war ziemlich schwach.“

„O Gott, Levi.“

„Was hätte ich denn tun sollen? Soll sie sich quälen?“ Trotz der harschen Worte höre ich das Schwanken seiner Stimme. Einen Moment schweigen wir. Ich sehe in meinen Gedanken Emma dabei zu, wie sie ihre Gebrechlichkeit abschüttelt und von allen Schmerzen befreit über die Hausweide von Vinewood Hill galoppiert.

„Wie geht's dir sonst, Charlotte? Alles okay mit den drei Teufeln?“

Ich atme durch und werde im selben Moment an der Schulter gefasst. Sebastian steht hinter mir. Schnell blinzele ich die Tränen fort. Er macht Gesten in Richtung des Restaurants, ich gebe ihm ein Zeichen, dass ich gleich nachkomme. Er verdreht die Augen und bleibt neben mir stehen.

„Ähm, danke für den Anruf. Wir sehen uns später, Marlise, ja? Danke für's ins Bett bringen.“

„Verdammt, Charlotte, gibst du mich als irgendwen anders aus?“ Er lacht.

„Ja, Marlise. So ist es.“

Wieder ein Lachen. Heiser und dunkel. „Gott, ich vermisse dich und ich kann es dir endlich sagen, ohne dass du widersprechen kannst. Ich vermisse dich wie verrückt. Jeden Tag und jede Nacht.“

Ich dich auch.

Weil Sebastian auf mein Telefon zeigt und im Begriff ist, es an sich zu nehmen, lege ich einfach auf. Mein Herz pumpt schwer. Es ist genau dieses Gefühl, das ich die ganze Woche vermisst habe.

Verdammt noch eins, Levi Henderson.

„Und, Charlotte, jetzt erzähl mal. Wie war es so in der Einöde?" Suzanne hat einen Ellenbogen auf dem Tisch abgestützt und trinkt einen Schluck Wein, den der Kellner eingeschenkt hat. Im Hintergrund spielt leise Pianomusik, die Kronleuchter über unseren Köpfen tauchen den Raum in gemütliches Licht.

Ich hasse diesen Laden, aber Michael und Sebastian lieben ihn. Sie gehen oft mit ihren Kunden hier her und sind gern gesehene Gäste. Der Restaurantchef hat uns vorhin begrüßt, als wären wir alte Freunde.

Ich erinnere mich noch daran, als wir das erste Mal hier gewesen sind. Da hatte er keinen einzigen Blick für uns übrig. Ich hasse diese Mentalität. Wenn man seine Nase so hoch trägt, dass man nicht mehr sieht, wer am Boden liegt.

Du warst auch so. Denk mal nach.

Es ist beschämend.

„Haben die da überhaupt fließendes Wasser?", fragt Suzanne weiter.

„Natürlich. Es ist schön auf Vinewood Hill. Das Gut und all der Wein. Wirklich ... idyllisch."

Michael lacht. „Hör dir das an, Seb. Bald kannst du einen Landsitz für die feine Lady kaufen. Hättet ihr den Kasten mal behalten sollen."

„Wenn es mit der Partnerschaft klappt, ist das kein Problem mehr." Er und Michael stoßen an.

„Und, wie kann ich mir das vorstellen? Du hast da eine Woche herumgesessen? Gibt es da Tiere? Sag nicht, du hast die Ställe gemistet", fängt Suzanne von neuem an.

„Es gab ein Pferd.“ *Ruh in Frieden, liebe Emma.* Wieder blinzele ich gegen die Tränen an. „Sie ist gestorben.“

„Während deines Aufenthaltes? Sollte dir zu denken geben.“ Michael schmunzelt belustigt. Ich hasse alles daran. Diesen Ton. Seine Aussage. Ihn.

„Ein hässliches Vieh, sag ich euch. Bist du sicher, dass es erst jetzt passiert ist, Charlotte? Hab nicht einmal gesehen, dass es sich bewegt hat, während ich da war.“ Sebastian lacht über seinen Witz, doch in meinem Magen ballt sich nichts als Wut.

„Sie war alt, Sebastian.“

Ich sehe das Bild davon, wie Levi an der Seite von Emma auf die Wiese geht. Wie er ihr vom schönen Wetter erzählt und die Fliegen um ihre Augen vertreibt. Er hat immer so zärtlich mit ihr gesprochen.

„Mh-hm, dann haben wir also einen toten Gaul und ein verlassenes Weingut. Wie in einem Gruselfilm.“ Michael schaut mich mit hochgezogenen Augenbrauen an.

Sebastian stimmt nur allzu gern mit ein. „Oh, wo denkst du hin? Sie war ja nicht allein. Komm, Charlotte, erzähl nur von deiner Begegnung der dritten Art.“ Seine Stimme hat diesen Unterton bekommen. Er will, dass ich auspacke. Dass ich schlecht über Levi rede. Dass ich eine Geschichte erzähle, die alle unterhält. Aber den Gefallen werde ich ihm nicht tun.

„Es war noch ein junger Mann dort. Wir sollten eigentlich das Familiengeheimnis lüften, aber weit gekommen sind wir nicht. Er heißt Levi.“

„Klingt ja spannend. Und? Was sagst du dazu, Seb?“

Mein Mann lacht künstlich. „Dass ich froh bin, meine Frau wieder an meiner Seite zu haben. Ich will gar nicht wissen, was im Kopf dieses verlotterten Cowboyfratzen noch so alles vor sich geht. Manieren hatte der jedenfalls keine.“

„Was? Ein Cowboy? Erzähl!“

Sebastian winkt ab. „Ach, das habe ich nur so dahingesagt. Das ist jedenfalls keine Qualifikation, die man sich in den Lebenslauf schreiben sollte.“

„Na ja, warum nicht? Er ist eine lokale Berühmtheit.“ Ich lasse das so stehen und genieße für einen Moment Suzannes und Michaels verwirrtes Gesicht. Dabei finde ich die Anekdote selbst ziemlich bescheuert, aber wenn Levi sie mir schon erzählt hat, erlaube ich mir, jetzt ein bisschen damit zu polarisieren.

Suzanne nimmt mich genau ins Visier. „Echt jetzt?“

„Ja, aber nur ein paar Jahre. Er war unbesiegbar, bis er letztes Jahr einen Unfall hatte.“ *Sorry, Levi. Ich weiß, es war das Pferd. Aber mit dir in der Hauptrolle klingt es besser.*

„Halleluja. Gibt’s ein Foto von dem? Ich habe letztens so einen Film gesehen. Seitdem geht die Fantasie mit mir durch.“ Suzanne zwinkert übertrieben. Das Lachen der Männer lässt die Frustration in meinem Bauch mit jeder Sekunde ansteigen.

„Ich bin mir sicher, dass er deiner Fantasie auch ohne Foto ziemlich nahekommt“, gebe ich zurück. Dann zwinkere ich ebenso übertrieben. Aber auch diese kleine Provokation macht es nicht besser. Ich will einfach nur ... ich will ... ja, was will ich damit eigentlich bezwecken? Dass Sebastian wütend wird? Damit er redet? Damit wir endlich so streiten können, dass es produktiv ist? Weiß der Himmel.

Dann wird unser Essen serviert. Für den Moment verstummt das Gespräch. Doch Michael nimmt die Fäden gleich wieder auf.

„Also ich finde das ziemlich entspannt von dir, Seb. Ich weiß nicht, ob ich meine Frau so lange mit so einem triebgesteuerten Cowboy-Fratzen zusammen einsperren würde. Wer weiß, was diesen Hillbillys für Ideen kommen. Nichts für ungut, Schatz."

Seine Frau kichert nur.

Sebastian winkt entspannt ab. „Ach was. Der Typ hat einfach nur einen an der Waffel. Ich meine, ich komme da Samstagmittag um halb elf an und wer macht mir die Tür auf? Er. Wenn der so auch auf seinem eigenen Hof arbeitet, verhungern ihm die Viecher. Und dann zieht er nicht mal was an. Bist du schon mal ohne T-Shirt an die Tür gegangen, Michael? Könnte doch sonst wer klingeln. Wahrscheinlich findet er sich so toll, dass er das jedem zeigen muss. Und dann kocht er in dem Aufzug auch noch Kaffee. Es war einfach nur lächerlich. Der hat sich aufgeführt, als wäre er da sonst wer."

Während Sebastian sich in Rage redet, brennt sich der Blick von Suzanne regelrecht in mich hinein. Ich atme und atme, aber die Röte auf meinen Wangen kann ich leider nicht wegatmen.

„Na sowas", sagt sie schlicht. Ich schaue angestrengt zur Seite.

Doch Suzanne starrt mich weiterhin so offensichtlich an, dass auch die Blicke der Männer auf mich fallen. Meine Wangen brennen jetzt wie Feuer.

Sebastian fährt unterdessen immer weiter fort, bis es mir irgendwann reicht. „Hör doch mal auf, Herrgott", sage ich hart. „Er kann doch rumlaufen, wie er will. Das heißt doch nichts. Du kennst ihn gar nicht.“

„Ach, komm. Der Typ ist ein offenes Buch. Der hat sich *Macho* auf den Bauch tätowieren lassen.“

Suzanne prustet fast ihren Wein aus. „Was?“

„Das war eine Wettschuld. So hieß das Pferd.“

Der Blick von meinem Mann schießt herum.

„Und das weißt du woher genau?“

„Ich habe ihn gefragt.“

„Ach, echt? Wann denn?“

„Sebastian, lass es gut sein.“

Die Luft um uns herum flimmert. Suzanne und Michael schauen peinlich berührt auf den Tisch.

„Wann fragt man denn sowas? Als ihr nackt durch die Weinberge gelaufen seid? Seid ihr euch so nahegekommen, ja?“

Ich schaue ihn zur Antwort nur blank an. Er wirft die Serviette auf den Tisch.

„Der Kerl ist doch eine einzige Witzfigur. Hat er damit vor dir geprahlt, oder was?“

„Sebastian, ich sage es noch einmal. Lass es gut sein. Du hast es auch gesehen. Ich habe ihn einfach gefragt und das ist das Ende der Geschichte.“

„Hey, Leute. Wie schmeckt euch das Essen?“, lenkt Michael ein, aber Sebastian macht eine abwehrende Handbewegung, während er mich immer weiter fixiert. Diesmal halte ich nichts aus meinem Blick zurück. Eine Sekunde noch, dann entgleiten ihm seine Gesichtszüge.

Er weiß es.

Seine Zähne mahlen aufeinander. Alle Muskeln in seinem Gesicht sind zum Bersten gespannt.

„Entschuldigt mich bitte." Damit steht er auf, streicht seinen Anzug glatt und geht mit abgehackten Schritten auf den Kellner zu, um unsere Rechnung zu bezahlen.

***

Im Auto sagt keiner ein Wort. Die Stimmung ist so dermaßen angespannt, dass jedes falsche Atmen zum totalen Shutdown führen könnte. Zu Hause schließt Sebastian mit aggressiven Bewegungen die Tür auf, geht direkt in die Küche, knallt ein Whiskeyglas auf den Tresen und füllt es aus der Flasche von der Bar halbvoll.

Er trinkt alles in einem aus und donnert das Glas zurück auf die Arbeitsplatte.

Dann stützt er die Hände daneben. Seine kalten Augen fixieren mich. Sein Gesicht hat dabei jeglichen Ausdruck verloren.

Ich stehe weiterhin in der Tür und klammere mich an meiner Tasche fest.

In der Stille hört man bloß das unheilvolle Ticken der Uhr. Es klingt wie ein Countdown.

„Und?", fragt er schließlich.

„Was willst du hören?"

„Wenn du mir jetzt sagst, dass dieser Idiot dich gefickt hat, flippe ich aus."

Ich atme und bin unfähig, zu sprechen. Mein Blick heftet sich auf die Küchenfront. Scheinbar reicht das als Antwort.

Einen Wimpernschlag später zerschellt das Glas an der Wand.

„Wie kannst du mich so hintergehen?"

Ich sage immer noch nichts. Ein zweites Glas, das eben noch auf dem Tresen stand, folgt dem ersten.

„Sebastian.“

„Nein, nichts, *Sebastian*. Das alles hier tauschst du gegen ein paar lächerliche Nächte? War's wenigstens gut? Hat es sich gelohnt, dafür deine Familie zu verraten?“

„Das hat nichts mit unserer Familie zu tun.“

„Ach nein? Nein?“

„Wir haben schon länger Probleme. Das ist doch nicht erst seit einer Woche so.“

Er starrt mich an. „Ja und ich versuche wenigstens, an mir zu arbeiten. Du tust gar nichts, außer dich von fremden Kerlen vögeln zu lassen. Bravo, ganz großes Kino.“ Er klatscht träge.

„Hör auf, Sebastian. Es geht hier um dich und mich. Levi hat damit nichts zu tun.“

„Geh mir aus den Augen. Ich kann deinen Anblick nicht mehr ertragen. Du hast unsere ganze Familie zerstört. Du allein. Ich hoffe, du kannst mit der Schuld leben.“

„Was? Ich? Ich bin schuld? Ja, ich habe Scheiße gebaut. Aber wer ist denn nie hier? Wer schleppt nur das Geld ran und macht sonst nichts? Wer zieht sich immer raus? Wer belächelt alles, was ich tue? Ich bin einsam, Sebastian. Du bist da und ich bin trotzdem einsam.“

Er kommt um die Kücheninsel und stürmt auf mich zu, aber ich weiche nicht zurück. Grollend wie eine Gewitterfront steht er vor mir.

Dieses Mal halte ich seinen Blick. „Egal, was du jetzt tun willst, tu es nicht. Behalt dir wenigstens den letzten Rest Würde.“

Er schnaubt. „Ich habe mir jahrelang den Arsch aufgerissen für euch."

„Es hat dich niemand darum gebeten. Es hat dich nie interessiert, dass ich auch gern meinen Teil beigetragen hätte."

„Mit den paar Kritzeleien? In welcher Welt lebst du?"

„Egal mit was. *Du* hast mir nicht einmal die Chance dazu gegeben."

Er wendet sich ab. „Pack deine Sachen und verschwinde von hier, Charlotte."

„Spinnst du? Ich lebe hier. Die Kinder sind hier."

„Ach, glaubst du, die nimmst du mit? Ich kann dem Richter gern mal die Storys von deiner Rumhurerei erzählen. Vergiss besser nicht, gegen wen du spielst."

KAPITEL 25

LEVI

„Mein Schatz, was ist denn los mit dir?“ Mom steht am Herd und wirft mir einen so dermaßen mitleidigen Blick zu, dass mir fast die Spucke wegbleibt.

„Mom, bleib locker.“

„Ja, Mom, bleib locker“, fällt auch Brianna mit ein und lagert das Baby an ihre andere Brust um.

„Ich weiß nicht. Irgendwie siehst du nicht gut aus, seit du wieder zu Hause bist.“ Mom wendet die Spiegeleier und Bessy fiepst. „Schau, selbst Bessy stimmt mir zu.“

Und alle habt ihr recht.

Ich sage es nicht gern, aber ich vermisse Charlotte. Leider hat sie unser einziges Telefongespräch beendet, kurz nachdem ich ihr genau das gesagt habe. Eine bittere Geschichte.

Aber es war mir von Anfang an klar. Wie dämlich kann man auch sein, dass man etwas mit einer verheirateten Mommy anfängt? Ehrlich mal.

Und jetzt sitze ich gefühlsmäßig einfach nur in der Scheiße.

Bevor ich noch weiter darüber nachdenken kann, drückt mir meine Schwester den kleinen Fynn in die Arme.

„Ich krieg den Verschluss sonst nicht zu." Sie sortiert ihre Brüste wieder in dieses merkwürdige Top und klippt die kleinen Häkchen ineinander. Dann zieht sie es über ihrem Bauch in Position und seufzt.

„Wird Zeit, dass ich mal wieder was tue."

Mom dreht sich um und wedelt mit dem Pfannenwender. „Ach was, meine Süße. Der Kleine ist ein paar Wochen alt. Was erwartest du da? Guck mich an, ich bin's nie wieder losgeworden. Nach deiner Schwangerschaft war ich schlank wie eine Gazelle und als er geboren wurde, sah ich so aus." Sie deutet erst auf mich und dann auf sich. Beide lachen. Keine Ahnung, ob ich jetzt wirklich einen Kommentar machen sollte. Die Wahrscheinlichkeit, eins mit dem Pfannenwender übergezogen zu bekommen, ist sehr hoch.

Brianna gluckst. „Und jetzt guck ihn dir an, Mom. Das ist doch nicht fair. Hinterlässt ein Trümmerfeld und sieht dann so aus."

Mom kichert.

„Ihr seid unfair, das ist euch klar, oder?", gebe ich dazu, aber beide verdrehen nur simultan die Augen.

„Und du bist zu spät zur Arbeit, kleiner Bruder, der ein Gesicht zieht, als wäre eine Gewitterfront hinter ihm her."

Sie kneift mir in die Wange und nimmt ihren Sohn wieder an sich. „Kleine Maus. Guckt der Onkel Levi dich grummelig an?"

Ich stehe auf. „Okay, ihr habt mich. Ich verschwinde, sonst bekomme ich gleich einen Zuckerschock."

Doch ich habe die Rechnung ohne Mom gemacht. Sie hält mich auf Höhe des Herdes auf und schaut mich von unten herauf mit ihren Mom-Knopfaugen an.

„Levi, wenn irgendetwas ist, wir können immer darüber reden, ja?"

„Ja, Mom, schon klar. Alles cool."

Ich bin zum ersten Mal verliebt. In eine verheiratete Snob-Tante aus der Stadt. Wow. Gratulation an mich.

Aber hey, es ist ein Fortschritt. Schon allein, mir die Tatsache einzugestehen, dass ich mich allen Ernstes in Charlotte Clairmont verliebt habe, hat erstaunlich wehgetan. Ich meine, ich bin doch keiner, der sich verliebt. Ich bin der, der eine Nacht bleibt und dann das Weite sucht. Ich habe noch nie mehr als ein paar Stunden mit irgendwem verbracht.

Gott, jetzt, wo ich es so denke, klingt es armselig.

Ich lächele Mom entschuldigend an. Dann lasse ich sie und die säuselnde Brianna zurück. Sie haben recht. Ich muss mich jetzt auf meine Arbeit konzentrieren. Und ich muss mir überlegen, was ich Mr. McNamara sage, wenn ich mich überwinden kann, ihn anzurufen. Es ist nicht richtig, dass Charlotte das Erbe ausschlägt. Eleonora war immerhin ihre Großmutter und es geht hier nicht um ein paar Dollar. Das ist richtig viel Geld.

Während ich im Flur meine Stiefel schnüre, denke ich darüber nach, dass ich selbst immer noch keine Pläne für die Zukunft habe. Ich habe eigentlich gedacht, in den Wäldern von North Carolina finde ich sie. Ich habe geglaubt, wenn ich mal eine Woche rauskomme, dann wird alles ganz klar sein.

Aber nichts ist klar. Es ist nur alles noch viel beschissener als vorher.

Draußen setze ich meinen Hut auf und werde von einem reitenden Steve und Dad auf dem Quad empfangen.

„Meine Güte, Junge, sieh zu, dass du aufs Pferd kommst. Wir haben nicht ewig Zeit“, ruft Dad und macht antreibende Handbewegungen.

Steve nickt. Immerhin nickt er jetzt wieder. Es hat mich einiges gekostet, diesen Zustand wiederherzustellen. Die Ratte ist nachtragend. Ich habe mich formvollendet bei ihm entschuldigt und geschworen, dass ich niemals wieder ausfallend werde. Ich werde kein schlechtes Vorbild für seinen heiligen Sohn sein und ich werde mich *wie ein erwachsener Mann* benehmen. Ich bin mir vorgekommen, als müsste ich zur Beichte in die Kirche. Gut, dass Steve nicht weiß, dass ich in Gedanken seinen Spitznamen niemals aufgeben werde.

Ich laufe in Windeseile auf den Stall zu, Bessy springt dabei um meine Füße. Sie tollt herum und bellt. Ich glaube, sie hat Charlotte zumindest in den ersten Tagen auch vermisst.

Und Emma. Meine Güte, sie hat gejault wie sonst was, als Emmas Körper abgeholt wurde. Aber wie soll sie das auch verstehen?

Ich sattle mein eigenes Pferd Boston und sehe zu, dass ich wieder in den Hof komme. Steve wartet auf mich, Dad scheint schon vorgefahren zu sein.

„Wir sollen die Rinder allein umtreiben. Dad ist eben los.“

Habe ich schon erwähnt, dass ich es hasse, wenn er Dad sagt? Zu *meinem* Dad?

„Na dann.“ Ich steige auf und sortiere die Zügel in der Hand, rücke den Hut gerade und reite an Steve vorbei. Bessy kennt das schon. Sie läuft noch ein paar Meter neben uns, dreht dann aber ab und macht sich auf den Weg zur Veranda des Hauses.

Sie ist ebenso großzügig wie die auf Vinewood Hill und doch ganz anders. Meine Eltern stehen auf diese furchtbaren Blockhäuser, also leben wir in einem davon. Überall ist Holz. Holzböden, Holzdecken, Holzwände. Holz in Hülle und Fülle.

Und weil es so schön ist, bauen Steve und Brianna das Gleiche daneben noch mal.

„Na, und? Wie sieht's aus, Kumpel?", fragt Steve allen Ernstes, während wir auf dem Weg zum Corral nebeneinanderreiten.

„Staubig, sonnig, stinkend. Wie immer würde ich sagen."

Er lacht und wippt übertrieben bei den Schrittbewegungen des Pferdes mit.

„Wie läuft's bei euch denn so?"

„Ach, es ist wunderbar. Hätte mir das mal einer vorher gesagt, ich hätte es nicht geglaubt. Weißt du, Levi, manches im Leben ist eigentlich so einfach. Ich habe die perfekte Frau an meiner Seite und ein wundervolles Kind. Gut, er weint viel. Aber ich habe euch alle und den tollsten Job der Welt. Ich bin ein glücklicher Mann."

Wow, Gratulation an dich, Steve.

„Es ist ein verdammtes Privileg, mit seiner Jugendliebe glücklich zu werden, was Levi? Jetzt fehlt uns nur noch eine große Familie." Er kichert und ich hoffe inständig, sie planen ihre weitere Familie in ihrem eigenen Haus. „Denkst du auch manchmal darüber nach? Wie das so wäre?"

„Ständig, Steve, ständig", sage ich lahm.

Er strahlt. „Ich verrate dir ein Geheimnis, okay? Aber nur unter uns."

„Schieß los, *Kumpel.*"

„Die Liebe ist eine verrückte Sache. Sie kommt immer dann, wenn man sie nicht erwartet."

„Ist ja 'n Hit."

„Ja, oder? Sag mal, was ist denn jetzt eigentlich mit dir und Isabella? Ich habe euch auf der Hochzeit tanzen sehen." Er beugt sich ein Stück zu mir herüber, Boston beißt seinem Pferd in den Hals. Das macht einen Schritt beiseite und bringt damit endlich etwas Platz zwischen die Ratte und mich.

„Nichts ist. Wir kennen uns ewig, da läuft nix mehr."

„Sie hat so von dir geschwärmt. Ihr hattet aber mal … also ihr wart aber mal zusammen im Bett, oder?"

„Ja, und?"

„Na, das wäre doch was, wenn das jetzt etwas Ernstes wird. Sie ist wirklich süß. Und sie versteht sich auch so gut mit Bri. Dann könnten wir uns immer zu viert treffen."

Vielleicht sollte ich ihm an der Stelle sagen, dass das eher gegen eine weitere Beziehung mit Isabella spricht.

„Ich denke drüber nach."

„Stell dir mal vor, nächstes Jahr feiern wir wieder Hochzeit."

„Ich seh's vor mir."

Gott, erlöse mich von diesem Pfosten.

Eine Sekunde später klingelt mein Handy. Wow, das ging schnell.

Ich ziehe es aus der Hosentasche und gehe ran, ohne draufzuschauen.

„Ja?"

Stille.

„Hallo? Wer ist da?"

„Levi?"

„Charlotte?"

„Ja, ich ... hast du eine Sekunde?"

„Ist was passiert?" Vermutlich klinge ich unendlich panisch, denn Steves Augen werden groß wie Tennisbälle.

„Nein, nicht direkt. Wobei, doch. Aber ich würde gern in einer ruhigen Minute mit dir sprechen. Kannst du grad?"

Fuck, fuck, fuck.

„Kann ich dich heute Abend zurückrufen? Ich sitze auf dem Pferd."

„Ja, klar. Ruf einfach wieder an. Und Levi? Das, was du da gesagt hast ..." Sie bricht kurz ab. „Ich vermisse dich auch."

KAPITEL 26

CHARLOTTE

In meiner Jugend hatte ich viele Pläne für meine Zukunft. Keiner davon hat vorgesehen, dass ich in die Weinberge von North Carolina fliehen werde, um mich auf die Scheidung von meinem Mann vorzubereiten. Aber wie das immer so ist mit Plänen, meistens ändern sie sich irgendwann.

Sebastian und ich sind getrennt. Ein für alle Mal.

Wir haben nach diesem verhängnisvollen Abend noch drei weitere Gespräche gehabt. Irgendwann kam immer der Punkt, an dem es eskaliert ist. Ich bin im Grunde selbst schuld. Durch die Sache mit Levi habe ich unnötigen Zündstoff in unsere Diskussionen gebracht, obwohl unsere Probleme nichts mit Levi zu tun haben. Dass ich fremdgegangen bin, wird Sebastian mir trotzdem ewig vorhalten.

Ich würde es andersherum genauso machen.

Und so sitze ich jetzt wieder auf Vinewood Hill. Ich habe mir von Mr. McNamara den Zweitschlüssel besorgt und bin behelfsmäßig mit Lucian im Gepäck hier eingezogen. Chloe wollte zu Hause bleiben und das ist auch okay. Was nicht okay ist, ist, wie Sebastian beginnt, sie zu manipulieren. Natürlich hat er ihr brühwarm aufs Brot geschmiert, dass sich Mommy und

Daddy nur trennen, weil Mommy einen Liebhaber hat und ihren armen, armen Daddy nicht mehr liebt.

Chloe ist vierzehn. Sie weiß, was *Liebhaber* bedeutet und ordnet das jetzt völlig falsch ein. Sie glaubt, dass ich allein unsere Familie zerstört habe.

Es ist schockierend, wie schnell man aus seinen eigenen Kindern Marionetten machen kann. Ich weiß, dass Sebastian im Job skrupellos ist, aber dass er so weit gehen würde, das hätte ich ihm nicht zugetraut.

In Vinewood angekommen, hat Lucian alles erkundet und dann immer wieder nach Levi und Emma gefragt. Er war furchtbar enttäuscht, dass beide nicht mehr da sind. Ich habe ihm gesagt, dass Levi Emma wieder mitgenommen hat, weil sie ja schließlich sein Pferd ist. Jeder Cowboy braucht sein Pferd. Das ist eine unverrückbare Regel. Vor allem, wenn man vier ist und von der Grausamkeit des Lebens noch nicht viel ahnt.

Und jetzt, nachdem ein paar Tage ins Land gegangen sind, tue ich noch etwas, das mich wirklich Überwindung kostet. Ich setze mich im fahlen Licht der hereinbrechenden Dämmerung allein auf die Veranda und werde feierlich das letzte Kapitel in dem Manuskript über das Schattenwelt-Märchen lesen.

Levi will das Ende nicht wissen und ich habe erst gedacht, dass ich es auch nicht will.

Aber meine Realität ist jetzt eine andere. Ich poche nicht auf das Happy End. Trotzdem bin ich mir sicher, dass es eines gibt. Es ist ein Märchen. Niemand schreibt ein Märchen ohne gutes Ende.

Und während ich hier sitze und die Zeilen anstarre, brechen zum ersten Mal seit der Trennung alle Dämme.

Ich drücke das Papier an meine Brust und weine bittere Tränen. Um mich, die gedacht hat, die große Liebe gefunden zu haben. Vielleicht war Sebastian das auch und ich habe einfach nicht gewusst, dass auch die große Liebe ein Ablaufdatum hat?

Ich weine um diese Familie, die niemals wieder so heil sein wird, wie ich sie mir immer gewünscht habe.

Und dann ist da noch die Sache mit Levi, auf dessen Rückruf ich seit heute Mittag warte. Womöglich hat er es auch einfach vergessen. Der Gedanke ist schrecklich schmerzhaft.

Mein Herz gleicht im Moment ohnehin einem einzigen Scherbenhaufen und ich selbst habe es zertrümmert.

Mit den Fingerspitzen fahre ich über die erste Manuskriptseite. Wie oft Granny diese Zeilen wohl gelesen hat? Wie oft sie dabei an den Mann gedacht hat, dem ihr Herz gehörte? An den Vater ihrer Tochter. Den echten.

Mit zittrigen Händen blättere ich an die Stelle, an der Levi und ich abgebrochen haben, und beginne zu lesen.

Und dann geschieht etwas, mit dem ich nicht mehr gerechnet habe. Zwischen den letzten Seiten steckt ein Brief. Er klemmt fest in der Bindung, sodass man ihn erst sieht, wenn man die entsprechende Stelle im Manuskript erreicht hat.

Es gibt keinen Absender, also mache ich ihn mit zittrigen Fingern auf.

Meine liebe Eleonora,
ich hätte nicht zu denken gewagt, dass ich einmal diesen Brief schreiben werde. Du fragst dich vermutlich,

warum ich es nun tue. Ich erkläre es dir gleich, doch erst will ich ein paar Dinge loswerden, von denen ich nicht weiß, ob Jacob sie dir je gesagt hat. Manche vielleicht schon, von manchen weiß er selbst nicht, denn sie existieren nur in meinem Kopf. Zuallererst: Ich wusste immer von dir. Ich habe es in seinem Blick gesehen, wenn er von der Zeit auf Vinewood Hill erzählt hat. Ein paar Tage nach seiner Rückkehr habe ich ein Gespräch zwischen seiner Ma und ihm belauscht. Er nennt dich Leo, stimmt's? Zuerst hat es mir das Herz gebrochen. Ich habe Jacob immer geliebt und die Gründe dafür brauche ich dir nicht nennen, du kennst sie alle selbst. Trotzdem ist er bei mir geblieben und ich rechne es ihm bis heute hoch an. Wir führen eine gute Ehe. Eine auf Augenhöhe, auch wenn wir nie alleine in unserem Ehebett waren. Da bist immer irgendwo du herumgewabert wie ein Geist aus einer anderen Zeit. Aber es ist in Ordnung, denn wie könnte ich es ihm vorhalten? Sein eigenes Herz sollte man niemals verraten. Er hat dich damals schon über die Maßen geliebt und tut es bis heute noch. Er wird dich vermutlich lieben, solange er lebt, und ich beneide dich darum. Ich tue es wirklich und ich hoffe, du siehst es mir nach. Wusstest du, dass er jedes Jahr am Geburtstag eurer Tochter eine Kerze anzündet? Früher war es eine bunte, jetzt ist sie schwarz. Als eure Clara gestorben ist, hat es ihm den Boden unter den Füßen weggerissen. Seit sein einziges Kind tot ist, trauert er auch der Vaterrolle nach, die er niemals innehaben durfte. Er wäre ein guter Vater gewesen. Er hat es bei seinem kleinen Bruder Gabe bewiesen, den wir nach unserem Fortgang nach Texas großgezogen haben. Aber nun zum eigentlichen Grund *meines Briefes. Ich denke, dass er dir diese Nachricht nicht selbst überbringen wird, denn er will nicht, dass du ihn als schwach siehst. Trotzdem ist es wichtig, dass du Bescheid weißt. Wir haben von unserem Arzt eine erschreckende Diagnose erhalten. Jacob leidet an einer schnell fortschreitenden Form von Demenz. Er will es nicht wahrhaben, weil er stur ist. Du kennst ihn ja. Aber es ist leider die Wahrheit und ich bemerke es täglich mehr. Das soll dir keine Angst machen, ich möchte nur, dass du es ihm nachsiehst, wenn er dir nicht antwortet oder über merkwürdige Dinge schreibt. Er weiß nichts von diesem Brief und ich wäre dir dankbar, wenn du ihn nie erwähnst. Es wäre ihm nicht recht, denn er hat sich sein Leben lang bemüht, dich geheim zu halten. Ich glaube, dass er es genossen hat, mit dir gemeinsam ein kleines Geheimnis in der Welt zu haben. Einen Rückzugsort in seinen Gedanken, wenn er das echte Leben nicht mehr ertragen konnte. Er ist und bleibt ein Träumer, aber das liebe ich an ihm. Ich denke, dir geht es ähnlich. Ich grüße dich und sende dir aus der Ferne nur die allerbesten Wünsche.*

Deine Olivia Henderson

***

„Charlotte?“
„Hey Levi, schön, dass du zurückrufst.“
„Tut mir leid, dass es so spät geworden ist. Ist alles in Ordnung?“
„Ich bin wieder in Vinewood. Mit Lucian.“
Am anderen Ende der Leitung herrscht Schweigen.

„Ich lasse mich scheiden."

Wieder Schweigen. Nur ein schweres Atemgeräusch.

„Okay?", sagt er nach ein paar quälenden Sekunden vorsichtig. „Was bedeutet das?"

„Sebastian weiß von uns."

Man hört, wie er raschelnd von irgendwo aufsteht. In meinem Kopf ist es ein Bett und ich vertreibe die Bilder von unseren gemeinsamen Nächten aus meinen Gedanken.

„Nein, ich meinte eigentlich: was bedeutet das für *uns*, Charlotte?"

„Wie meinst du das?"

„Ach, fuck, ich bin nicht gut in sowas."

Trotzdem die Lage alles andere als rosig ist, entspanne ich mich bei seinen Worten. Warum auch immer. Er ist so nervös, dennoch hat seine Stimme einen unverkennbar erleichterten Unterton.

„Worin bist du nicht gut?"

„Sehen wir uns wieder? Ich meine, vielleicht nicht gleich, aber irgendwann mal? Das letztens war mein Ernst. Ich vermisse dich. Ich fühle mich wie ein verdammter Waschlappen, jetzt wo ich das laut ausspreche."

„Bist du nicht. Ehrlich nicht. Ich würde dich auch gern wiedersehen und vielleicht kommen wir schon bald dazu. Ich habe noch eine Info für dich."

„Schieß los."

„Ich wollte das Ende vom Manuskript lesen. Und dann war da ein Brief zwischen den letzten Seiten. Ich glaube, den sollten wir von Anfang an finden."

„Kann sein. Was stand drin? War er vom mysteriösen Märchenprinzen? Haben die sich wirklich über die ganzen Jahrzehnte weiterhin Briefe geschrieben?“

Ich lege meine nackten Füße auf den Couchtisch, so wie Levi es immer gemacht hat, und schaue auf die vielen gerahmten Bilder an der Wand gegenüber.

„Ja. Es muss so sein. Den Brief hat eine Olivia Henderson für ihren Mann Jacob geschrieben.“

Stille. Lange.

„Levi?“

„Oh, du ahnst es ja nicht“, sagt er irgendwann. Mehr zu sich selbst.

„Was? Kennst du die Frau?“

„Ja, kann man wohl sagen.“ Er lacht. „Okay, *das* ist jetzt wirklich eins der Dinge, mit denen ich nicht gerechnet habe.“

KAPITEL 27

CHARLOTTE

„Meinst du wirklich, dass das eine gute Idee ist?"

Levi steht entspannt neben mir und lächelt. „Das ist die beste Idee meines Lebens. Du wirst schon sehen, der Charme liegt bei uns in der Familie."

Ich atme noch einmal tief durch und trete dann an seiner Seite durch die Glastüren des Pflegeheims. Die Person am Empfang schickt uns durch einen Gang zur Linken. Zögerlich gehe ich weiter, werde aber immer langsamer, sodass Levi irgendwann nach der dritten Ecke meine Hand in seine nimmt und mich bestimmt vorwärtszieht.

„Komm, Honey, wovor hast du Angst?"

„Ist das eine ernst gemeinte Frage? Es fühlt sich völlig unwirklich an, jetzt hier zu stehen. Erst war die Geschichte von meiner Grandma und ihrem Märchenprinzen nur eine Fiktion und jetzt ist er plötzlich da."

„Er war immer da. Wir wussten nur nicht, wo."

Bei einer cremefarbenen Tür bleibt er stehen und klopft.

„Ich weiß nur nicht, wie er drauf ist. Weiß man nie. Sei bitte nicht enttäuscht, wenn er uns wegschickt."

Obwohl ich nicke, rutscht mir das Herz in die Hose. Levi schaut mir fest ins Gesicht und öffnet die Tür.

Das Zimmer wirkt wie aus der Zeit gefallen. Wie eine Kuriositätensammlung aus allen Jahrzehnten, die es so gibt. An den Wänden hängen Bilder und Landkarten. Bücher liegen umher und am Fenster steht ein alter Schreibtisch, der so viel Staub angesetzt hat, dass er beinahe grau wirkt. Daneben sitzt in einem Sessel ein Mann, der in den Park hinausschaut.

„Hey, Onkel Jake." Der Mann im Sessel dreht sich um. Sein schlohweißes Haar ist noch voll und sein Gesicht entspannt.

Mir bleib die Luft weg, meine Haut beginnt zu kribbeln.

Dieser Mann da ist mein Großvater, Moms Vater.

Der Mann, den Granny ihr ganzes Leben lang vermisst hat.

„Komm", flüstert Levi und zieht mich ein Stück weiter.

„Na, Onkel Jake, wie sieht's aus bei dir?"

Das Gesicht des Mannes bleibt undurchdringlich.

„Guten Morgen, dürfte ich wissen, mit wem ich es zu tun habe?"

Levis Hand schließt sich fester um meine.

„Levi Henderson. Und das ist Charlotte Clairmont. Sie hat dir etwas mitgebracht."

„Henderson. So heiße ich auch, das ist ja ein Zufall."

Mit einem Lächeln schiebt Levi mich weiter vor.

Jacobs Blick fällt auf mich.

„Hallo, Mr. Henderson. Schön haben Sie es hier."

„Ja, was soll man machen? Mein Bruder hat ein neues Haus gebaut. Letztes Jahr, wissen Sie. Ich bleibe lieber in meinem alten."

Ich nicke, Levi zieht die Augenbrauen hoch.

„Ähm, Mr. Henderson? Ich habe etwas für Sie. Vielleicht möchten Sie es ansehen. Es … es ist ein Buch." Ich reiche ihm die gebundene Ausgabe seiner *Schattenwelten*. Er wiegt sie in den Händen.

Nachdem das Rätsel gelöst war, habe ich die Geschichte abgetippt, formatiert und einige von meinen Illustrationen eingefügt. Dies hier ist das einzige gedruckte Exemplar.

Es hat sich angefühlt, als wäre ich ihm das schuldig. Und dann habe ich etwas völlig Irrsinniges gemacht: Ich habe einen Kinderbuchverlag kontaktiert und die Geschichte erzählt. Sie haben Interesse. Doch zuerst will ich die Sache mit Jacob besprechen. Es ist sein Werk und es gehört nur ihm allein. Ihm und Granny.

„Wäre jemand von Ihnen beiden so gut, mir meine Lesebrille zu reichen? Dann will ich mal sehen, was Sie Schönes für mich haben."

Er schmunzelt vergnügt, ich erkenne so viel von Levi in ihm. Dabei ist der nur sein Neffe.

Der reicht jetzt Jacob seine Brille und schiebt uns zwei Stühle vom Esstisch heran. Mit zittrigen Beinen lasse ich mich darauf fallen und betrachte jede Regung des Mannes vor mir.

„Nein!", ruft er und schaut hoch. Ihm ist alles aus dem Gesicht gefallen. „Nein, das kann nicht wahr sein."

Sein Blick wandert zwischen dem Buch und meinem Gesicht hin und her, dann lässt er es in seinen Schoß sinken. Er legt die Hände vor die Augen und schluchzt unmenschlich laut.

Levi und ich schauen uns an, entschließen uns aber im Stillen, ihm diesen Moment zu lassen.

„Meine Güte, Leo“, sagt er erstickt und nimmt das Buch wieder in die Hände. „Meine Prinzessin Leo.“ Tränen laufen über seine Wangen, er wischt sie nicht ab. Er hat sie sich mehr als verdient.

Als er hochschaut, fällt sein Blick zuerst auf Levi und dann auf mich.

„Levi?“

„Hey, Onkel Jake.“

„Meine Güte. Und Sie sind?“

„Charlotte. Charlotte Hawkins.“ Als er meinen Mädchennamen hört, schlägt er erneut die Hände vor die Augen.

„Gnädiger Herr im Himmel! Danke, dass du mich das erleben lässt.“

Er verharrt in dieser Position und nimmt dann die Hände fort. „Mein Kind, lass dich ansehen. Ich habe so viel von dir gehört und doch habe ich nie zu träumen gewagt, dass du einmal hier vor mir sitzen würdest.“ Er streckt die Hände aus und ich lege meine hinein. Seine Haut ist ganz faltig und weich. Es ist so unwirklich hier zu sein.

Als ich mit Levi am Telefon darüber gesprochen habe und wir begonnen haben, die Fäden zu entwirren, habe ich eine Zeit lang gar nichts mehr verstanden.

Aber jetzt ergibt alles Sinn und wir sitzen hier beisammen.

Allerdings haben Levi und ich uns zusammen dagegen entschieden, ihm von Grannys Tod zu erzählen. Es ist so schon genug.

„Ich soll dir liebe Grüße von meiner Granny ausrichten“, sage ich, während er noch immer mein Gesicht studiert.

„Sie ist tot, nicht?" Er schmunzelt wehmütig. „Das war unsere Abmachung. Ein Geheimnis im Geheimnis. Wenn einer von uns geht, dann lüften wir all die Verstrickungen. Ich kann mir genau ihr Gesicht vorstellen, wenn sie uns jetzt von da oben beobachtet. Sie hatte eine Leidenschaft für Geheimnisse." Er schließt für einen Moment die Augen und meine werden ganz feucht. Vor Ehrfurcht und vor lauter Herzschmerz. So viele Jahrzehnte haben sie sich geliebt und obwohl es wie ein Märchen klingt, gab es niemals ein Happy End. Weil das Leben zu den beiden nicht gut war.

„Es tut mir so leid", sage ich, doch er schüttelt den Kopf.

„Nein, mein Kind. Das muss es nicht. Es war unsere Entscheidung. Mir tut es nur leid um all die Zeit, die ich nicht mit euch hatte. Mit deiner Mutter und mit dir."

Er atmet durch, ehe er weiterspricht. „Das waren andere Zeiten damals. Und wir waren feige. Alle beide. Wir haben es uns nur lange nicht eingestanden. Ich würde lügen, wenn ich sagen würde, dass ich immer so darüber gedacht habe. Doch mit der Zeit ... vielleicht sollte es so sein. Vielleicht gibt es im nächsten Leben einen Platz für uns. Ich bin mir sicher, dass wir noch eine Chance zusammen bekommen. Das Schicksal ist nicht nachtragend."

Ich nicke. Was soll man dem entgegnen?

Levi rutscht ein Stück nach vorn. „Hast du gesehen, Onkel Jake? Charlotte hat dein Buch illustriert."

„Was? Wirklich?" Er schlägt den Blick nieder und beginnt zu blättern. „Du liebe Zeit, das ist ja wunderschön." Er streicht andächtig über die Aquarellbilder.

Sie sind ganz pastellig und hell, ein genauer Gegensatz zu den Schatten, die in der Geschichte lauern.

„Und die Prinzessin. Sie sieht wirklich aus wie Leo. Wahrhaftig gut getroffen. Ein wunderschönes Werk." Erneut laufen Tränen über seine Wangen, seine Stimme bricht ab.

„Schaut mal hier: das war immer meine Lieblingsstelle. Da, wo die Prinzessin sich über den Monsterkönig erhebt. Es war klar, dass sie es selbst tun musste. Es konnte ihr niemand von ihren Freunden dabei helfen. Den König musste sie selbst besiegen."

Mittlerweile kenne ich das Ende. Die Prinzessin in der Geschichte hat es geschafft, Jacobs Prinzessin nicht.

Einen Moment breitet sich Schweigen über den Raum, doch dann sieht Jacob lächelnd auf.

„Und nun erzähl mal, mein Kind. Wie geht es dir? Was machst du so? Mein letzter Stand ist ... ich bin mir nicht mehr so sicher, was mein letzter Stand ist." Er zwinkert und rutscht im Sessel zurecht. Das Buch legt er nicht beiseite.

„Ich lebe in Raleigh. Nein, eigentlich lebe ich derzeit auf Vinewood Hill."

„Ah, Vinewood Hill. Ich sehe es vor mir. Windschief oben auf der Ebene. Wie eine Festung inmitten von Weinreben. Sieht es noch so aus?"

Levi lacht. „Genau so. Da hat keiner was gemacht."

„Mitch Hawkins war schon immer ein elender Geizhals." Jacob wendet sich wieder an mich. „Und weiter? Ich wollte dich nicht unterbrechen."

„Ich habe zwei Kinder und, na ja ... ich lebe getrennt."

„Gut. Das ist eine gute Sache."

Mein Blick spricht vermutlich Bände, denn er lacht leise.

„Na, das ist ein Naturgesetz. Wenn es einen nicht glücklich macht, sollte man es lassen. Das Leben ist schon hart genug. Und glaub mir, ich weiß, wovon ich rede. Man sollte nicht seine Lebenszeit damit verschwenden, sich unglücklich zu machen.“

„Warst du jemals wieder glücklich?“, frage ich. Keine Ahnung, ob mir diese Frage zusteht. Aber auch jetzt lächelt er nur weiter.

„Glück ist eine komplizierte Angelegenheit. Ich war niemals unglücklich, nein. Ich hatte nur ein gebrochenes Herz. Womöglich ist es nie wieder ganz zusammengewachsen. Aber ich hatte ein gutes Leben mit meiner lieben Olivia. Und es war nicht so, als hätte das Schicksal Leo und mich getrennt. Wir waren es selbst. Sie hatte die Wahl, ich wäre mit ihr fortgegangen. Sie wusste um die Möglichkeiten. Doch sie wollte es nicht und ich habe es ihr niemals nachgetragen. Dafür liebe ich sie zu sehr. Es war schön, ein Leben in dem Wissen führen zu können, dass man diesen einen Menschen kennengelernt hat, der einem alles bedeutet. Auch, wenn sie nicht mit mir gelebt hat, sie war immer bei mir. Ich hatte an ihrem Leben teil und sie an meinem. Und am Ende ist aus unserer Verbindung doch etwas Gutes entstanden.“

Wieder greift er nach meiner Hand und streichelt darüber.

„Es ist so schön, dass du hier bist.“

Und dann lässt er sich die Geschichte erzählen, wie Levi und ich versucht haben, dieses Geheimnis zu lüften. Levi schmückt alles übertrieben aus und wir haben viel Spaß dabei. Danach muss ich alle Fotos von meinen Kindern zeigen, die mein Handy hergibt. Jacob studiert jedes einzelne davon ganz genau.

Levi betrachtet ihn dabei. So eingehend, dass Jacob schließlich den Blick in seine Richtung hebt. „Was ist, Junge?"

„Eine Sache verstehe ich nur immer noch nicht. Warum ich? Warum sollte ich dorthin fahren? Warum hat sie mich als Erben eingesetzt?"

Jacob schmunzelt. „Das war ihre Entscheidung. Ich habe ihr ab und an mein Leid geklagt, dass du dein Ziel im Leben nicht recht findest und wie weit dein Lebensweg sich von dem deiner Schwester unterscheidet. Sie hat wohl ihre eigenen Schlüsse daraus gezogen."

Als die Pflegerinnen das Abendessen bringen, wird es Zeit für uns, zu gehen. Wir verabschieden uns herzlich und ich glaube, dass mich noch niemals jemand so lange an sich gedrückt hat wie Jacob Henderson. Doch es ist nicht unangenehm. Eher so, als wäre endlich alles an den richtigen Platz gerutscht.

***

Auf dem Rückweg zur Ranch der Hendersons ist die Stimmung entspannt. Lucian und ich sind gestern Abend schon hier angekommen und ich habe alle kennengelernt. Levis Eltern Margaret und Gabe, seine Schwester Brianna, den kleinen Fynn und die Ratte Steve.

Ich verstehe seinen Spitznamen jetzt. Wirklich.

Dann habe ich mit Brianna im Wohnzimmer gesessen und mir mit einem Schaudern die sehr detaillierte

Geburtsstory ihres Sohnes angehört, bevor wir mit der gesamten Familie zu Abend gegessen haben. Lucian war völlig hin und weg von all den Tieren und ist heute Morgen mit Levis Vater und Steve in den Stall verschwunden. Seine Mom hat mir versprochen, dass sie ihm ein gesundes Mittagessen kocht und mit ihm einen Kuchen backt. Sie haben mir alle versichert, dass sie auf ihn achtgeben, und ich habe nicht eine Sekunde daran gezweifelt. Die Hendersons sind gute Menschen. Herzlich und warm.

Als Levi die Einfahrt hinabfährt, breitet sich eine wattige Schwere in mir aus. Das ganze Adrenalin dieses Tages fällt von mir ab und mein Kopf fühlt sich an, als wären alle Prozesse heruntergefahren worden.

„Sind wir jetzt eigentlich verwandt?", fragt Levi irgendwann völlig aus dem Nichts und grinst mich von der Seite an.

„Adoption, du erinnerst dich? Andernfalls wäre es auch mehr als tragisch."

„Ja, wäre wirklich ein Jammer." Seine Hand tätschelt mein Bein. „Wie gut, dass wir dieses Problem von der Agenda streichen können."

Als hätte uns das bisher von irgendetwas abgehalten.

Denn ja, ich gebe es zu, ich kann leider immer noch nicht so richtig klar denken, wenn Levi neben mir sitzt. Es beschämt mich und so kurz nach meiner Trennung ist es vermutlich der völlig falsche Weg, aber ich kann nicht anders. Ihm scheint es ähnlich zu gehen. Ich habe keine Ahnung, was das da zwischen uns ist, aber es hat sich heute Nacht auf eine epische Weise Bahn gebrochen. Ich kann nur dafür beten, dass diese Holzbohlenwände schalldicht sind.

Wir parken auf dem Hof und steigen aus. Die Abendbrotzeit ist schon lange um, jetzt senkt sich eine friedliche Dämmerung über den Hof. Nur das Muhen der Rinder ist zu hören und das Zirpen der Grillen, die rund um das Haus im hohen Gras sitzen.

Im Haupthaus brennt Licht und als wir hinzukommen, sitzen noch alle Hendersons um den Tisch. In ihrer Mitte Lucian, der eine große Portion Schokoladenpudding in sich hineinschaufelt.

„Mommy! Ich hab Schokopudding."

„Wow. Ich seh's. Das ist ja-"

„Eine Ausnahme", fällt mir Levis Mom ins Wort und zwinkert. In mir springt sofort irgendein alter Schutzmechanismus an, der mir vorgibt, jetzt streng zu sein, aber Levi legt die Hand auf meinen Rücken.

„Lass gut sein. Ab morgen wieder Grünzeug. Mach ihm keine Szene, schau lieber mal sein Gesicht an."

Und er hat recht. Lucian strahlt und sieht aus wie der König dieser Farm. Vielleicht, weil ihn all die Leute am Tisch heute zu einem gemacht haben.

Ich blinzele die Tränen weg, die mir bei dem Gedanken kommen. Die einzige Familie, die ich bisher noch hatte, war Sebastians Mutter. Und jetzt? Jetzt sind da ein lang verschollener Grandpa und seine ganze Familie, die irgendwie auch meine ist.

„Wie geht's Onkel Jake?", fragt Levis Dad in die Runde. Wir haben Ihnen bisher keine Details erzählt, denn die Geschichte um dieses Geheimnis gehört nicht uns. Es ist nicht unser Recht, es so brühwarm auszuplaudern. Daher haben wir einfach nur gesagt, dass ich die Tochter eines alten Freundes bin.

„Ihm geht's gut. Er hatte einen schönen Tag und lässt euch alle grüßen“, sagt Levi ruhig.

„Oh, das freut mich.“ Das ist seine Mom. „Wollt ihr jetzt noch zu Abend essen? Wir haben euch was aufgehoben. Ach, und Tante Livie war vorhin hier. Ob ihr morgen mal zu ihr in die Hütte kommt.“

Die Hütte, das ist das Häuschen, in dem Jacob und Olivia Zeit ihres Lebens gewohnt haben.

Wir nicken beide und holen uns dann aus der Küche einen Teller mit Tacos.

Als wir uns setzen, legt sich eine gespenstische Stille über den Tisch. Selbst Lucian hält den Mund.

„Was?“, fragt Levi belustigt.

Alle schauen ertappt weg.

„Habt ihr noch nie wen essen gesehen, oder was?“

Das Gemurmel setzt wieder ein und ich versuche, mein Schmunzeln zu unterdrücken. Die Blicke von Levis Mom und seiner Schwester heften auf meinem Gesicht. Nicht komisch, nur neugierig. Ich habe absolut keine Ahnung, wie viele Frauen hier über die Jahre hinweg schon am Tisch gesessen haben und eigentlich interessiert es mich auch nicht.

Wir haben beide eine Vergangenheit.

Die Frage ist, was die Zukunft bringt.

KAPITEL 28

Am nächsten Morgen wache ich das zweite Mal in Folge nicht alleine in meinem Bett auf. Am erschreckendsten ist, dass ich diese Entwicklung richtig gut finde. Ich bin froh, dass Charlotte hier ist. Es geht sogar so weit, dass ich mich gefreut habe, als sie meine Familie kennengelernt hat.

Und jetzt rekelt sie sich nackt in meinem Arm, als wäre sie schon immer da gewesen. Ich streichele über ihren Rücken und genieße für den Moment das Gefühl, das sie in mir auslöst.

Trotz der Tatsache, dass es schon viel zu spät ist, mache ich die Augen noch mal zu. Wer könnte jetzt bitte aufstehen? Das ist eine unmenschliche Aufgabe.

Doch nach einem kurzen Wegnicken schrecke ich erneut auf, denn auf dem Flur ruft jemand.

„Mommy? Mommy?"

Oh, verdammt.

Ich ziehe hektisch meinen Arm unter Charlotte hervor. Sie dreht sich schlafend auf den Bauch. Gott, diese Haut. Noch während ich sie betrachte, hebe ich meine Shorts und die Jeans auf und steige in Windeseile hinein. Ein Shirt noch, dann mache ich vorsichtig die Tür auf. Der letzte Blick in den Spiegel an der Tür zeigt, dass ich aussehe, wie ich mich fühle. Zerstört, aber glücklich.

„Mommy?“ Lucian läuft im Gang umher. Als er mich sieht, dreht er sich in meine Richtung. „Levi, wo ist Mommy?“

Bessy springt hechelnd um ihn herum und leckt an seiner Hand.

„Alles gut, Lucian. Sie schläft.“

Mein Hund kommt gnädigerweise auch zu mir und begrüßt mich. Ansonsten bin ich seit gestern leider abgeschrieben. Sie liebt Lucian – Gott allein weiß, warum – und hat die Nacht in seinem Bett verbracht. Sehr zum Missfallen von Charlotte, aber die hat heute wohl keinen guten Standpunkt, um Ermahnungen auszusprechen.

„Wo schläft Mommy?“

„Im Bett.“

„Wo ist das Bett?“

Ich gehe nicht darauf ein, sondern lege nur eine Hand auf seinen Rücken.

„Komm, wir gehen frühstücken.“

„Wo ist Mommy?“

„Sie kommt gleich.“

Gott, ich verstehe alles, was Charlotte erzählt hat. Wie hält man das jeden Tag aus?

„Levi?“

„Fragst du jetzt, wo Mommy ist?“

„Wo ist Mommy?“

Wir kommen in der Küche an und werden von einer grinsenden Mom und einer stillenden Brianna empfangen. Wie jeden Morgen. Es ist bei uns ein bisschen wie bei *Täglich grüßt das Murmeltier.*

„Morgen Mom, hi Bri.“

Beide sagen nichts, sondern mustern uns nur.

„Was?“

„Nichts, Levi, nichts.“ Mom sieht nicht aus, als würde sie das ernst meinen. „Steht dir gut“, bemerkt sie mit einem lockeren Seitenblick auf Lucian.

„Das ist keine Diskussion, die ich jetzt führen werde.“

Bri lacht. „Ich finde, Mom hat recht.“ Sie klopft auf den Stuhl neben sich, Lucian setzt sich zu ihr.

„Na, alle gut geschlafen?“

Er strahlt. „Ja, weil Bessy bei mir war. Die ganze Nacht. Sie ist so kuschelig.

„Na sowas aber auch. Sie muss dich wirklich mögen, das macht sie nämlich nicht bei jedem.“

Ich nehme mir eine Tasse Kaffee und lasse mich auf den Stuhl gegenüber von meiner Schwester fallen. Lucian ist schon mit den Frühstücksflocken im Gange, die auf dem Tisch stehen.

„Es war gut, dass Bessy da war“, sagt er hochwichtig. „Mom war gar nicht da. Die ist noch *im Bett.*“

Briannas Grinsen wird immer breiter. Mom kommt mit einer Tasse Kaffee an den Tisch, stellt sie vor meiner Schwester ab und nimmt den kleinen Fynn auf den Arm.

Dann setzt sie sich neben mich. „Aber in welchem Bett war sie denn nur?“

„Ich weiß nicht“, beginnt Lucian und kaut zufrieden.

Brianna zieht eine Augenbraue hoch.

„Sie schläft eben“, gebe ich schlicht dazu.

Brianna grinst weiterhin. „Wie schön. Mom, sie schläft.“

„Aber wo denn?", stimmt Mom ein und ich frage mich ehrlich, womit ich eigentlich verdient habe, dass alle immer auf mir herumhacken.

Das hier ist das Gespräch, um das ich einunddreißig Jahre meines Lebens herumgekommen bin. Weil ich diskret bin, weil ich solche Dinge nicht breittrete, weil verdammt noch mal niemals eine Frau in meinem Bett geschlafen hat.

„Sag mal, Levi, bist du nicht ein bisschen spät dran für die Arbeit?" Bri zieht jetzt beide Augenbrauen hoch und nickt in Richtung Wanduhr.

„Hab mir heute freigenommen."

„Mom, er hat sich freigenommen."

„Na, also ich find's gut", bestimmt Mom und klopft mir hart auf den Rücken. „Ich kann sie gut leiden."

„Ich auch", sagt Brianna, als bräuchte ich hier irgendeine Form von Absolution.

„Wow. Das beruhigt mich ja unendlich."

„Sollte es. Steve hatte nicht so einen leichten Stand, woran du dich vielleicht erinnern kannst."

„Ist das jetzt ein Vorwurf? Was ist denn das für ein Vergleich?"

„Ich sag's ja nur."

„Ich auch."

Und wieder ist es Mom, die sich von der Seite einmischt: „Aber was ist denn eigentlich mit dem Mann?", fragt sie ungeniert und betrachtet mein Gesicht.

„Getrennt."

Bri schnaubt. „Okay. Aber du weißt schon, dass das nicht der beste Start für-"

„Sprich's nicht aus, Bri."

„Ich meine ja nur. Eine Beziehung für eine andere beenden? Ich weiß nicht." Sie macht eine abwägende Handgeste.

„Mommy hat Daddy schon länger nicht mehr lieb", gibt Lucian dazu und zuckt die Schultern. „Aber wir wohnen jetzt in einem echten Gutshaus. Das ist schon cool."

„Oh, echt?" Bri schaut in meine Richtung.

„Ja, echt. Echt und ehrlich getrennt und echt und ehrlich auf eine Farm ausgezogen." Meine Stimme klingt düster.

Wir starren uns nieder. So lange, bis sie mir die Zunge rausstreckt.

„Das macht man nicht!", ruft Lucian erschrocken dazwischen. Die Frauen lachen.

„Ach, man macht so vieles nicht. Levi ist mein kleiner Bruder. Da gelten andere Regeln. Hättest du auch gern noch einen kleinen Bruder?"

***

Als Charlotte endlich auch dazukommt, wird sie von Mom und Brianna angestarrt, als wäre sie eine Außerirdische. Keine Ahnung, ob es noch an der Erkenntnis liegt, dass sie in meinem Bett geschlafen hat oder ob es ihre Optik ist. Zwischen all den Menschen in derben Jeans und Baumwollshirts wirkt Charlottes Sommerkleid völlig deplatziert.

Sie trinkt in Windeseile einen Kaffee und lässt sich dabei von Mom und Bri löchern, die ihre Sprache wiedergefunden haben und *natürlich* die Chance nutzen, dass ich die Küche aufräume. Dabei gehen sie schnell dazu über, Charlotte die brühwarmen Storys über meine jugendlichen Eskapaden aufzutischen, weil die sich nicht zu weiteren Details über die letzten Nächte überreden lässt. Was ich sehr begrüße.

Und weil sich die Lage zuspitzt, als Brianna anfängt, ihrerseits über ihre eigenen Bettgeschichten *nach der Entbindung* zu sprechen, schnappe ich mir Lucian und Charlotte und verfrachte sie nach draußen.

„Was für ein Morgen", sagt Charlotte grinsend, als wir die Verandastufen hinabgehen und über den Hof marschieren.

Lucian läuft vor uns und kickt ein paar Kiesel weg. An der Stalltür treffen wir auf Steve, werden Lucian los, der lieber zu den Tieren will, und halten dann auf die Hütte meiner Tante Livie zu.

„Was glaubst du, was ich schon für einen Morgen hatte, als du noch friedlich geschlafen hast. Es war wie bei der Inquisition", gebe ich zurück.

Charlotte nimmt meine Hand und verschränkt unsere Finger. Das erste Mal überhaupt in der Öffentlichkeit.

„Ist für deine Familie sicher nicht einfach, wenn plötzlich jemand wie ich hier auftaucht. Mit all dem Ballast."

„Ach was. Sie sind aus dem Häuschen, weil überhaupt mal eine fremde Frau mit am Tisch sitzt."

„Oh."

„Ja, oh."

Ihre Hand drückt fester, aber sie erwidert nichts mehr.

Vor Livies Tür zieht Charlotte ihre Hand aus meiner, aber ich nehme sie sofort wieder. Es gibt nichts, für das ich mich schäme. Sie soll nicht glauben, dass ich verstecken will, was ich für sie fühle. Ich bin zwar nicht scharf darauf, mich mit Mom und Brianna über die Details auszulassen, aber die Tatsache, dass ich Charlotte mag, ist kein Staatsgeheimnis.

Sie atmet durch und lächelt zu mir hoch. Trotz der Freude sieht man ihr auch die Nervosität deutlich an. Das Gespräch mit Jake gestern war etwas anderes. Da war klar, dass er sich über ihre Anwesenheit freut. Für Livie ist sie im Grunde eher ein unerwünschter Nebenzweig im Stammbaum. Trotzdem bin ich mir sicher, dass es ein entspanntes Kennenlernen wird. Livie ist die freundlichste Person, die ich kenne. Dad ist bei ihr und Jake aufgewachsen und auch ich und Bri haben unsere halbe Kindheit in dieser kleinen Hütte hier verbracht.

Nach einer Ewigkeit des Wartens geht die Tür auf und Livie steht darin.

Ihre Haare sind genauso weiß wie die von Jake, aber im Gegensatz zu ihm ist ihr Geist selbst in ihrem hohen Alter noch fit.

„Levi, mein Schatz. Wie schön, dass du dich mal blicken lässt. Und die kleine Hawkins hast du auch im Gepäck."

„Meine Güte, Livie, gehts noch direkter?"

„Ja, ich könnte fragen, ob sich die Geschichte jetzt wiederholt." Sie grinst, die Zähne ihres Gebisses sehen dabei unpassend groß in ihrem Gesicht aus.

Charlotte bekommt einen spontanen Atemaussetzer.

„Aber natürlich bin ich nicht so taktlos", setzt Livie hinterher. „Also komm her, Kind. Endlich bist du da. Meine verlorene Enkelin."

Sie schließt Charlotte in die Arme. Die steht völlig reglos da, erwidert die Umarmung aber nach dem ersten Schreckmoment doch. Livie ist keine Freundin der höflichen Zurückhaltung, und sie wird damit auch nicht mehr anfangen.

„Meine Güte, bist du hübsch geraten", sagt sie jetzt und hält Charlotte an den Schultern eine Armlänge von sich weg, um jede Pore in ihrem Gesicht in Augenschein nehmen zu können. „Wie viele Jahrzehnte warte ich auf diesen Moment." Sie atmet schwer durch und wischt sich dann über die Wangen. „Und jetzt werde ich schon wieder sentimental. Es ist nicht zum Aushalten. Kommt rein, kommt rein. Wart ihr schon bei Onkel Jake?"

„Gestern."

Livie bleibt unverhofft stehen, ich laufe beinahe in sie hinein.

„Und?"

„Er hat sich gefreut. Er hat uns gleich erkannt."

Livie schlägt eine Hand vor die Brust. „Gott sei Dank. Ich habe es mir so für ihn gewünscht. Was für ein riesengroßes Glück."

Sie führt uns in ihr winziges Wohnzimmer, scheucht mich dann aber fort, damit ich Tee kochen kann.

Ich sage ja, die Frauen in dieser Familie sind alle herrschsüchtig.

Als ich mit drei Tassen zurückkomme, reden die beiden gerade über die Umstände, die die Hendersons und Randalls nach Valley Mills geführt haben.

„Ach, weißt du, Süße, der alte Henderson war schon immer ein Sturkopf. Nicht Gabe, sondern der ganz Alte. Er und mein Vater mussten ja unbedingt hier Rinder züchten. So ein Durcheinander war das. Aber ich muss sagen, ein Gutes hatte es für mich. Wir hatten immer Gabe hier. Wir hatten selbst nie Kinder, weißt du? Gabe ist mir wie ein Sohn. Es ist für Jacob furchtbar schlimm gewesen, dass er seine einzige Tochter niemals kennengelernt hat. Ich konnte es an seinen Augen sehen, wann immer Kinder um ihn waren. Aber gesprochen hat er darüber nie, der sture Hund. Hat immer gesagt, dass ihm bei mir nichts fehlt." Sie sagt es mit einer solchen Zärtlichkeit in der Stimme, dass Charlotte schnieft.

„Sie lieben ihn sehr, nicht?"

„Kein Sie. Ich bin Livie. Oder Granny." Sie zwinkert verschmitzt. „Und ja, ich liebe meinen Jacob von ganzem Herzen. Und euch alle hätte ich auch geliebt, Süße. Dich und deine Mom. Aber es hat nicht sollen sein. Es ist gut, dass es nun doch noch ein so glattes Ende nimmt."

„Das ist schön. Wirklich." Charlotte lächelt zu mir herüber und ich kann gar nicht anders, als zurückzulächeln.

„Und mit euch, Kinder?"

„Was?", fragen wir beide aus einem Mund und Livie lacht laut.

„Na, was wird nun mit dem Erbe? Mit Vinewood Hill?"

Charlotte antwortet zuerst. „Ich lebe zurzeit dort. Ich brauchte mal eine Veränderung und eine neue Bleibe. Ich bin mit meinem Sohn dort, bis die Umstände geklärt sind. Laut Notar gehört es zu fünfzig Prozent Levi."

„Wir werden sehen", gebe ich dazu.

„Nein, das ist eine Tatsache."

„Das müssen wir trotzdem nicht jetzt diskutieren."

„Ich sehe schon, ihr versteht euch." Livie grinst immer noch breit.

Dann kehrt eine kurze Stille ein, bevor Charlotte das Thema wechselt.

„Darf ich noch etwas Privateres fragen?"

„Sicher, Süße. In meinem Alter hat man keine Geheimnisse mehr."

„Warum hast du ihn geheiratet, wenn du es die ganze Zeit wusstest? Ich habe deinen Brief an meine Granny gelesen. Die Vorstellung ist …"

„Schmerzhaft? Ja, das war es auch. Aber ich habe in seinen Augen immer gesehen, dass es nichts mit mir zu tun hatte. Er konnte nichts dafür. Die Liebe ist mächtig, wenn sie einen packt. Dann kann noch so viel dagegen sprechen, wenn man sich verliebt, ist man hilflos ausgeliefert. Und ein Leben ohne ihn hätte mich mehr geschmerzt. Er ist über all die Jahrzehnte mein bester Freund und mein teuerster Berater gewesen. Ich habe niemals etwas vermisst. Wisst ihr, auch wenn das jetzt für euch befremdlich klingen mag, aber manche Herzen sind so groß, dass dort für mehr als einen Menschen Platz ist. Liebe hat keine Begrenzung. Sie erschöpft sich nicht."

Sie schaut zwischen uns hin und her.

Charlotte atmet schwer durch. „Danke, Granny", sagt sie mit zittriger Stimme. „Danke, dass du immer auf meinen Grandpa aufgepasst hast."

Livie steht schwerfällig auf und als ich dabei zuschaue, wie sie Charlotte in ihre Arme schließt, rutscht irgendetwas in meinem eigenen Herzen an den richtigen Platz.

***

Den letzten Abend vor Charlottes Abreise verbringen wir allein auf der Veranda.

Alle waren so taktvoll, uns die Zeit zu zweit zuzugestehen. Das Abendessen war furchtbar chaotisch, aber Charlotte wirkt nach dem Gespräch mit Livie befreit. Sie hat Lucian ins Bett gebracht und jetzt sitzt sie neben mir auf Moms Hollywoodschaukel. Wir schauen in die Dunkelheit und schwingen sanft vor und zurück. Hier sind es zwar keine Weinberge, die uns umgeben, sondern Weideflächen, aber schön ist es trotzdem. Charlotte kuschelt sich enger in meinen Arm und legt eine Hand auf meinen Oberschenkel.

„Und morgen gehts für euch wieder heim? Wir müssen zusehen, dass wir den Flug nicht verpassen. Ich fahr euch zum Flughafen.“

„Ja, danke. Ich habe übermorgen noch einen Termin mit Sebastian.“

„Was wird denn jetzt in der Sache?“

Sie atmet durch. „Nichts. Er ist beleidigt und ich kann ihn verstehen, aber ich kann es eben nicht ändern. Diese ganze Geschichte hier, das hat mich wachgerüttelt. Ich will keine Eleonora sein.“ Sie rückt ein Stück ab und schaut zu mir hoch. „Levi?“

„Hm?“

„Was soll ich McNamara sagen? Ich kann dich definitiv nicht auszahlen. Also ist jetzt vielleicht der Moment, um mal über deine Pläne zu sprechen.“

„Ach, ich habe keine.“

„Ich habe heute Morgen euer Gespräch belauscht.
Das, was deine Schwester gesagt hat, beschäftigt mich.“

„Was von dem ganzen Bullshit meinst du? Brianna redet viel, wenn der Tag lang ist.“

„Wenn deine Frau jemand anderen für dich verlässt,
bist du der Nächste, der verlassen wird.“

Einen Moment sammele ich mich, denn ich will, dass
sie meine Worte jetzt richtig versteht.

„Nein, Charlotte. Du hast deinen Mann nicht für mich
verlassen. Du hast ihn für dich verlassen.“

Der Satz hängt zwischen uns. Diese ganze Wahrheit,
die zwischen den Zeilen steckt. Während Charlotte
noch gegen die Tränen anblinzelt, spreche ich weiter.

„Was sind deine Pläne für Vinewood Hill?“

„Was soll schon werden? Ich muss mir eine Wohnung
suchen, wenn du verkaufen willst.“

„Vielleicht suche ich ja auch eine Wohnung.“

„Was?“

„Ich wollte eh einen Neustart. In Vinewood Hill ist einiges zu tun. Kostet ’ne Stange Geld, wenn du es beauf-
tragen lässt.“

„Das ist in North Carolina. Was wird aus dem hier?“

„Die Ratte hat die Lage im Griff.“

„Levi!“

„Ist doch so. Hier gibt’s nichts für mich zu holen.
Spricht nichts dagegen, die alte Spinnenhölle auf diesem gottlosen Berg zu renovieren und dann weiterzu-
sehen. Wir könnten ’ne WG gründen.“

„Du bist ein Spinner.“ Mit einem leichten Schmunzeln küsst sie mein Kinn.

„Wir könnten eine Grenze im Haus ziehen. Deine
Seite – meine Seite.“

„Im Ernst?" Jetzt lacht sie aus vollem Herzen.

„Wir könnten abschließbare Schlafzimmertüren einbauen. Nur für den Fall."

„Wenn du jetzt nicht sofort aufhörst zu reden, küsse ich dich." Ihre Augen funkeln in der Dunkelheit wie Jadesteine.

„Dann mach's doch. Worauf wartest du?"

EPILOG

CHARLOTTE

Während ich mit dem Fuß die Klappe des Geschirrspülers schließe, danke ich Gott und der Technik dafür, dass wir jetzt einen besitzen. Wenn ich bedenke, wie oft meine Grandma hier für alle die Teller gespült hat, bekomme ich Phantomschmerzen in den Händen.

Levi geht es ähnlich, deshalb wäscht auf Vinewood Hill jetzt niemand mehr von Hand ab.

Levi, dessen Spinnereien über eine mögliche Renovierung des alten Gutshauses ich zunächst gar nicht für voll genommen habe. Doch einige Wochen, nachdem Lucian und ich wieder in Vinewood angekommen waren, hat er vor der Tür gestanden. Mit einem vollgepackten Seesack und Bessy im Schlepptau.

Als er vor mir stand, dachte ich, mein Herz setzt aus. Ich hätte niemals im Leben geglaubt, dass ich zu solchen Gefühlen in der Lage bin.

Und vielleicht ist Levi wirklich mein persönlicher Jacob, mein Märchenprinz. Vielleicht auch nicht.

Das wird wohl die Zeit zeigen.

Mein Blick schweift aus dem Fenster und über die Zufahrt, die zwischen den hohen Bäumen aus dem Wald kommt. Noch immer fühlt es sich an wie die Passage in eine andere Welt. Als wäre dieses Gut, dieses Haus auf dem Berg, unser kleines verwunschenes Märchenland. Abgeschnitten von der Außenwelt durch einen Gürtel an Bäumen.

Doch die Realität lässt sich niemals ganz ausblenden. Heute bringt Sebastian Chloe zu uns, damit sie über das Wochenende hierbleiben kann. An unserer Kinderteilung hat sich nicht viel geändert. Lucian lebt bei uns auf Vinewood Hill, Chloe in Raleigh bei Sebastian. Im Wechsel sind die Kinder an den Wochenenden bei dem einen oder dem anderen. Ich weiß nicht, was Sebastian Chloe damals noch alles über Levi erzählt hat, aber anfangs konnte sie ihn kaum anschauen. Für sie ist ihr Daddy der strahlende Held der Geschichte und ich bin bloß die, die ihre Familie zerstört hat. Vielleicht wird sie es irgendwann verstehen, wenn sie älter ist. Ich habe ein langes Gespräch mit ihr darüber geführt, was ihren Vater und mich zu unserer Trennung bewogen hat. Sie nimmt es mir trotzdem übel.

Mit Levi hat sie irgendwann in den letzten Monaten ihren Frieden gemacht.

Wenn Chloe hier ist, reiten sie oft zusammen aus. Manchmal fährt Levi auch mit ihr ins Diner oder sie gehen ins Kino. Was sie da besprechen, ist ihr Geheimnis. Levi schweigt wie ein Grab und Chloe versucht jedes Mal ihr Strahlen zu verstecken, wenn sie wiederkommen, denn eigentlich ist sie ja wütend über die Gesamtsituation.

Mir muss sie nichts beweisen. Es reicht mir, dass die beiden miteinander klarkommen. Lucian ist in der ganzen Sache von Anfang an seine kindliche

Unbedarftheit zugutegekommen. Er liebt Daddy und er liebt Levi. Und das, obwohl der auch durchaus mal durchgreift und schon einige ernste Stallgespräche mit meinem Sohn hatte, was das Verhalten in der Vorschule oder anderen Kindern und Tieren gegenüber angeht.

Levi ist der Einzige, auf den Lucian in diesen Belangen hört. Sebastian und ich kämpfen auf verlorenem Posten.

Das Landleben tut uns allen gut. Anfangs war ich mir nicht sicher, wie lange mir Levi hier in der Einöde erhalten bleibt, aber er hat einfach stoisch angefangen zu renovieren. Das Haupthaus und die Gästehäuser. Er hat bis heute nicht damit aufgehört und nebenbei eine stundenweise Anstellung bei Buck auf der Nachbarranch gefunden. Als dann am Morgen nach der letzten Viehauktion in Hickory zwei völlig verwahrloste Pferde in unserem Stall standen, war ich mir sicher, dass es ihm ernst ist. Er ist nicht der Typ, der große Worte über solche Dinge verliert und das muss er auch gar nicht. Wir kommen gut klar, so wie es ist.

Einen Moment später fährt ein grauer Porsche vor und zieht eine Staubwolke hinter sich her. Die Haustür geht auf und sowohl Lucians als auch Bessys Kopf gucken hindurch. Bessy ist seit ihrem Einzug hier quasi an Lucian festgewachsen und Levi sagt immer wieder scherzhaft, dass er sich bald einen neuen Hund zulegen muss. Ich zweifle nicht daran, dass er es früher oder später tun wird. Der nächste Streuner ohne Zuhause wird unserer sein, ich bin mir sicher.

„Mommy! Chloe und Daddy sind da“, ruft Lucian aufgeregt und schlägt die Tür mit Wucht wieder ins Schloss.

Ich lege den Lappen in die Spüle, mit dem ich eben das Geschirr nachgetrocknet habe, und mache mich auf den Weg nach draußen. Als ich am Büro vorbeigehe, fällt mein Blick auf all die Illustrationen, die dort nun an den Wänden hängen. Und auf die vielen Papierstapel, die sich auf dem Schreibtisch türmen. Denn das ist noch eine Neuerung, die sich im letzten Jahr ergeben hat. Ich habe meinen Traum wahrgemacht und als freie Mitarbeiterin bei einem kleinen Kinderbuchverlag angefangen. Ich illustriere die Bücher der Autorinnen und Autoren.

Ein Buch habe ich sogar selbst geschrieben, als Hommage an die *Schattenwelten*. Das Original habe ich zurückgezogen. Es hätte sich nicht richtig angefühlt. Es ist etwas Privates. Manchmal lesen Levi und ich in dem alten Manuskript. Jedes Mal fallen uns dabei neue Details auf.

In den Zeiten, in denen ich arbeite, besucht Lucian eine Vorschule in Vinewood oder geht Levi zur Hand. In den Ferien nimmt er ihn jeden Morgen mit auf die Farm von Buck.

Reich werden wir mit unseren Jobs wohl nie, aber das macht nichts. Wir hatten einige Gespräche darüber und haben beide befunden, dass es uns glücklich macht, wie es ist. Und das ist das Wichtigste.

Ich trete auf die schattige Veranda und sehe meinen Ex-Mann und meine Tochter aussteigen. Levi kommt gerade aus dem Stall und wischt seine Hände an der alten Jeans ab.

Lucian springt schon an seinem Vater hoch und ruft dabei seiner Schwester irgendwelche unverständlichen Sachen zu.

Levi erreicht das Auto zuerst und reicht Sebastian die Hand. Auch das ist ein Fortschritt. Noch vor ein paar Monaten ist Sebastian jedes Mal stur im Auto sitzen geblieben. Er hat Chloe aussteigen lassen oder Lucian eingeladen und ist wieder gefahren. Er hat weder mit mir noch mit Levi von Angesicht zu Angesicht geredet. Wir haben fast ein halbes Jahr ausschließlich über Textnachrichten und Anwaltsbriefe kommuniziert.

Denn eins kann ich mittlerweile mit Sicherheit sagen: Sich von einem Top-Anwalt scheiden zu lassen, ist so eine Sache. Es war anfänglich eine furchtbare Schlammschlacht auf dem Rücken der Kinder. Es war grässlich. Sebastian hat all unseren Freunden von meinem Seitensprung erzählt und mich schlecht gemacht, wo es nur ging. Und ich habe ihn machen lassen. Weil ich immer das Gefühl hatte, dass es berechtigt ist. Dass sein Zorn berechtigt ist. Doch irgendwann war auch bei mir das Maß voll und ich bin nach Raleigh gefahren, als die Kinder beide bei uns in Vinewood waren.

Levi war mit ihnen im Kino, während ich den Kampf meines Lebens gekämpft habe. Seitdem sind die Fronten geklärt.

Ich komme gerade beim Auto an, als Levi sich von Chloe umarmen lässt.

„Mommy, Mommy, sie sind endlich da", ruft Lucian dazwischen. Meine Tochter kommt nun auch auf mich zu.

„Hey, Mom." Sie drückt mich und bleibt an meiner Seite stehen.

Sebastian reicht mir die Hand. Mehr Nähe gibt es nicht mehr und niemand ist traurig darum.

„Alles in Ordnung hier?", fragt er ruhig. Durch die verspiegelten Gläser seiner Sonnenbrille kann ich keinen Rückschluss auf seine Emotionen ziehen.

„Ja, alles bestens. Sonntagabend? Soll ich sie bringen?"

„Ich fahr schon", sagt er.

„Okay."

Dann tritt eine schwere Stille zwischen uns.

„Mom, ich bring meinen Kram rein, ja?" Chloe tritt nervös hin und her und Lucian schnappt nach Luft, während er sich mit ausgestreckten Händen vor seine Schwester stellt.

„Nee, das geht jetzt nicht. Du hast keine Zeit. Meine Carlotta hat das Baby jetzt. Ein Babyfohlen, Chloe. Das musst du sofort angucken!" Er nimmt ihre Hand und zieht sie vorwärts. Sie stolpert mit ihrer riesigen Reisetasche hinter ihm her, die Levi ihr im Vorbeigehen abnimmt.

„Ich bring die rein. Aber dafür schuldest du mir später ein paar gute Namensvorschläge, Chloe. Dein Bruder will den Gaul Yoda nennen. Ich bin nicht grad dafür."

Chloe kichert und deutet ein Salut in Levis Richtung an.

Dann verschwinden alle drei. Zwei in Richtung Stall und einer ins Haus.

Sebastian und ich bleiben beim Auto zurück. Er schaut unseren Kindern nach.

„Hat sich ja alles fein gefügt für dich, was?"

Der unerbittliche Zug um seinen Mund weicht sich keine Sekunde auf.

„Gibt es sonst noch irgendetwas, das wir bereden müssten, Sebastian?"

Es berührt mich nicht mehr. Früher hätte es mich wahnsinnig gemacht. Heute ist es nicht mehr meine Realität, nicht mehr mein Leben.

Heute ist das hier mein Leben, meine Freiheit.

***

Abends sitze ich mit Levi auf der Veranda. Wir machen das jeden Abend, solange das Wetter es zulässt, und ich bin gespannt, wann bei uns der Tag kommt, an dem auch wir uns nichts mehr zu sagen haben. Irgendwann gibt es den in jeder Beziehung. Es ist normal. Der Alltag kehrt ein und die Dinge werden schwer. Man tauscht sich nicht mehr über alles aus und wenn man es tut, dann nur noch über belangloses Zeug. Die Frage ist, wie man dann mit diesem Zustand umgeht.

Ich glaube, das Gute an Levis und meiner Beziehung ist, dass wir sie so frei leben. Wir schreiben uns nichts vor und machen unsere eigenen Gesetze. Wir können über alles reden. Wir können schreien und streiten und wir können uns auch wieder vertragen. Es ist alles offen zwischen uns. Es gibt in unserer Beziehung keine subtilen Untertöne und keine stillen Anklagen.

Und das tut so gut.

Wir haben uns nie ein Label aufgedrückt und ich will auch keins. Wir leben hier und wir lieben uns. Das ist alles.

Es ist unsere Welt und es sind unsere Regeln.

Und wenn die Sonne untergeht und die Nacht hereinbricht, dann wird Vinewood Hill zu unserem persönlichen Schattenland.

Nur, dass wir das Ende neu schreiben.

Denn es wäre niemals ein Märchen ohne Happy End.

DANKSAGUNG

Ein paar Worte zum Schluss ...

Da sind wir nun, am Ende dieses Buches.

Doch da, wo Eleonoras und Jacobs Geheimnis endet, beginnt die gemeinsame Zukunft von Levi und Charlotte eigentlich erst so richtig.

Ich hoffe, ihr habt den Ausflug nach Vinewood Hill genossen. Auf dass ihr euer eigenes Schattenland findet, wenn ihr eins braucht. Auf dass eure Geschichte die Wendungen nimmt, die ihr euch wünscht.

Ich selbst habe auch noch einige Geschichten zu erzählen. Wenn ihr nichts verpassen wollt, schaut gern auf meinen Social-Media-Kanälen vorbei. Ich freue mich über jedes neue Gesicht.

Danke an dieser Stelle an alle, die mich dort so tatkräftig unterstützen. Danke für den täglichen Austausch, für die vielen lieben Kommentare und aufbauenden Nachrichten.

Danke an meine Familie, die mir immer den Rücken freihält und mich schreiben lässt. Im Urlaub, an den Wochenenden, nachts ... ich liebe euch.

Danke an Marlyn, die meine Bücher schon gelesen hat, als sie nur unfertige Dokumente auf der Festplatte waren. Danke für deinen Enthusiasmus und dein Mitfiebern.

Danke an Ari, die seit der Schule an mich geglaubt hat. Die handgeschriebene Geschichten gelesen hat, bevor ich überhaupt wusste, wie man ein ganzes Buch zu Ende bringt. Die immer geblieben ist, egal, wie weit ich mich entfernt habe.

Danke an Vera, die immer für jedes Problem ein offenes Ohr hat und die besten Schreibtipps der Welt geben kann. Danke für den vielen, vielen Austausch und die wunderbarsten Plotgespräche nachts um halb drei.

Danke an Anna, die eine weltklasse Testleserin ist. Danke für deine Ehrlichkeit und deine offenen Worte – egal, zu was. Danke, dass du mir immer mit Rat und Tat zur Seite stehst.

Danke an Leonie, an Ronja, an Nina und an alle anderen „Bookies" da draußen, die jeden Tag virtuell an meiner Seite sind. Danke fürs Zuhören, fürs Testlesen, fürs Tipps-geben und einfach fürs da sein.

Und zu guter Letzt: Danke an euch, liebe Lesende. Ohne euch wären wir Schreibenden einfach nur Menschen, die ungelesene Worte zu Papier bringen.

Wenn euch dieses Buch gefallen hat und ihr mich unterstützen wollt, schreibt mir gern eine Rezension oder hinterlasst ein paar Sterne. Für uns Schreibende ist diese Art von Feedback enorm wichtig, damit wir euch auch weiterhin mit tollen Geschichten versorgen können.

Und jetzt?

Auf zu neuen Ufern. Ich bin sicher, da draußen gibt es noch unzählige Märchen, die auf ihr Happy End warten.

TRIGGERWARNUNG

(ACHTUNG SPOILER!)

Dieser Roman enthält potentiell triggernde Inhalte:
Häusliche Gewalt und Fehlgeburt